如是我闻

山川·人物·精神

王自亮 著

中国书籍出版社
China Book Press

图书在版编目（CIP）数据

如是我闻：山川·人物·精神/王自亮著.--北京：中国书籍出版社，2023.7
ISBN 978-7-5068-9361-9

Ⅰ.①如… Ⅱ.①王… Ⅲ.①诗集—中国—当代 Ⅳ.① I227

中国国家版本馆 CIP 数据核字（2023）第 039932 号

如是我闻：山川·人物·精神

王自亮　著

图书策划	武　斌
责任编辑	彭宏艳
责任印制	孙马飞　马　芝
出版发行	中国书籍出版社
地　　址	北京市丰台区三路居路 97 号（邮编：100073）
电　　话	（010）52257143（总编室）（010）52257140（发行部）
电子邮箱	eo@chinabp.com.cn
经　　销	全国新华书店
印　　刷	三河市富华印刷包装有限公司
开　　本	880 毫米 ×1230 毫米　1/32
字　　数	200 千字
印　　张	9.875
版　　次	2023 年 7 月第 1 版
印　　次	2023 年 7 月第 1 次印刷
书　　号	ISBN 978-7-5068-9361-9
定　　价	58.00 元

版权所有　翻印必究

枝叶是新的，花瓣如此唯美（代序）

访谈录，唯敏 / 王自亮

2021 年 9 月 6 日，杭州

我曾经盯着一棵老树看了半天，
在想：它为何能长出新枝，繁花似锦？
身体里究竟有一种什么样的力量，
战胜死亡的同时，去勾勒新的天空？
树还是树。枝叶是新的，花瓣如此唯美，
就像浮世绘中探出屏风的虞美人，
以芬芳托举美的信念，至高的善
传遍每一个角落，每个毛孔。
多年来，我一直在想：
老树与新枝是否就是一个整体？
不可分离的整体，还有花瓣。
也许，力量源自《楚辞》，中式棉袄下的

心跳，深度近视眼中的洞察。
传承的文明才叫文明，气势若虹，
先生们是老树，更是大树。
作为枝叶，我们的绽放意味着
不败的敬意，永久的凝视。
西溪路五十六号垂柳纷披，块石互拱，
一只翠鸟的鸣啭来自那部《竹枝词》。
是的，我们构成一棵树，一片树林，一个原野，
这个"神圣家族"，自带光芒。

——王自亮《老树，大树》

唯　敏（问）：当时和您约稿《西溪路五十六号》读书会的诗歌，您交稿仅用一周，很快，为什么想到以《老树，大树》为题目？请介绍一下创作的过程。

王自亮（答）：当时接到你们读书会写诗的要求时，我心情很不平静。在这个过程中，对过去发生的事情，尤其是在杭州大学中文系77级求学期间发生的事，作了一次回顾。一切历历在目，不会忘记。

恢复高考后到杭大读书，而且还到了最好的中文系，又遇到名师，这是我人生的幸运，也是一个转折点。记得姜亮夫先生的讲座我去听过一次，尽管只是慕名而去。数学家陈省身来杭州大学作报告，我也去听，基本上听不懂，却为他

的风度、气质所倾倒。杭大中文系蒋礼鸿、沈文倬、徐步奎（朔方）老师，还有郭在贻、吴熊和老师的课都上了，他们讲课的风格是从容不迫、颇具风范的，对中国文化有深刻的理解，有真才实学。

我们当时接受的是一种理想的教育，是完整的知识体系，是中国传统文化的方法论，可谓进入到中国文化的殿堂（虽然对我来说是浅尝辄止），这造就了我们77级中文系的一批人，几十年下来，（这些精神）改变了我们，造就了我们。

如果说我们还有点小小的成绩，也应该首先归功于杭大求学期间的四年。

所以写《老树，大树》这首诗是理所当然，是义不容辞的职责，我把它看成比完成工作任务更有意思的一件事。

写这首诗，我是怀着发自内心的敬意——对这些先师、对健在的老先生们的敬意去写的，所以这是有感而发，而且很多情感，很多想法，在心中酝酿很久，这次找到了一个突破口，一个写作机会。

问：作为学校的杭州大学不在了，我们到底要传承它的什么精神？以怎样的方式去传承？

答：第一，要传承的是杭大的人文精神。

杭州大学从1958年创建以后，其实是承接了老浙大这脉的精神文化，可谓源远流长。

老浙大精神是什么？除了理性、科学精神外，它还有人文精神，代表人物就是竺可桢校长。（这种人文精神）是杭大从浙大分出来以后带来的（当然不是从老浙大直接分出来的），同时在杭大的建立过程中再度凝固和加深了，因为杭大是以文科见长，同时理科也很好，文理兼备，各擅其长。

浙江这个地方，南宋以来就是中国文化和经济的重心，江浙两省都是。因此近代以来江浙形成的地域文化，一系列的交往、商业、产业、社会的理念，我们都可以归之为人文精神与理性思想相融合的结果，这些精神在杭大老先生身上体现得很充分。

我们那一代学生是有对比的，也有反思的，于是老先生的这些思想精神我们觉得太好了，这些正是我们所没有的。它其实早就存在，无非中断了十多年，现在再把这个接续上来，这个前后过程带给我们的反思，包括野蛮与文明、理性与愚昧，科学与反科学的对比，是非常充分的，这种对比非常强烈。对文化的认知、对社会的认知，包括如何看待这个世界，对改革开放的态度，还有像文史哲新的潮流，我们当时是全身心拥抱它，且在批判中接受，而非无原则接受。

第二，杭大有个好处：它的校风和学风，不是锋芒毕露的，不是咄咄逼人的，它是实事求是。严谨、理性、谦和，一个有亲和力的校风学风。

杭大的学科建设、人才培养、校风学风，是实事求是的，注重积累的，也是循序渐进的。后来我去岳麓书院，看到"实事求是"这四个字高悬在大厅里，真是无比感慨。杭大有这个传统，比如我们中文系的徐步奎（朔方）老师，他是懂就懂，不懂就不懂，回答问题很简洁，例如人们请教他某个问题如何解释，他或许会直接回答："我不知道"，"这个问题我没有研究过"，"我不懂"。你起先可能有点失望，但发现他作为一个老师，真是实事求是，一是一，二是二，不像如今有些教授看起来无所不知无所不能，其实未必如此。王焕镳老师、蒋礼鸿老师、郭在贻老师也都具备这样的精神。杭大中文系考据、训诂、音韵，特别是敦煌学、楚辞研究和先秦诸子研究，都是在全国拔尖的，是一点点积累起来的。一个大学的发展过程，就是文化积累的过程，就是自我反思的过程，就是知行合一的过程。

第三，杭大给我们带来终身受用的方法论和工具。

有些方法可能很传统，但是你只要从事这门学科，这种方法是最基本、很受用的，你就不可能完全去改变，比如训诂、文字、音韵。无非现在加个计算机、数字化，检索程序上更方便了，但是基本精神还是一样的。这些传统的治学方法和工具是非常实在管用的，计算机带来的方便与这些学术传统是不矛盾的。杭大其他的系，比如数学、心理学、历史、地理等都非常好，陈桥驿先生也曾经给我们做过讲座。杭大是既严谨又开放，既理性又人文，最基本的这些东西到现在还很受用，特别是"板凳坐得十年冷"的甘于寂寞精神。

我虽然不做考据、训诂、音韵，但是觉得可以把这种精神用到工作上，比如一生多次转型，干过很多行当：企业、媒体、公务员、高校，前不久和我的学生说，大学毕业后干过五六个行当，每3～5年换一次，变化很大，靠的是什么？靠的就是杭大给予我的那种方法论，那种思想和精神。

问：这种人文精神主要有哪些，在你人生的重大选择中如何体现？

答：第一，是"天下为公"。

这不是说大话，这个精神自古就有，值得继承。你不能局限自己，仅仅是我活着、赚钱、成家，过好的生活，然后死去。当然你不能说这样的生活一点也没有意义，可能也有它的乐趣，但在我看来，一个人如果有点能力，有点作为的话，还是要抱着"天下为公"的理念，尽可能为这个民族、社会，也为他人做自己力所能及的事。

第二，人尽其才，物尽其用。

我们要将其运用到社会。说到底社会为你提供舞台，你有幸去表演，有观众，当然还有评委，比如你的父母，你的亲人，你的老师都是评委，如果死后还有人能说，此人为社会是做了一点贡献的，这就值得了。

第三，在自己转型过程中，一定要有个动力和方法。

人生的意义在哪里？你为什么活着？我在杭大学习期间得出一个结论，人生的意义在于其活着的过程之中。其实生死这两头都一样，这一过程要做得好，首先让自己比较满意，其次让别人相对认同，起码我们不能害人，在有能力情况下做好事,做有意义的事。也许有些事情可能你不是很喜欢,但对社会有用,你也去做,也发挥得好,这个过程充满了转变和新奇。

工具方法也很多,最大的方法就是学习,学习既是方法、工具,也是目的。学习是一种终身学习,不间断、无处不在的学习。当代的每个行业都是博大精深的,有不可预测的未来。比如人工智能、生物工程,非常激动人心又充满危险,包括马斯克开发的那些工程与成果。不懂怎么办?只有学习,在学习的过程中学会学习。

问:在这个浮躁的社会讲人文精神的传承,你怎么看这个迫切性?

答:这个社会和所有的社会一样都不是完美无缺的,这个社会有这个社会的烦恼和不如意、不理想,让我们不愉快,也许碰到的问题成堆,我们可能都会有种种不满。

但是你想想,连唐朝这么一个朝代李白都要抱怨:"人生在世不称意,明朝散发弄扁舟",他是说自己活得太不痛快了,明天我就坐条船淡出江湖算了;还有什么"大道如青天,我独不得出",他说那些道路很宽广,怎么就没有我一条路呢?时代没什么好抱怨的,时代不因你的抱怨而改变,当你行动的时候就一点点改变了。唐代、宋代和后世的诗人可以抱怨,因为"愤怒出诗人"嘛,现实社会中的人能抱怨什么呢?

这个时代为什么要发扬杭大精神？因为一个浮躁、摇摆不定，不确定性大大增加的时代，恰好需要一种恒定的理想主义精神，杭大精神就是有批判精神的理想主义。我们说的理想主义不是一种空洞的东西，如果没有理解它，就是自己没有把握好。我所说的理想主义，是指每个社会都在改变中，所谓理想主义带有一种美好的、有情怀的、不动摇的、不怕困难的精神，共同去营造一个相对宽松的、积极的、开放的、有活力的社会，我觉得杭大精神好在这里。

一个浮躁时代就像一个摇晃的船，它需要压舱石，思想与人文精神就是一块"压舱石"。这种精神在任何时代都是压舱石：人之所以为人，社会之所以为社会，时代为时代，它都需要一个稳定器，这个稳定器就是文化与文明，鲁迅称之为"民族脊梁"的那种东西。

近年我读了许倬云先生的《万古江河》，又有了新的体会。

问：推荐一下在你人生中影响比较大的几本书。

答：第一本鲁迅的《野草》，包括他的其他作品，对我世界观、审美、人生的影响很大，对我诗歌创作影响很大，《野草》里面有种极为透彻又很决绝的东西，而且融合了尼采、佛教，把虚无的东西转化为新的现实和力量，有种超越感。

我的大学论文就是《论〈野草〉的美学特征》，可惜找不到了，当时都是手写，粗心大意，没有留底。现在想来当时胆子很大，竟然敢论鲁迅先生《野草》的美学，我当时毕竟只有二十多岁。

《野草》的境界很美，其实就是绝地反击，这个世界把我逼到绝境，我就要反过来，要抗争，要对峙，要质问，鲁迅的情感就像地火在运行，在奔腾，非常契合那个时代。任何时代都有人这样发问：我怎么走下去。

我们看到了一个孤独而决绝的鲁迅，也是天地间独立特行的鲁迅，于无声处听惊雷的鲁迅。《野草》可以当做散文、诗歌或散文诗，但本质绝对是诗歌的。我敢说，最近100年多来的诗歌没有多少作品超过《野草》。鲁迅不光是文学家、思想家、评论家，还是个大诗人。

第二本是哈耶克的《自由秩序原理》，我是在1998年买的，读了之后就在扉页上题了"朝闻道夕死可矣"，且画了大量的记号，满满的。当时是九十年代，社会正处于转折期，经济发展很快，这时各种思想介绍进来，哈耶克对自由的理解很透彻，对社会的构成也说得很透彻。每年新学期开学，我就向研究生推荐这本书。

第三是王阳明著作，包括《传习录》。王阳明提出知行合一、心外无物和致良知等，实际上是把践行和认知从根本上加以融合，而不是"拼"在一起，知中有行，行中有知，知是有行动支撑的知，行是在"知"笼罩下的行，它们本来就是一体的。按照洪迪先生最近的说法，在"知行合一"中间还要加上"思",变成"知思行合一",思就是反思与深思。人要有"良知",良知可以解释为真理、精神、人文。所以我现在最服王阳明,但不是说我们每个人都要做他,而是说,他这种看世界的方法、这种指导思想可以借鉴。

当然,我也很喜欢黄宗羲的书,"浙东学派"其他代表人物的书。他们的书,似乎就是写今天的人与事物。

目录
CONTENTS

枝叶是新的，花瓣如此唯美（代序）　　1

第一辑　世深沉，界辽阔

曼彻斯特　　002
火车上的男孩　　012
大马士革　　029
伊豆半岛　　040
纽约观剧记　　051
"哈瓦那账单"　　063
在地图上旅行　　083

第二辑　背囊中的河山

春之祭　　　　　　　　　　088

京郊的秋天　　　　　　　　096

亚布力之夏　　　　　　　　100

临海之冬　　　　　　　　　105

草原通道　　　　　　　　　108

甘南笔记　　　　　　　　　127

第三辑　两浙风物

文澜阁、《陀罗尼经》与十竹斋　　138

私家花园　　　　　　　　　159

两度沈园　　　　　　　　　162

告别一座城市　　　　　　　165

雁荡至美　　　　　　　　　171

第四辑　大理石的闪耀

山本耀司	176
铜琵琶、铁绰板，今又安在	184
"烈火与玫瑰合二而一"	191
梨园戏	212
足球、摇滚乐及其崇拜者	229

第五辑　吾土吾族

人世间	242
鸿洲秘史	259
家族轶事	277
高考纪事	290
思想起	298

第一辑

世深沉,界辽阔

曼彻斯特

如果曼彻斯特确有"前世今生",那么它的"前世色调"应该是灰扑扑的,夹杂着望而生厌的棕褐色,进而,你会对如今曼彻斯特常见的红色建筑,绿色、紫罗兰色混合,魔怪、塔楼与太阳胡乱拼贴的墙上涂鸦,街上女性身上佩戴的略带夸张的华丽坠饰,带着昔日帝国神态,"绿发冲冠",街上匆匆而过的"崩客",产生一种深受视觉冲击的奇异感。这种反差,构成了曼城截然相反的两个面相。

当然,你已见不到珍妮纺织机的飞梭,老式蒸汽动力火车,笨重的、威仪有加的机床,林立的烟囱,弥漫的烟雾,成群的产业工人,这些曼城的"标准景观"。所有这些古老的事物,连同棕红色或发黑的墙壁,只能在这个城市的"科学与工业博物馆"里找到。没错,如今曼彻斯特是"新潮"的,于老派风格里透露出某种怪诞,从半旧建筑群中升腾起梦幻感。

如果你刚好经过艳丽的，以粉红色、紫罗兰色为基调的同性恋大街，看到一场同性恋者婚礼，"新娘""新郎"正在接吻或打情骂俏，千万不要感到惊异。这就是新曼彻斯特："穿越透纳的／风景画，海上风暴与金融街／之间的转角，瞥见紫罗兰色酒吧／背后是忧郁而寂寥的庭院"（选自拙作《曼彻斯特》），只不过运河、现代建筑与旧船坞混合在一起，构成曼彻斯特的后现代基调，那种不无夸张又十分协调的风格。

1760～1830年间，曼彻斯特是世界上第一座工业城市，英国工业革命的重要策源地。

那座火车站是世界上第一座客运车站，两个仓库当时被认为是世界的仓库，如今都是极其珍贵的工业遗产和工业文明遗址。把科学与工业博物馆设在这里，实在是恰到好处。几个建筑物整旧如旧，保留了它们19世纪的风貌。老旧的墙砖向人们展示着无法挽留的时间：人的忧伤与城市的繁忙，到处是工程、场景与活力，而馆内那些仍然运转着的机器，仿佛又将观众带回了令人兴奋又极为锥心的日子。

你无法想象，当年这片阳光如何探入雇佣工人的住所或厂房内。里面住着工人，他们的妻子和孩子总是忙着梳棉、纺纱，正如笛福所形容的，"这样每个人都有事可做，都可以养活自己，甚至包括小孩子和老人；几乎没有人在这里待的时间超过四年，但是他们都能自食其力……"，"如果我们敲开任何一个制造商家的门，都会立刻看到屋里全是精力充沛的同事，一些在染色，一些在试穿布料，一些在织布，还有一些在做其他事情，所有人都在忙碌工作，看似制造业需要做很多工作。"①

因此，曼彻斯特成为当时整个英国最先进的机器制造中心，不仅制造纺织机器，还制造水轮机、蒸汽机、锅炉、火车头、工具机和其他各种各样的机械，一些辅助性的行业得以发展。除了为数众多的木匠之外，还有很多铁器匠、铜匠、黄铜铸工、钟表匠、手表匠、镀锡铁皮和金属丝工人以及金属栓制造工。不过这些热闹景象往往掩盖了两个根本性问题，那就是工业化初期一些农村家庭陷入恶性循环，在孩子、土地和工业生产之间受到各种挤压，经济上被边缘化；同时这个工业上成功的城市靠的不仅仅是机器与技术，更是仰仗新型的经济组织体系、网络化持续创新能力，19世纪80年代，理查德·阿克赖特开发的水力纺纱机就是极为生动的事例。榜样的力量化为可见的财富，很多企业主和工程师纷纷仿效。

曼彻斯特之所以成为好多"第一"，其中很重要的原因是原始产业化的社会结构。兰开夏郡有大量的中产阶级和小型资本主义企业家，他们拥有必要的资本，能够进行机械创新，并在他们周围的地区筹办新的工厂，关键是"这一切都得到了综合技术文化的有力帮助，这些技术在技术专科院校

---

① （英）彼得·霍尔著，王志章等译.文明中的城市（第一册）[M].北京：商务印书馆，2016.

和科研学会的发展过程中得到应用"。这些因素发挥了综合性的作用,"在一个小区域内创造了世界第一创新环境:这样的环境持续而综合地促进了在产品生产过程中技术和组织的改善。"

于是,变魔术一般,整个环境发生了根本性变化,原先"地狱一般的道路"("你们会由于翻车或发生故障而摔断脖子或四肢")经过十几年时间,主干道的改善完全改变了贸易组织。货车取代了驭马运输货物、小商贩传送样品,接着蒸汽火车出现了,世界变得四通八达,并且通过利物浦的良港与海洋取得联系。

2012年七八月间,当我抵达曼彻斯特访问时,已经见不到工业贫民窟,特别是《英国工人阶级状况》和一些音像资料中看到的一切:工作环境恶劣,超时工作,童工、意外事故与死亡。这些都被釜底抽薪了:曼彻斯特不再是一座标准的工业城市,工业社会也变成网络-信息社会,后工业的"后"字在曼城有极为生动的体现。

在《英国》("孤独星球"系列旅行指南)这本厚厚的小册子中,作者这样写道:飞奔的齿轮在19世纪末期开始放缓,美国开始展现其工业实力并占据了纺织品贸易的可观份额,曼彻斯特的纺织厂产量开始下降,随后全部停工,到二战时,"整个城市生产的棉布甚至都不够做桌布的",显然说得有点夸张,但大致情形就这样。曼彻斯特港口在1982年因运输量下降而最终关闭。1996年6月15日是曼城灾难的一天,当时爱尔兰共和军的炸弹摧毁了市中心的一大片建筑,炸弹事件毁坏了曼彻斯特市中心。但居民很快就从惊恐中恢复过来,并抓住那次机会重新建设市中心,建了新的公共活动场所,充满奇想但又非常实用的现代建筑,这明显是玻璃-铬合金建筑革命的开端。

如果你不了解曼彻斯特这二三百年的历史变化,加上又是短促地旅行到此,会顺理成章地将眼前的曼城简单地视为某种城市的进化,事实上,隔了这百来年,曼彻斯特简直是两座迥异的城市。

尽管有人认为"无冕的北方之都"这一称号只是北方人的夸夸其谈,但曼彻斯特当之无愧。它有丰富的历史文化,在各式各样的体验馆里任人探索体验,无论是科学与工业博物馆、曼彻斯特美术馆(包括所收藏的37幅泰纳的水彩画,并且汇集英国最好的拉斐尔前派的艺术珍藏),还是国家足球博物馆(这个轰动一时的博物馆恰如其分地描绘了英国足球从诞生初期到繁荣的演变历程)。

试着想一想,一个工业博物馆为何如此"仓廪殷实"?因为它不仅是工业革命的发源地,更是一部新世纪历史的开拓地,正如我在《曼彻斯特》那首诗中所写的:"休谟不重要,亚当斯密有时不重要/瓦特和珍妮依然完整/蒸汽遮天蔽日,纺织机唧唧复唧唧/人呵,命运、欲望与神话之交织/火车,从曼彻斯特出发。"足球博物馆之所以名闻遐迩,也是因为它有故事、人物与狂热:英国是足球的诞生地,曼彻斯特则是全世界最有钱和最受欢迎的两支足球队的主场。在这个城市居住久了，你就会经常听到某个酒吧里或空地上爆发出一阵阵欢呼与呐喊，那一定是进球时刻或险胜光景。至于美术，我也去过大都会美术馆、卢浮宫和大英博物馆，私下得出过一个结论：最好的、数量庞大的美术作品，一定是在这个国家兴盛时期，特别是在工业化、海外殖民统治和"钱用不完"的时代，通过种种途径获得的。这里说的"种种途径"，当然包括欺骗、廉价收购与明目张胆的掠夺。

在历史与遗产之外，纯粹的享乐也使这座城市充满乐趣。在曼城你可以享受美食、品尝美酒、尽情舞蹈，把自己遗忘在享乐主义幸福的漩涡中。我和我的教授同事们在这个城市呆了两周左右，几乎每天下午交流结束后稍晚些都去城区逛逛。从街上人们的装束到商店内部装修，那些购物区的场景，游乐场内声光电的混成，红色或灰色砖墙的小酒店，还有足球赛场前的车水马龙，都证实了这一点：重现活力之城。我经常逛曼彻斯特大学书店，那是一家别有韵致的书店。偶尔在街上心仪的小酒馆与同伴去喝一杯，内部静谧而不简陋。那一杯啤酒简直让你的五脏六腑浸泡在中世纪草药的神秘配方里，还可以顺手从书架上取下雪莱、济慈或彭斯的诗集慢慢阅读。传统的小酒坊是非常好的廉价用餐场所，在那里也许你能够品尝到来自本地的鲜酿啤酒。

曼彻斯特是城市重建的一个典范，既记录着英国工业的发展历史，又充满了电子新气息。以电子、化工和印刷为中心，拥有重型机器、织布、炼油、玻璃、塑料和食品加工等七百多种行业，不仅是英格兰西北部地区政治和文化中心，也是商业和就业中心。

一切都在变化。有人这样形容：狄更斯时代那种贫困的煎熬，早已是尘封于历史的记忆，1980年代独立朋克乐队所展示的黑暗与灭亡也随同Joy Division（英国后朋克乐队名）那忧伤而悲切的声音一同远去。从另外一个角度看，早先灰蒙蒙、交通繁忙、机器轰隆的工业城市，已经发展出一种"早餐要饮香槟酒"的闲情逸致以及注重享乐到几近轻浮的人生态度。这是曼城历经几百年前工业革命之后，由盛转衰、由衰复兴的一个世代转换。当然，我觉得下一个"盛"不是上一个"盛"的简单重复，而是一个很不相同、甚至不可比拟的"盛"。至于"衰"，也有不同的"衰"法。

这个靠棉花起家的城市之所以活力不减，是因她争取机会、乐于尝试、鼓励人们创业和革新的精神。在我们这些异乡人看来，这一切都是以欲望与冒险的感官形式来表达的，不管是居家、展出、游乐、购物这些日常生活，还是聚会、观看、体验与狂欢的人生感受。城市的本质是对话，是联合体，是命运激流，也是观看、交往与语言之魅，而曼彻斯特满足了近代城市的所有定义，它同时具有当下性和历史感。享乐与激发的当下，令人无所顾忌；历史感则涵盖了人类最近几百年的所有变化与期待，从亚当斯密、瓦特到马克思、恩格斯，从大卫·休谟到约翰·斯图尔特·密尔、托马斯·里德，都与英国这个最活跃的地区发生精神与物质上的联系，准确地说，几乎所有近世思想家、经济学家、社会学家和工程师、工厂主，都试图在曼彻斯特周边和兰开夏郡找到自己的试验地、精神的自由乐园。

今天，旅行小册子以这样的文字诱惑观光客：

> 到充满波希米亚气息的北区那些时尚酒吧和时装店当中穿梭一番，再到庄重雅致、风格泰然自若的凯瑟菲尔德区巡游片刻，然后再去见识一下同志村"大声说出来，什也不怕"的潇洒态度。在这里呆久了，你也禁不住要被这座再生的城市所散发出来的自信所感染。

我对这座城市的体验，则有所不同。

直觉告诉我，曼彻斯特既属于精神性事物，更带有物质性功用，它摇摆在宗教与发明，资本与市民阶级之间。一个工厂主的儿子对朋友的资助，从曼彻斯特纺织厂流出，是否带有剩余价值的气息？雇工、信件和白银会合，水和火的交织，是否在嘲笑人们拒不作出的牺牲？两百年后，在时间的交叉点上，正如艾略特所说的："吃饱了的野兽就要踢空空的桶"。

当灰白色的海鸥飞掠而过时，废墟已变成行为艺术场所，在"净化的火"中恢复过来，按着拍子移动，像个原野上的舞蹈者。在曼联球场，我试图找到事物间的有机联系，比如：

爱情与工业之间的关系。曼联足球场的红色座椅，组成"结束"字样的白色座椅意味着什么，仅仅是指球赛结束吗？世界的纷争会停下来吗，人性与政治、战争的关系又是怎样的呢？

　　我对曼城的描述，确乎积累了一些感受力，虽然不一定那么精确，却是纯属个人的、感官的、也是意识深处的。

　　这是曼彻斯特。在运河和屋舍之间／是亚麻布与大丽菊；最后之精神／绽放在教堂与工人阶级公寓之间／不问骤雨是否敲击了罂粟和屋顶／示爱。笑如闪电。深沉的轻狂／咖啡馆里一个长吻足以销魂／化作三百年前一场大雷雨／爱是一种钝器，恨带有尖锐感——／"一品脱！再来一品脱"／"嘘！今晚的歌剧是《游吟诗人》"／／温和的麦酒有着悠长的苦味／／绝佳气质！美丽，乃哈德良时代的金币／在空气中升值；甜点和草莓／如何败坏了景观，对苏格兰蛋黄／想入非非；布尔乔亚脆弱得／像得了软骨病，胡子刮得干净／无非为上教堂，圣灵节前夜之需要／酒馆里传出如此这般的声音——／新袜子，哼哼，"婊子与淑女隔着一层纸"／／从中央车站（或称之为音乐厅）／到欧洲最大的市政厅，铜像／塑造着平庸之伟大，骑士蒙羞

（拙作诗歌《曼彻斯特》选段）

曼彻斯特，一个由锐角、矩形和圆弧组成的城市。那天我在阳光里走动，一抬头发现草地上有个袒露半个乳房的姑娘，吹着气泡，显示出一种飘忽的妩媚，竟然让我产生了废墟前遇到一个梦游者的幻觉。还有一次，我在一座高大建筑附近看到三个黑人青年围着穿白色衣裙的白人姑娘，不知是献媚还是出示暴力，突然一种新的冲击力进入我的脑海：

> 这个锐角和弧形交错的城市／大声喧哗："一切都是连体婴儿"／在莫斯莱大街，有人喜极而泣／／臀部起伏，浑然一体，汁液闪亮／欲望勾兑欲望。第三次尖叫惊心动魄／这座超级动人的城市，强悍而温柔／名叫曼彻斯特。唯有晚霞包含真相——／／它的形体并非幻象：建筑、人和精神／"落日之圆接近真理"，罂粟低语／／诗人霍普金斯曾经赞赏"斑驳之美"／当他来到曼彻斯特，一定惊骇于／它的新奇、独特、怪异，煞费苦心／／"这就是曼彻斯特，我最纯粹的杰作"／上帝挽起衣袖，低声嘟哝——

（拙作诗歌《曼彻斯特》选段）
2012年8月草于曼彻斯特
2022年5月改定于杭州

火车上的男孩

2007年6月的一个下午，我和几位同伴投宿离考文垂不远的一家英国乡村旅馆，它的前身是一座修道院。

说是旅店，其实只不过是将修道院内部做了一些改建，厅堂、餐室和门廊基本保持原貌，连壁纸、枝形吊灯和烛台都一仍其旧。琴键似的木楼梯在幽暗中转来弯去的，似乎暗示着精神之途的崎岖。至于房间，可能是修士们先前住的，连幔帐、桌子和圈椅都是当年的样子。光线远远不够，加上入住时已是黄昏，四周更是晦暝不清。我住进一个房间，一时找不到电灯开关，加上旅途劳顿，累了，就在沙发上呆坐一会。无聊之中，我在室内东碰西摸的，后来对那条垂挂在床前长长的穗带产生了兴趣，觉得它有点意思，一拉，电灯居然亮了！

我不知道原来这里是什么样的修道院，建于何时，也不知道哪些人如何在此隐修：他们起居、阅读、祈祷，并在教堂里做着弥撒，更想象不出什么圣咏伴随着他们默想。在不信神的国度，修道院、修士或修女，都是很遥远的事物。深锁的大门，美丽恬静的圣母像，十字架上的基督，光影斑驳的长廊，藏匿的地下教堂，修道院最隐秘的修士房间，都是难以描绘的。如今住进依然保持修道院格局的旅店，让我能够直接感受到它的风格与氛围，的确是一个奇特的经验。这本应该很让人满足了，不过我还是无法压抑某种好奇心：这到底是司汤达的被高墙挡住视线的帕尔马修道院，还是若泽·萨拉马戈那座处于18世纪初宗教裁判所窒息人性时代的修道院，甚至是翁贝托·艾科的杀机四伏又宁静如常、迷宫一般的中世纪修道院？

这是一个平静如池塘的地方，也是一个隐藏着数不清漩涡的地方。不管在花园、帷幕还是祈祷室，该发生的故事总会发生，涉及动与静，生与死，教会与世俗，上帝、耶稣与人、谋杀、疯狂与爱情。翁贝托·艾科在写作《玫瑰的名字》时，说自己"翻遍建筑百科全书，长时间研究其中的建筑图片和设计图，以便为我的修道院画出设计图，确定其间的距离，直到螺旋梯的台阶数"，在他看来，"应该先建造世界，词句随后即至，几乎是自动到来"。[1]

那天晚上，马克先生在花园餐厅为我和同伴举办了一个

---

[1] （意）翁贝托·艾科著，王东亮译．玫瑰的名字注［M］．上海：上海译文出版社，2010。

晚宴。因为第一次见面,加上英国人生性拘谨,礼数繁缛,我们之间除了偶然谈些股票和伦敦趣事(其实也不怎么有趣)之外,就是汽车这个英国的"老产业"了,伦敦街头的黑色出租车也只是偶尔提及的话题。这场过于含蓄的晚宴时间够长的,结束时已是很晚了。我三步并做两步地回到住房,松了一口气。

房间的书架上凌乱地摆放了一些旧书,茶几上也堆了几本。我粗略地翻了一遍,大多是宗教方面的,福音书、赞美诗和圣经,也有一些历史地理书,甚至还有些医书。小说大多是维多利亚时代的,也有一战前后的女性读物。不经意间,我眼前一亮,书架上居然有一本诗集,一个英国诗歌选本,出版年代大抵是一战与二战之间,选的英诗还算不错。最幸运的是,我居然在书页间找到夹在里边的手抄诗歌,有打字的,也有用蓝色墨水誊写的,有三四首。这些诗歌作者不详,年代也待考,但我却如获至宝,当夜把它放在枕边陪我入睡。

第二天离开旅店时,我鼓足勇气,向旅店经理提出一个要求,请他将这本诗集送我。本来以为很可能会被拒绝,想不到旅店经理同意了,还是有点意外的。他说:这些书本来就是从旧库房里搜出的,也没有什么罕见的版本,只是给旅人解闷的素材。既然你这么看重,就送给你吧,只要你高兴读它。

昨晚我又在书房里翻出了这本诗集,一本在当时十分普通的英国诗歌选集,深蓝色的封面,是个精装本。这本诗集当时似乎过了几手,最终落到一位绅士手中,也许是这本诗集最后的主人,把他自己或别人的诗歌抄录下来,附贴到诗集硬封皮里,也就是扉页之前的位置。这个举动,足见那个时代英国热爱诗歌之风的炽盛。在伦敦,在巴斯,凡是去书店,我总会在众多的书架里,发现有一个诗歌专柜站立在那里等待着读者。眼下如此,况复昔日。

回国后,我让我的一个同事将夹在书间的手抄诗歌翻译出来。她是西安外国语学院的硕士,德文见长,英语也好,我让她下点功夫将这几首诗歌以汉语的形态重现,但她毕竟年轻,觉得这两首诗歌有点令人费解,特别是诗歌中生僻的词不少,有些用法是"过时"的,所以翻好后特意给我留了个条子。译笔不十分讲究,但有清新可喜之处。这里我就照录了,文字尽量保持原貌,只是参照原文略微改动了几个句子和一些用词。

以下是第一首诗:

火车上的男孩

给一点份量火车就会发出嘟嘟声,
它害怕进入隧道?
用一点力就会在炉子上留下痕迹,
当雨落下,穿过隧道?
我可以用什么来伴我的晚餐茶点,

青鱼或是鳕鱼?
奶奶亮灯了吗?
下一站是不是科克凯迪?

远处乌鸦啄食着未熟的芜菁,
我不怕车外的风雨,
视野越来越暗,
我们进入了隧道,我们进到了黑暗,
但晚餐却冒着热气出现在眼前,
爸爸,我们马上就要到巴弗罗杰公园了,
下一站就是科克凯迪。

天空中是我所看见的月亮吗?
它散发着清冷的光辉,
看,车窗外闪过一群鸽子和渔场。
一个姑娘打破了乘客的宁静,
她一一检查乘客车票,并将它们归还。
当她检查完我的,
我就从行李架上取下行李,爸爸,
下一站就是科克凯迪了。

码头上稀稀疏疏的停着几艘船,
没看见海面的巡洋舰,

正午我所想念的肉桂香味再次勾起我的食欲。
我马上就要按响奶奶的门铃,
她会惊叫着说"快进来,我的小人儿",
我发现自己将会有说不出口的难为情;
是的,下一站就是科克凯迪了。

还有另外一首诗:

米伦·麦基

如果你愿意,可以叫我米伦·麦基小姐,
我是我自己的主人。
虽然追求者老是围着我转,像蜜蜂一样叫个不停,
我从未答应过谁的求婚。
他们在夏日夜晚峡谷顿河边游弋,
拜倒在米伦·麦基前。
然而从来也不说他们所真正想要说的,
有哪个女人会因为男人烦恼如我?

夏日的安息日我去教堂,
一个男人,带着围巾,走在树荫里。
"打扰了,米伦小姐",麦克特克说,
"你真是秀色可餐"。

这句话多过任何赞美,
说这句话时他的眼里闪过一丝光亮。
当他想说更多时,便被教堂的钟声打断,
有哪个女人会因为男人烦恼如我?

集市收摊了,天色暗下来,
马尔·塞姆森在桥那头,
虽然之前我就认识他,但并未停下来和他打招呼。
他停下来,挽我上他的马车,
他表现得很活泼,我们一直行到路的尽头,
他说:"我从未认识像你一样轻盈的女子。"
正当他要说更多时,我们该分开了,
有哪个女人会因为男人烦恼如我?

在快到除夕的一个夜晚,
所有人吃完饭便回家去睡觉了,
但是巴达洛克坐着一动不动,
坐在阴影里,很不自然。
他说:"你有很棒的厨艺,我从未吃得这么舒心,
我不介意即使午茶时只有薄饼。"
正当他要说更多时,我父亲走了过来,
有哪个女人会因为男人烦恼如我?

告诉他们我所需要的得花很多时间，
拉布·米克尔、桑迪克特尔，和埃尔奇贝尔德·塞姆。
但有件事我最想说明，
婚姻对我来说是个侮辱，
那样我将不再是米伦·麦基。
我讨厌被作为炫耀的工具，
有哪个女人会因为男人烦恼如我？

小赵给我留的字条如下：

"……看了这两篇。篇幅不大，但用词生涩。主要问题在于出现了很多老词，被淘汰的词。如：wey, mune, frae, lookit, mear, neerbour, 这些词超过60%，比较影响我的判断，所以翻译得不尽如人意。我把翻译的体会，还有自己对这两首诗的理解，简单地说明一下。

"《火车上的男孩》描述的是个即将乘火车到家的男孩。他可能是个归家的士兵，也可能是个在外求学的少年。坐在车上，一路见到的都是自己熟悉的场景，不停幻想着家里的情景：我可以用什么来伴我的晚餐茶点？青鱼或是鳕鱼？奶奶亮灯了吗？我马上就要按响奶奶的门铃，她会惊叫着说'快进来，我的小人儿'……这些都是他所熟悉的。可以判断，科克凯迪是他家的所在地。在每段的末尾句有个变化：下一站是不是科克凯迪？下一站就是科克凯迪。下一站就是科克凯迪了。是的,下一站就是科克凯迪了。从不确定到肯定。于是,在火车没有到站就急迫的取下行李,很好地表现出归心似箭的心情。

"《米伦·麦基》这篇我不是很理解,因为不清楚作者写于什么时期,大概是写于女性独立时期吧。她具有很强烈的自我意识,不喜欢男人传统的赞美:香甜、轻盈、居家,她认为说这些话的男人都居心叵测。作者不接受这些对女性的传统评价,想要追求平等,但似乎显得有点偏激。

"至于另一篇手写稿 Laurid o'lockpew,太潦草,没有翻译。"

可是在我看来,对这两首诗来说,如何翻译并不重要,硬译有时甚至更好。重要的是,我已经从译文中闻到一阵浓郁的诗意,那种气息夹杂着薰衣草和月桂的香味,说不定还有一件小羊皮袄黑色衬里的沉香气息呢。我有一种近似幻觉的印象,这两首手抄的诗歌,经过这些"气味"的熏染,足以长久地沉浸在种自我陶醉的历史快感里,诗行和词句的安排,一定是更为妥帖的了。

我看了几遍原文,发现那首《火车上的男孩》写得真是不错。你看,那个男孩正坐在一列回家的火车上,他既兴奋又惊讶,一切记忆都在脑子里安然保存,一切又是令人惊奇的,陌生的。他一边坐着火车,一边惦记着奶奶做好的晚餐。火车的神奇,与奶奶可口的晚餐交替出现。桌上摆放的菜肴是青鱼还是鳕鱼？饭后的茶点是什么？一切都是悬念。男孩子的急切心情还表现在列车里的眺望。他从窗口望去，远处的乌鸦在啄食芜菁，风雨中视野越来越暗，心里不免有点害怕。害怕什么呢？"黑暗"。黑暗是恐惧的来源，又是恐惧本身。连老人也害怕黑暗，何况男孩？但奶奶亲手做的晚餐，却冒着热气，触手可及。家，向来是战胜恐惧的城堡，奶奶似乎张开手臂在迎接他了。

这个男孩还抬头看到了天空中的月亮，它发出清冷的光辉，大地闪过许多他似曾相识的事物，包括鸽子和渔场。小男孩更加急切地要回家，一刻也等不得了，终于那个姑娘开始检票了，他的心更紧张，也更充满回家的希望。还没有到站，男孩就对爸爸说，"当她检查完我的，／我就从行李架上取下行李"，如此急不可待，而码头上的船，稀稀疏疏地停泊着，男孩看得有点不耐烦了，还突然想到，怎么没有看见海面的"巡洋舰"？这简直是神来之笔。我们都可以明白男孩的心情：家的温暖、晚餐的想象，如此美妙，而一旦巡洋舰真的出现，这些还会存在吗？这个时候一个意想不到的情节出现了，"我马上就要按响奶奶的门铃，／她会惊叫着说'快进来，我的小人儿'／我发现自己将会有说不出口的难为情"。可是，在诗歌结束的时候，火车上的男孩依然没有到家。是啊，下一站。"我的下一站是什么地方？"

这是个永恒的问题：我们真正的家在哪里？我们能回家吗？不能回家不是很孤独吗？

我曾经在纽约看过一场叫《怀疑》的话剧，神父弗林在回答阿洛西斯修女"你听到昨夜的暴风了吗"这个问题时，这样回答道："想想在拓荒年代一个披着鹿皮的男人独自坐在林中的篝火边倾听着那种声音。想一想那种孤独！那无边无际的黑暗压过来！那该是何等的恐惧！"这两种恐惧何等相似。读过这两首诗歌之后，相当一段时间里，我经常在想：我们这些人的原型，究竟是那个火车上梦想远离黑暗、不断寻求像大地般庇护着自己的奶奶、却始终在路途的男孩，还是那个始终怀着独立的意愿、烦恼男人的自以为是、总是偏激地想着逃离这一切而永远无法逃脱的女孩？或者两种兼而有之？

依我看，这两首诗属于典型的英伦风格。

何为诗歌的"英伦风格"？就是在貌似平易、写实的诗行中，倾注了深沉的情感，伴随着诗人对现实与内心的广泛探索。这情形跟很多英国绘画一样，鲜有色彩斑斓的长卷、疯狂泼洒的颜料、刺目的明暗对比，却构成了一个事关世界与灵魂的镜像，拨动人们内心最为隐秘的那根弦，经久不息。他们表面上平静的诗行实际上富于戏剧性，朴素的语言隐含着强烈的情感。从格雷、彭斯到柯尔律治、济慈、哈代，直至麦克迪尔米德、麦克林，都是这样。他们的诗歌，有点像透纳的水彩与油画，呈现出朦胧的光和影以及大自然题材中剧烈、充满动感的海水景象，更接近康斯太勃尔绘画，安静、祥和，一草一木都被被忠实地描绘下来，光线从树木的枝丫中透出来，刻画出英国风景原始、浪漫的一面。

英国现代诗人麦克林后来用盖尔语写作，写出了既有淳朴岛民情感又有当代西欧意识，在艺术上则充分发挥盖尔语的音乐性、形象性特点的抒情诗。从这一点看，《火车上的男孩》就有质朴的一面，诗行间透露出来的音乐性也是显而易见的，意象的选择与氛围的营造颇为高明。另外，麦克林写爱情诗的独特之处，也就是他的现代性，按照王佐良先生的说法，"在于爱情常常带来令人不安的因素：困惑、迷惘，甚至逼他作出痛苦的选择"。《米伦·麦基》的调性与语言，不也就是这样的吗？

后来，我读到了一首哈代的诗，题为《一次失约》，与我前面提到的那首《米伦·麦基》，可以比照着看。

你没有来

而时光却沙沙地流去，使我发呆。
倒不是惋惜失去了相见的甜蜜，
是因为我由此看出你的天性
缺乏那种最高的怜悯——尽管不乐意，
由于纯粹的仁慈也能成全别人，
当指盼的钟点敲过，你没有来，
我感到悲哀。

你并不爱我，
而只有爱情才能使你忠诚于我；
——我明白，早就明白。但费一两小时
使除名以外全然圣洁的人类行为
又为何不增添一件好事：
你作为一个女人，曾一度抚慰
一个为时光折磨的男人，即便说
你并不爱我。

（钱兆明译）

那首《火车上的男孩》的主人公是一个男孩，他的所见所思，包围着他身体的黑暗与光，他的忧伤与期待。那么，火车究竟是一种什么样的交通工具，是如何承载着人与事物昼夜奔驰的呢？我们来看同样是英国诗人斯蒂芬·司班德（1909—1995）写的那首《特别快车》：

她先发出一篇直率有力的宣言，
那活塞的黑色文告，然后稳稳地
像皇后一般滑行，离开了车站。
她昂然行进，以克制的冷漠态度
通过了卑微的拥聚两边的房舍，
路过煤气厂，然后穿过死亡的

沉重一页，上面满印着墓地的碑。
在城郊外是一片开阔的田野，
逐渐增加速度，也增加神秘，
有似海上行船那么泰然自若。
现在她开始唱歌了，起初低声，
然后洪亮，终于像爵士乐般疯狂；
那是在转弯时尖声呼啸的歌，
是隆隆的隧洞之歌，闸和铁栓之歌。
然而总是轻盈而昂扬地流着
她那轮下的意气风发的节拍。
她冒着蒸汽，穿过金属的风景，沿着
她的铁轨冲进了极乐的新纪元。
那儿速度扬起了奇异的形状，
大曲线，像炮膛般干净的平行线。
最后，越过爱丁堡或罗马，远远的
在世界顶峰以外，她到达了黑夜，
在那里，在起伏的山上，低低的
只有流线型的硫磺光是白的。
啊，像卫星穿过火焰，她狂喜奔去，
那围裹她的音乐啊，没有鸟儿的歌，不，
没有任何绽出蜜蕾的树能够相比。

（查良铮译）

那男孩坐的不一定是"特别快车"，但在我看来，司班德似乎非常明白高速行进中的列车给孩子造成什么的感觉：神奇的、梦幻般的，一路歌唱着，奔向奶奶的灯光亮着的那间小屋，急不可待地呼啸着奔去，还带着一点难为情，那个时代孩子特有的羞涩，而这种羞涩又为夜色所掩藏，所包裹。司班德这辆拟人化的高速列车，事实上就是孩子归家的心，与孩子沉迷于幻象的神态相反，像一颗炮弹似的穿过空气与田野。

记得当天晚上，我一边读着这部诗集里的诗（包括夹在书中的这两首），一边感觉到，正是诗歌之光使得这座寂寞的、由修道院改建的乡村旅馆有了生机与活力。试想，这个火车上的男孩与修士开始对话，并不倦地描述外部世界的微妙之处，人性与神性的结合部，就在铁轨被列车碰撞的那些时刻，那片原野。而远处亲人的呼唤，餐桌上的灯光，男孩所思念的肉桂的香味，快要按响的门铃，正是"世上的光"，一种情境式的启示录。

至于米伦·麦基小姐的心事，"像蜜蜂一样叫个不停"、老是围着她转的追求者，以及她的自主性，她对炫耀的厌恶，与修道院表面上的宁静，修士进入苦修状态的纹丝不动，恰成一个强烈对比，形成色彩上的反差，"有哪个女人会因为男人烦恼如我"的告白，与祈祷中不可干扰的彻底清空，如此真切地搅拌在一起，构成了奇异的人间图景。

这就是修道院里的"刀光剑影"，内心变化才是真正的史诗。正如若泽·萨拉马戈在他的《修道院纪事》里说的："……修女暴动比战争更加可怕。有多少次，为了让遗产分割有利于长子和其他兄弟，这些女人就被强行关进修道院，永久禁闭，就这样囚禁着她们，甚至不允许她们和什么人隔着栏杆握握手，偷偷会会面，不允许她们进行舒心的接触和甜蜜的爱抚，即便这些行为携带着地狱，那也是一种至福。归根结底，因为太阳吸引琥珀，尘世吸引肉体，所以总会有人受益……"[1] 那么谁又能知道，我看到的这些诗歌是不是修女或修士抄录的呢！

当我把这两首诗歌和我索取这本英国诗集的故事转述给人听的时候，那位朋友给我写了这么一段话，不妨抄录于兹：

"一个坐着火车，而心里却在火车头焦急地探望的男孩；一个心里明白爱情和婚姻将最终凋零，而耳朵依然喜欢听到它的女孩；一个为汽车之壳寻找诗歌之核的诗人，他在心里写了一首诗：在异域邂逅一场诗歌"。

说实在的，在那家考文垂附近的英国乡村旅馆，我并不仅仅是"邂逅一场诗歌"，而且找回了当年自己的影子：火车上的男孩。那个影子恰好与另一首诗歌中的女孩叠合，旋又分开。奶奶亲手做的晚餐永远冒着热气，而那个火车上

---

[1] 若泽·萨拉马戈著，范维信译.修道院纪事［M］.海口：南海出版社，2019。

的男孩，就是曾经的我，还在回家的路上，总是在回家的路上……乌鸦、芜菁，月亮的清辉，对黑暗的持久穿越；车票，行李架上的行李，肉桂那令人无法忘怀的香味，无法抵达的抵达。

2009 年 8 月 26 日，杭州

2021 年 11 月改定

大马士革

一

带着中亚细亚的草屑，和中国南方的想象力，我来到大马士革。

大马士革，一座在精神的光与影中颤动的城市，一座充满爱、灾祸和传奇的城市。凭着它好听的音节，你似乎就能深谙它的妙处，何况这座城市是最早处于世界十字路口的——无论是圣经还是阿拉伯古书，还有先知的传说，都会提及它。

很早的时候，人们就可以通过大马士革进行拜占庭与中国的丝绸贸易，因为大马士革是丝绸之路在西端的一个终点，英语的缎子（damask）一词来源于此。"缎子"，大马士革，霞光般的传说。如今我确凿地置身于大马士革，在那些大街上行走，一眼望去，树林葱郁，塔尖隐现，城墙耸峙。整个城市就像一匹绸缎那么光滑：斑斓，悦目，绝妙。

"大马士革之路"，是《圣经新约》首先创立的名词，说的是一名基督徒的迫害者扫罗，在从耶路撒冷到大马士革（罗马帝国叙利亚省会）抓捕基督徒的路上突然发生转变，当时扫罗被击倒，眼睛因受比太阳更强的光刺激而暂时失明，并听见耶稣的声音。几天后他在大马士革被亚拿尼亚治愈，并受洗加入基督教。于是"大马士革之路"成为"突然转变"的惯用语。

大马士革位于安提黎巴山山麓，巴拉达河和阿瓦什河的汇合处，整个城市水道纵横，草木峻茂。黄昏时分，这座城市披上一层雾霭，与远处浩茫的沙漠汇合在一起，充满了玄想的机缘。只见一只飞鸟倏忽间飞过宝蓝色的天空，最后消失成一个圆点。400多座清真寺和许多基督教堂遍布全城，萨拉丁雕像如此气韵生动，而街口有一柄嵌着彩色玻璃的"剑"——这是一座雕塑，在夜色里开始闪耀，不言不语地刺向苍穹。夕阳西下时，落日的余晖把树木、房屋、寺院抹上一片橙红，从清真寺的宣礼塔上就开始传出阿訇们召唤人们出来的喊声，全城笼罩在一片宗教氛围中。

关于大马士革，阿拉伯古书上是这样说的："人间若有天堂，大马士革必在其中，天堂若在天空，大马士革必与之齐名"。于是，在我最先的想象中，大马士革是一道来自上古世界的光，一座君临漠野与河流的大城，一个奇异的命数，而此刻眼前的大马士革，却是一座世俗与宗教交融的城市，一座充满矛盾又自我调谐的城市，一个恒定的等式。

据说有一天，穆罕默德来到大马士革郊外，从山上眺望全城，顿时被城市绚丽多彩的景色所打动，但观赏一会儿后没有进城，而是转身往回走。随从者惊讶不已，忙问其原由。穆罕默德解释道："人生只能进天堂一次，大马士革是人间天堂，如果我现在进了这个天堂，以后怎能再进天上的天堂呢？"

站在城郊萨利希亚小山上俯瞰，平坦的原野上葱绿一片，巴拉达河波光闪烁，蜿蜒其间。岸边一排排白杨树挺拔耸立，周围散布着一座座花园和果园。绿荫丛中，掩映着一幢幢白色房屋和清真寺尖塔。几位叙利亚朋友陪我登上卡西尤山，这座古老城市之巅，已是深夜了。"谁能领受众生合唱，谁就能征服大马士革灯火"，我心想。

那份冥想的荣耀，就像一轮下弦月镶嵌天际。

二

走进大马士革的那些宫殿，靠近那些遗留的古罗马城墙，步行在城内石块和卵石铺就的古老街道上，我想到了当年朝圣之路的艰辛，也想到了后宫的放轶。英雄们的马蹄敲击着大马士革，欲将这座伟大的城市瞬间毁灭的，也大有人在。过于诱人的事物，极易招致摧毁性的打击，因为拥有的欲望也过于强烈。

我走进一座座不起眼的庭院，围墙之内，屡有惊人发现：

那些建筑构件、立柱和纹饰、马赛克图形、盆栽的玫瑰、漶漫不清的壁画、断臂的雕像、失修的水池（都能映见征服者曾经君临的尊容），还有人们、那些在庭院里吸着水烟的人们，使我想到了马匹、传奇和弓箭，成功与失败。在这样的环境里，你能说什么？还有什么是你无法说的？嘴唇沉默了，思绪却渐次展开，跃动着跨过流动的沟渠，直抵那些历史场景：征战、交换和凯旋。

当我看到大街转角的建筑上留下的烟熏火燎的痕迹，当我看到一个颇为前卫的年轻人开着一辆保时捷红色跑车穿越古罗马时代的城墙，当我看到祈祷的时刻人们纷纷在地上铺一块垫子喃喃有词，尔后依然做买卖、干活和继续冥想，我被这座城市并行不悖的生活构造所征服。大马士革，是一座表面上我行我素，内里却在乎世界变化的城市。

这是男人的城市，女人的城市，用浅褐色石头和歌声筑就的城市，月光与阳光交织的城市，平原城市，丘陵城市。我后来这样写道："巴拉达河，城市倒映城市。"大马士革的悠闲，只是它作为硬币的一面，反面却写着"跟随世界的脚步，紧随……"。当你走到这个城市的郊区，你就会发现，大马士革的背景，是如此的单纯而斑斓：绵延百里的是夹竹桃、橄榄树和阳光，古老的阿勒颇站着，中间是沙丘和戈壁，是霍姆斯，是瘦长的教堂。

那些叙利亚的商业伙伴带我们到那些著名或不著名（却颇有特色）的饭店去，按照我的预估，大马士革的饮食是很朴素的，可能还有点单调，可是我错了：上来的菜肴会使你吃惊于它们的丰富。吃在大马士革，就意味着烤羊肉、炸鱿鱼、薄荷汁、上等奶酪，也意味着洋葱、腌橄榄、焖蚕豆。这些饭店往往从外部看上去并不起眼，坐下来一看，会使你有意外之感，伊斯兰风格的装饰，灯光往往是那种金黄色的，甬道、餐室和庭院，既是一体的，又相应分成几个功能区。光线是匀称的，桌椅和餐具在明暗的变化中，使人感官上充满迷幻和动感，又教人很快进入自己的内心。

我们自然大快朵颐，之后想着一件事，那就是这样的食物结构，这些林林总总的菜肴，是跟这个城市当年处在世界十字路口有关的，也跟一代代人的文明积累有关，甚至还跟演进中的生活方式有关。比如说，烤腌的方法、特殊的调料、还有上菜的次序，都是极有讲究、大有来历的，我甚至觉得连侍者的站立方式、刀叉和餐具的摆放，也有不少差异。

当然，我也可以说，凭这些天造访大马士革的印象，虽然其有极为激烈的一面，但大马士革本质上是闲适的、从容的。雨下在冬天，足以让这个城市活力不减，冬季湿润，十分适宜户外活动。就像西班牙人那样，大马士革人也是一天休眠两次，这无异于将昼夜三等分。看来西班牙与阿拉伯世界的联系是很紧密的，否则怎么连休息的方式也这么像呢？那年我搬进新家，余刚兄说我居所的装饰采用的是"西班牙的阿拉伯风格"（也许出于诗人的敏感）。最终，我顺手记下了这样的句子："大马士革，人们急匆匆地运载悠闲，以度假的神态/卖力做事；叼水烟的，衔雪茄的，抽香烟的——/阿拉伯故事本来就摇曳多姿，盛产香料与水手。"

三

在大马士革，这些天来，我不知道碰见多少人。

人，都是人。街上是人，清真寺里是人，市场上是人，庭院里坐着人，广场上鱼贯走着人。大马士革的男人都是雕刻出来的，作为男人你也许在大马士革会为男人而感到骄傲，这是很稀罕的一件事，他们简直是天之骄宠：整个轮廓是刚毅而挺拔的，又不乏柔和之处，比如嘴唇和卷发，好像个个都是雕塑家手中的范本，这是天生的。在大马士革，女人是柔和的、安详的，虽然有时在街上看到她们，似乎有点心情不宁，但却转睛之间，低眉之处，显得很是生动，耀眼的肌肤，与黑色的纱巾互为映衬。那些女孩之美，往往让你瞠目结舌。

可能大马士革人有一种先天的沉默感，你在大街上走着，不会像走在美国或欧洲一些地方，有人主动跟你打招呼，说一声哈罗。你会遇上一些迟滞和犹疑的目光，也会遇到眼神里短暂的冷漠，但当他目不转睛地盯了你十几秒钟之后，转瞬间就会变得异常生动，隔膜被战胜了，于是你可以接受他水流汩汩的话语，有时还可以滔滔不绝。我在大马士革碰到这么一些人，感到什么都可以忘记，就忘不了他们的眼神：看一眼，仿佛就能穿透你的一生。

根据事先的安排，总理会见了我们。留灰色短髭的拉吉·奥特利，大约六十多岁的样子，显得和蔼而安详。走进简洁而典雅的总理府，浅黄色是这个建筑群的主色调，伊斯兰风格的装饰，家具也是介于轻快和凝重之间的调子，用流行的话说，呈现了一种"低调的奢华"。我们等了不少时间，有点无聊，就开始关注陈设和家具，还经常把目光投向窗外。

会见持续了一个小时的时间。我们和总理谈到汽车业的发展，谈到了市场和企业，还有资源、环境以及食物，这个世界的变化，等等。在会见厅，他和颜悦色地询问大使，"幼发拉底河造桥进展如何？"这个时候我觉得他的眼神有变化，那是精干的，鹰隼具一般，与他平和的语气恰成对比。李大使怎么回答他，我也记得不是很清楚，但他们对话中的"幼发拉底河"这个词，我听清楚了，所以一下子记住。大概幼发拉底河的某座桥梁是中国人来援建的吧，建设的速度是总理所关心的，再说这也是一种不至于冷场的话题。

我向来以为，所谓东方的"神秘"来自西方，正如女人的神秘来自男人。神秘就是落差，就是相异，这跟起源有关，更跟路径有关。当然，你也可以说，存在着两个"东方"，这两个"东方"的很多事物和观念，都是不能够通约的。除了爱和恨，死亡与季节，还有疼痛、饥饿和欢快，这个所谓世界可以通约的事物，并不很多。但是在大马士革，我对"东方"的理解力，迅猛增强。我在手札里记下了"作为另一个东方人，能时刻对这个东方作出解释：从手织羊毛挂毯，到松绿色宝石,从穹顶光环到阿勒颇石头的温度。"

是啊,人……都是人。一个人就是一个民族。大马士革人具备一切变化:手势、嗓音、身姿、言词、眼神、气息,所有这些,都曾经以诗歌或故事的形式出现,不是一个程序的启动,或某种理性的召唤。在所有的旅行中,我最反感的是见树不见林,对个别的人事和景象感兴趣,而忽略整体和图景的韵味,忽略人本身的魅力,还有人的特征与精神轮廓。

在大马士革,我觉得一个人就是一条街道,而街道上走着的人,就是他们自己祖国的缩影。那些或宽或窄的街道,我们看到的是光线与影子,喧哗与宁静,故事与"反故事"。大马士革人,是袖珍的、含蓄的大马士革,他们的背影和目光,值得你反刍与咀嚼。

我们在街上一定会不由自主地放慢脚步。进入下午时分,阳光是穿透银杏树叶的那种色调,教堂或清真寺里发出一种轻微的敲击声,有人在墙角鼾声大作,水烟被冷落在旁,我们忍俊不禁……夕阳西下,霭烟四起时,在不远的远处,有人在默念经书,几个顽童在嬉戏,屋角的铜茶具闪亮,手上的那颗绿松石戒指,在兀自遐想,你的思绪一下子跑到两千年前去了。

四

始建于 705 年的倭马亚大清真寺,是伊斯兰教最主要的清真寺之一,被认为是伊斯兰教的第四大圣寺。这是大马士革和伊斯兰世界共同的骄傲。

出乎我的意料,倭马亚清真寺的前身还是一座神殿和教堂。最早是罗马帝国时期的朱庇特神殿,后来在罗马帝国定基督教为国教后改为圣约翰大教堂(纪念施洗约翰)。叙利亚于7世纪为阿拉伯人征服后,圣约翰大教堂一度仍归基督教徒做礼拜之用。

公元705年,倭马亚王朝的哈里发瓦利德一世接收了这座教堂,将其改为清真寺。瓦利德一世从拜占庭、叙利亚、埃及等地招集工匠,历时10年将清真寺建成。在改造过程中,教堂的长方形布局被保存下来,但其余部分有多少被留用则不得而知。可以肯定的是,倭马亚清真寺有两座尖塔原来是教堂的望楼,第三座尖塔则为瓦利德一世所建。

当我来到倭玛亚清真寺,就失去了记忆与言词,失去了与人交流的可能,从很大程度上,还丧失了"看"的经验,切断了"想"的通道。对于那些绝美的事物,我们是无法自持的。真正的美具有某种攻击性,特别是在倭玛亚清真寺,那最初的一瞥使我几乎陷入"晕厥"状态。

当我看到那些用金砂、石块和贝壳镶嵌成的拱廊墙壁,看到描绘倭马亚时代大马士革盛景的巨大彩色壁画,又看到寺南面用巨大石块筑成的主体建筑——礼拜大厅,几乎是手足无措了。我甚至不知道应该从什么地方开始浏览:正面仿拜占廷宫殿式样,有凯旋式穹顶大门,门两旁由合抱的大理石圆柱支撑,柱顶为皇冠形,柱头镀有闪闪发光的金箔。

从步入倭马亚清真寺那一刻开始,我完全失却悠游自在的状态,好像有某种力量推着我走,这里胜景遍地尽是,就看人的感官是否足够打开。不是吗?你看,倭马亚清真寺殿内,在那些圆柱和金碧辉煌的殿内四壁顶棚上,不但雕有精致的花纹,还有镶嵌着黄金、宝石、贝壳的红、黑、白大理石艺术雕刻,大殿顶上吊着一盏盏巨大的水晶灯,殿内南墙为正向,有4个精致的大理石凹壁和一个珍贵的大理石宣讲台。这些壁龛和讲台上都是用五彩玻璃、"基沙泥"瓷砖镶嵌出各种美丽的树木花卉及形状各异的几何图案。

倭马亚清真寺内,41个大理石凹壁中有朝向麦加的米海拉布,其上方为礼拜大殿,也是大寺的大圆穹顶。礼拜大殿前是长方形的露天庭院,全部用瓷砖铺地。庭院中央有3座封闭式圆顶建筑,其中西面的是藏经楼,东面是钟楼,分别藏有《古兰经》抄本和古钟;中央是水房,内有一座大理石水池。全寺有3座高耸云霄的尖塔:"新娘塔"为方形,位于北院墙正中,靠在南墙东端的"尔撒塔"也是方形塔,第三座塔为八角形,位于南墙西端。

世界上的那些著名庙宇,都是有来历、故事和意外的,倭马亚清真寺也不例外。这全寺3座尖塔中,只有新娘塔与大寺为同时代建筑。大寺落成后1000多年来,曾几次遭到火灾。最初的大寺遗物只有一对蜡烛台和一扇蓝色玻璃窗完好保存下来。大寺现存的大部分建筑物都是被焚后重建的。

人,只有啜嚅。在倭玛亚,我被深深催眠——当成排的白色廊柱被阴影切割，而炙热与阴凉交换边界；当淡蓝的穹顶与深蓝的天空融合，而阳光再次镀亮塔尖的黄金；当披着黑色面纱的女人用掬水的手势表达放弃自己的意愿，而老人坐在墙角为古兰经的句子着迷在梦想的疆土逡巡；当细密画精微而眩目的笔触吻合了思绪的细枝末节，而广场的大块面巨石对厮杀与争执的历史作出诠释；当天井光线强烈得使人睁不开眼睛而彩色玻璃幽暗……

毗邻的哈米迪亚大市场，初建于罗马时代，以历史悠久、货物齐全著称，服装、布匹、皮革、银铜器皿和传统手工艺品应有尽有。哈米迪亚大市场以哈米迪亚街为中心，纵横平行地分出大小50多条街道，呈重叠的回字形。走进狭长的市场，都是接连的店铺和熙攘的人群。街道上空，用铁皮搭成天棚，铁棚两侧开设有许多窗口，上方露出无数小孔，七彩阳光射入，分外亮堂，奇妙无比。

在大马士革古老的心脏，我像一滴血，进入教义与仪式内部，直到更古老的商业挤兑我，唤醒我，直到银手镯、镏金咖啡壶和彩绘首饰盒一起诱惑我。多日来，分不清我是大马士革，还是大马士革是我。

2009年7月，大马士革

伊豆半岛

早上六点钟,静冈铁道株式会社的巴士司机山本太,一位前不久结识的日本中年男子,开着他的尼桑公爵帝轿车准时赶到栗原。

前几天我们就约好了,由他带我去伊豆半岛玩一天,松弛一下紧张的研修生活。山本太是个司机,四十来岁的样子,至今单身,很率真,整天嘻嘻哈哈的,没有家室之累,乐于结交朋友。有一天他来到我的宿舍,坐了很长时间,不知不觉间就聊得很熟了。在我的印象中,他是个既憨厚又调皮的人,待人也恳挚,我们彼此间就变得很随便,没有什么拘束的。此后,他隔三岔五地来我的住处作客,还经常从自家的菜园子里拔些葱蒜和蔬菜,送给我和我的同伴——担任翻译的李俊。

这样,我们一大早就轻松上路了,去伊豆半岛。

伊豆半岛是我所向往的地方,年轻时读川端康成的《伊豆的舞女》，印象太深刻了。那种置身于山岚雾霭和盘山公路的感觉，那种在温泉浴场瞥见少女身体被唤起的朦胧欲望，还有那些感人至深的对话，实难忘怀。小说开头那一段，我是可以背下来的："那年我二十岁，头戴高等学校的学生帽，身穿藏青色碎白花纹的上衣，围着裙子，肩上挂着书包。我独自旅行到伊豆来，已经是第四天了。在修善寺温泉住了一夜，在汤岛温泉住了两夜，然后穿着高齿的木屐登上了天城山。一路上我虽然出神地眺望着重叠群山、原始森林和深邃幽谷的秋色，胸中却紧张地悸动着，有一个期望催我匆忙赶路。"

文学作品对人的影响原来可以如此深远！在异国他乡滞留，想到的就是去前辈作家们写过的那些地方，寻访他们笔下描绘过的景致，接触书中提到的那些人和事。这些人物和风景，就像老早就结识了的，很久以前就造访过的，似乎现在只不过是再次寻求前世今生的感官残留。正如不久前我去金阁寺，就马上想到了三岛由纪夫，想起他那些工笔画似的文字："然而我不知道，美是金阁寺本身，还是美是与笼罩着金阁的这虚无之夜同一性质的东西！……美的这些细部的未完成便自然而然地蕴含上虚无的预兆，各部分木材比例精细的这座纤巧的建筑物，就像缨络在风中飘荡似的，在虚无的预感中战栗。"

山本太把车开得飞快。沿着海边公路走，左侧是缓坡，右侧是平静而蔚蓝的海面，没有多少过往船只，也没有令人不安的浪涌，远山在曙色中笼罩着淡淡的光芒。更为令人惊喜的是，昨天在暮色中作别的富士山，突然又在云彩中出现了。它浮动着，闪耀着最初的光芒，那圆锥形的顶峰，像这个岛国上空唯一的银色冠冕，既骄傲地在远处隐现，又如此触手可及。在日本，似乎身处任何一个角落，只要你一抬头，就会不由自主地被富士山所吸引，或者被某种征服的诱惑所折磨。那圆锥形的山顶，就是日本的偶像。

在这样的日子，早起的人是有福的，何况还要造访美丽的伊豆。一边浏览山海景致，一边想些不着边际的事，算得上是人生一大快事。除了跟山本太和李俊有一搭没一搭地闲聊，偶然提出让我抽一支烟的停车要求之外，我的头脑处于自给自足的农耕状态，一任窗外的海风穿过衣领，正好借着这个机会，清除多年积累的无名之烦。此刻的我，就像一段被洪水冲下山岗的原木，随着大河激流漂浮不已。

今天我们的伊豆之旅，走的是一条居中的路线，经由富士和沼津，一直穿行在山间小道。山本太显然很熟悉这条路，他开车时的神态是悠游的，胸有成竹的。行到紧要处，我会让他开得慢一些，他也就笑着响应。因为是自驾游，没有人需要我们追赶，也没有人追赶我们，在放肆地注目周遭景致的时候，也没有人投来奇怪的眼光。我们看到了一个由繁密的树木、湍急的河流和各种桥梁交织而成的伊豆，一个分秒之间会变换景象、令人如同阅读剧本的伊豆。

云追赶着雨，雨带着云飘来，树林的颜色随时在改变，天色由白转青时，山崖上的寺庙和瓦房，也在涂改着形状和色泽，偶然有几个农人走过山路或村道，也幻化为水墨画中的斑点了，他们身上黑色的雨衣被风掀起一角，就像几只乌鸦在树上摇晃着、挣扎着企图站稳。骤然变化的天气，本来就是半岛的本色，伊豆是个有寺宇、有温泉、有故事的地方，气候也成为戏剧性的元素，令人感叹造化的手法多端。在伊豆，目睹云雨雾日的配合，还有森然青色无处不在的独占，大自然正在上演舞台剧的感觉，油然而生。

车过修善寺一带之后，雨一刻不停地下着。云，总是低低地垂挂在眼前，森林的茂密和山谷的幽深，使人恍若隔世。我们来到了一条被命名为"舞女之行道"的深山小路，大约是根据川端康成的小说《伊豆的舞女》情节去寻找和设计的。这里树叶蔽天，台阶漫长，邻近幽谷的路旁，用铁栏杆或低矮的木头护栏挡住，在道路的转弯处，树立了一个细小的刻有"踊子の道"字样的大理石碑，还有一处是用几片小木头组成的路标，也依稀可辨，大概标示出舞女当时所走过的路径。

不停的阴雨，使整个故事情节在寂静的山谷中复活了：路似乎更长，台阶一直铺到无尽之处，天气暗示着暧昧与初醒的交替，而那个学生与舞女之间的对话，就象纠缠的树枝一样，清晰地呈现在我们面前，雨水就是那感动中如注的泪水。伊豆，在我看来，就是为川端康成而存在的，为那位高等学校的男生和伊豆的舞女而存在的。当然，伊豆也是伊豆自身，这并不矛盾。

　　看到眼前的情景，我的头脑里又浮现出那个舞女，"看上去大约十七岁。她头上盘着大得出奇的旧发髻，那发式我连名字都叫不出来，这使她严肃的鹅蛋脸显得非常小，可是又美又调和。她就像头发画得特别丰盛的历史小说上姑娘的画像。"

　　不足为奇的是，在这样的场景里，这样一个画中人的出现，故事一定会展开的，在伊豆的温泉里，那个年轻的学生看到："忽然从微暗的浴场尽头，有个裸体的女人跑出来，站在那里，做出要从脱衣场的突出部位跳到河岸下方的姿势，她笔直地伸出了两臂，口里在喊着什么。她赤身裸体，连块毛巾也没有。这就是那舞女。我眺望着她雪白的身子，它像一棵小桐树似的，伸长了双腿，我感到有一股清泉洗净了身心，深深地叹了一口气，嗤嗤笑出声来。"

　　我的朋友山本太，显然对川端康成笔下的伊豆没有什么特别的感觉，他笑着问我，还要停留吗？我明白他的潜台词："这不过是个虚构的场景而已，一个想象力的底片，值得这么长时间驻足伫立吗，伊豆好玩的地方多着呢！"我同样微笑着跟山本太说，那么我们就继续赶路吧。

　　我们来到一个短促而破旧的山间隧道前。这是明治三十四年修成的一个隧道，在当年的伊豆中部丛山之中，可以想象它的出现给百姓的出入和官员的巡视带来多大的便捷，今天这条山间隧道还没有完全废弃。意想不到的是，这也成为连接川端康成笔下虚构人物与我们沟通的道具：一刹那，我突然想到，那位因情窦初开而兴奋赶路的舞女从隧道出来时，她的身影被洞口穿透绿翳的阳光所包裹，所融化，那个瞬间的情景，给暗恋中的人带来何等惬意的感觉！

在车上，我继续放纵自己的各种意念和思绪，直至到达新的目的地。

对日本山川之美，前人曾留下太多的谈论，包括川端康成《我在美丽的日本》和东山魁夷绝美的文字。而我想到的却是，这种美丽的面目之下，也许隐藏着一种危险的激情。

大和民族的生存环境，美妙而极不稳定。群岛的地貌，总是显示出它戏剧性的一面。除了复杂性之外，变化和幻灭的感觉，也经常笼罩着人们，以至于影响极为深远。从冲绳亚热带水域，一直延伸至北边荒野——北海道，诸多岛屿都是由于地壳深层板块运动的巨大作用力使火山喷发出岩浆形成的，沿着积雪覆盖的绵绵山脉和长达几万公里的崎岖海岸线，我们都能觉察到自然之手留下的杰作：它的壮观形塑，它的精雕细刻。日本人对气候和风物异常敏感，从和歌、俳句直到日常用语，无不证实这一点。

经验告诉我们，敏感的人容易走极端。一个感官精微的民族，天生就对人事和自然有一种挑动生命意识的惯性，对无常与宿命，盈缩和有无，最是他们玄想的材料和冥思的口实。他们最好的状态，也是平和之中蕴藏着生命的激越姿态。不少日本人似乎都有这种倾向，这同自然界无所不在的暗示极为有关。连我的一位经济学界朋友也说,当年在日本进修,坐在河边注视着一朵绚烂至极的野花,好像看到了一滩鲜血,生出万箭穿心般的美与死之幻觉,几乎陷入疯狂状态,起身拔腿就跑。他还不无自嘲地说,"后来,是庸俗的经济学救了我"。

一边是地震、火灾、战乱,一边是无边风月、市井漫画、宫闱缱绻,于是日本人就宣称要实现"大和"。它的象征物就是天皇,就是菊与刀。好些人不倦地追求在优雅与暴烈、青春与衰朽之间保持某种必要的张力,在这个自杀率甚高的国度,死亡与美、秩序是联系在一起的。当我在街上漫步时,经常看到一些建筑镌有"公民馆"字样,是地震与火山爆发时市民们的避难所,他们在灾难中不忘尊严与秩序,据说大批人逃难时都鱼贯而出、秩序井然。对日本人来说,美的秩序是任何时候都不能破坏的,即使面临死亡,也要讲究秩序与美。

许多民族,包括中国人都有两面性,而大和民族骨子里对弱小者的倨傲,对强悍、"优异"者的服帖,是如此奇妙地结合在一起,简直到了炉火纯青的地步。难道不是吗?他们对于侵略别国和使用武力的解释是如此的体面和优美,而战后对美国短暂的臣服也是全心全意的,有时简直达到了化境。这些方式,已经浸透他们的意识深处。

到日本之后,每当我看到在企业见习的年轻同胞归来时总是那么疲倦,有时连说话的力气都丧失了,顿生怜惜之心,但他们总是淡然一笑。那些工头非常的严厉,干完活之后老让他们不停地擦地板，反复清理现场，干无谓的活，其实这些工头年轻时也是受到同等待遇的，可见日本民族性之一斑：分明、严酷、极端。也许在他们的心目中，美就是一种惊异，一次厚重的蚀刻。

我们终于到了尾崎了望台。陡峭的悬崖，蔚蓝的海，黑褐色的火山岩，被大海日夜侵蚀的海岸，与我们上午看到的伊豆的云雨山林，起伏的耕地，是全然不同的景象。站在了望台，眺望伊豆半岛和大海，即刻想起了先师刘操南先生的诗句"浩荡天风吹我衣"。如果说伊豆的变幻是女孩捉摸不定的心思，尾崎了望台见到的开阔和波动，就是一个"壮岁拥万夫"男人的襟怀了。

来到寝姿山麓的下田港湾时，见到天空和大地一片光明，甚至热浪袭扰全身。停泊在港口的游船，是仿造的"黑船"。这里自有一段交织在日本人心底的难忘历史，置之死地而后生的历史。

在了仙寺的"黑船美术馆"，我看到了一卷"合众国人物蒸汽船图绘"：港湾军营、航海图、吹吹打打的军人队伍和头目、嘉永七年黑船来临下田、日本人与合众国军人的相扑对峙、武士们的表演。那些文字标注令人神驰："黑船、幕末、异文化交流"，就这么一幅"黑船图"，把当年被迫门户开放的情景完全呈现出来了。

而那幅"北亚墨利伽政府使节海军水师提督画像"，画得一点也不像，倒像日本的眉毛倒立、圆目怒睁的藩主或幕府将军,还留下如此怪异的文字说明。"北亚墨利伽政府",是指美国政府;陈列馆里还有日本大力士与米国(美国)"异人"的角力比赛,看来,我们确凿地到了从军画家描述"日米条约缔结"时的了仙寺。

路过下田鱼市,我们看到了那些"金目鲷"与"伊势海老"的招贴,我在日本经常吃到这些,也就见怪不怪了。我们经过一个名为"下流"的地方,山本太看到我们的神情有异,很敏感地问我们看到什么了,等到我和李俊对这个地名作一番汉语语意的解释,山本太大笑不止,几乎笑得连手握方向盘的力气都没有了。于是,"下流渔业协同小组""宿泊——下流庄",这些写在墙上、贴在店铺里的汉字,演变成一个大大的笑话。

石廊崎,位于伊豆的最南端,号称日本十大最佳观景地点之一。热带风光与深蓝色的海、小岛礁与海岬,还有海蚀断崖、气象台与年代久远的灯塔,以及向日葵与风向标、海崖上的野花,既是"水何澹澹,山岛竦峙"情景的重现,又是岛国之中万千气象的浓缩。

我进入那个石室神社,透过窗户看到了大海的另一番景象,只见"千石船"与"五百石船"在海面上快速航行,姿势卓绝,而孤零零的岛礁上的垂钓者,飞甩的鱼钩与海天一色的背景,充满了大尺度的动感。阳光打在海岬上,那成排卷拥过来又旋即破碎的波浪,飞翔中似乎凝然不动的海鸟,云集的游艇,阳光之网……要不是身后有小贩的叫卖声传来,恐怕那些观光客也会消融在这个景象中，成为阳光下的雪水。

日本的风景，几乎是个深深的陷阱。因为那道美的光，穿透了你的生命底部，随时会瓦解你，摧毁你。去自杀，当然是一条出路，但是挺住的人会更加坚毅。伊豆半岛，是打开日本式美丽的一扇大门。到了伊豆，你会变得恍惚不定，不清楚神遇目接的是幻是真，或者非幻非真，最后干脆认定它"亦幻亦真"了。所幸者樱花还没有盛开，对于那般铺张的风华霁月，我深怀恐惧。

中午我们走进南伊豆町的一家饭店，看到一本介绍伊豆名匠的书，画面是一位干瘪的工匠描绘出丰满漂亮的女达摩，在风雪中怀抱和牵引着三个孩子的穿木屐日本女人，以及威猛的钟馗与有趣的神祇。

下午沿着伊豆西部海岸的道路行驶，弯曲不平的公路，时见山谷，时见海湾，晴好的天气和空蒙的雨雾交替出现，沿着海岸逶迤而行，自有奇妙之处，一会儿海景历历在目，一会儿桅杆尖儿出现在屋顶上，再一会儿，海崖追逐着群山，倏忽消失在树丛里。

我们所期待的黄金崎就在眼前，猛烈的海风与断崖上的几株古松，就这样拉锯厮杀，不分胜负。千百年来，那几棵松树都被海风吹弯了腰，快要塑造成一个另类的风景，而底下的海浪穿过海崖的空洞，发出巨大的回响，白色浪沫成片溅起又四处落下，露出崔嵬的海岬和刚毅的礁石。

我注意到了那块三岛由纪夫文学碑。三岛由纪夫在这里出现，我没有想到。美景与死亡，在日本人的心目中，大约是难解难分的。惊世之才三岛由纪夫，极其符合日本民族的心理原型，尤其在社会精英阶层。在绝美的黄金崎，人们很容易想到他的死。即使自杀，他也留下了令人悲哀的一幕，难以咂摸其中的滋味。

访问伊豆半岛，我的最后一站是土肥町，这个地名预示着"黄金与土地"，不知怎么的，它给我留下的第一印象，就是狭长的街道、遍布的温泉，与店门前的瘦狗，一点儿也没有"肥"的感觉。真有点累了，山本太就带我们到温泉去，说是要放松一会。

洗温泉的去处叫"汤の国会馆"，就坐落在川端康成写到过的"天城山"一带，狩野川清流环绕，露天温泉池完全处在群山和树木的怀抱之中，在温泉中浸泡之后浑身大汗淋漓，然后赤身裸体坐在池沿的石块上，任凭凉风吹拂，又听到不远处传来溪中急流的冲击声，这时我的感官完全被山谷周围的光线、明暗和声响所俘获，似乎体内一切业已衰败的东西，一次次随风飘散，顺水而下，在体力得到恢复的同时，一种复活的惊异蒸腾而起。

这个时候，要是来一场大雪该有多好。

2002 年初稿，日本静冈
2012 年改定，杭州

纽约观剧记

一

第一次访问美国前夕,我就向詹姆斯·李提出去纽约百老汇看音乐剧的要求。他的本名叫李智华,这位深知我听音乐看戏嗜好的大学同学,不失时机地给我买了一张戏票,但是没有告诉我是什么音乐剧。

2006年2月的一天,我到纽约后就与他通了个电话。通话时詹姆斯·李热切地告诉我,戏票就在他手中,等到我预定的那一天,就送我去百老汇看戏。这很令人鼓舞,让我着实高兴了一个小时。那一刻我就在想,去百老汇,去听音乐剧《歌剧魅影》或《猫》,起码是《狮子王》,还可以顺便逛一下第42大道,岂非赏心乐事?

"美国佬"(我们对詹姆斯·李的谑称)如此古道热肠,我自是感激。那天他带着儿子奥利弗来接我,先是带我去林肯音乐中心转了一圈，还拍了几张照片，那一簇簇壮观的喷泉，在傍晚时分的灯光下晶莹喷涌，摇曳多姿，把林肯音乐中心附近的建筑群衬托得无比生动，让人心气爽朗。而后，他驱车送我到纽约的一个地铁口，让我自个儿下去转转，体味一下纽约地铁的种种场景。他的理由是，我以前没有来过美国，居然在诗歌中把地铁写得那么声色具备，充满了纽约地铁才有的生动细节，特别写到巨大声浪、墙上涂鸦、滚动于地铁凹槽发出响声的易拉罐，都给他留下了深刻印象，今天应该自己去印证一下才好。

之后就进入最主要的节目，送我去百老汇看戏。一路上我们都很兴奋，根本就没有谈起晚上去看的是什么戏。把我送到一个街口，他就把票子塞到我手中，让我自己找那家剧院，说是两个小时之后来接我回酒店。我道完谢就赶紧进了西48街，找到沃尔特·科大剧院（Walter Kerr Theatre）。可是，我一看大剧院门口当晚演出的海报，就傻眼了。

这个剧院当天晚上演出的根本不是什么音乐剧，而是话剧《怀疑》。说不定这家剧院根本就不上演音乐剧的。戏，马上就要开演了，容不得我多想，就随着观众的人流进了这家剧院。心想也只能这样了，看就看吧，话剧也好，还没有亲身到纽约剧院看过话剧呢。干脆，就从今天晚上起，好好看些原汁原味的西方话剧吧。

我转身一看，这家沃尔特·科大剧院并不特别豪华，也没有什么气势和排场。剧院一排十扇古典式样的黄铜玻璃门，延伸的铜门顶廊，镶着三架铜框橱窗，橱窗内贴着《怀疑》一剧的演员剧照和海报。剧院内部的灯光也不是耀眼的那种，倒是接近纳博科夫所说的那种"微暗的火"，映衬着剧照中演员的疑惑或愤懑的神态，令人恍恍惚惚，接近"怀疑"的某种情景。

我正在思忖着这个戏到底会是什么性质的，为什么来看的人如此之多（在我的印象中，起码在中国，话剧并不是最吸引人的），这时第一次铃声响了，我赶紧进了剧场。这个剧场真的不大，说得好听一点，很紧凑，很聚人气，按照国人的眼光看，简直有点寒碜。我在落座之前扫视了一下四周，发现这个剧场真的很合我意，虽说不大，却很考究和高雅，特别是在寒风凛冽的日子里，格外使人感觉到温暖和惬意，甚至有点离家不远的感觉，虽然我来自遥远的中国。

陆续进来的观众，无论是他们的服饰或是神情，都使我很是惊讶。我猜想这些都是这个社会的上层人物，或是知识精英。不少人穿着晚礼服，也有人穿着挺括的呢子大衣，为数不少的女人披着裘皮外套，披着色泽沉稳的高档披肩，进场后这些人纷纷去掉外套，一时坠饰、胸针和项链，还有手镯和戒指闪烁着幽微的亮色，似乎在急切都表明他们的身份，露出他们不同寻常的气质。这使我陷入窒息。

在我的印象中，特别这些天接触到的美国社会，那种随意和自由生存姿态早已烙入眼底，刚刚从平民化的社会中抽身，想不到竟然一头栽进这个所谓的高尚社交圈里。从哄乱、嘈杂和奇异的纽约地铁出来，转瞬间坐在这个中产阶级氛围浓烈的剧场，人人都俯首帖耳坐着，那些翕动的红唇贝齿，缓缓吐出疑似麝香的耳语，这两种情景的反差，无异于从撒哈拉沙漠突然降落到热带雨林。坐在我左右的邻座观众，还隐约散发出阵阵香水气息，让人头脑昏沉，直到帷幕开启，剧中人物出场，才转移了我的注意力。

这场话剧却很特别。帷幕开启之后演员的表现就够抓人的，对话之间的内在张力、人物塑造的到位、细节把握的炉火纯青，使得整个剧场观众完全屏息琢磨。简洁写实的舞台，教堂的回廊，暗影中的教堂后墙，庭院和蔷薇，时而天色阴沉时而阳光倾泻……一个故事，四个人物，没有幕间休息，一气呵成的九十分钟，显示了剧作家和导演的犀利和简练，特别是某种进入事物内核、洞察人性的本领，聚焦了所有在场者的目光。

我调动了所有的语言记忆，加上对演员表情和舞台情景的揣摩，很快地也就入戏了。故事冲突固然精彩，同样重要是的演技和演员控制能力，无论是扮演阿洛西斯的女演员琼斯、扮演弗林的奥本，还是扮演穆勒太太的歌舞剧女演员丽奥诺斯，他们控制语言和形体的能力，对细微末节的处理，从运用氛围抓住戏剧冲突核心，对话中简洁而玄奥的处理方式，简直无懈可击。

我从怀疑这部戏开始，最后却被一种怀疑的力量所征服。起先我以为，也许是"怀疑"这么一个复杂的心理主题，吸引了这些中产阶级观众前来观剧，后来我发现自己的"怀疑"是错的，这个戏剧的寓意远比怀疑本身广阔，那么简单的一个故事，如此之少的出场人物，却撼动了现代世界赖以立足的基石：信念和权威。

看戏过程中，我根本就忘掉了音乐剧。我在看戏的时候，根本就忘了那些布尔乔亚观众的存在，虽然他们衣帽整饬，举止优雅，散发出很多或平庸或奇异的气息，而且那些女宾有着一种慵懒而富有气质的性感，这些我都置之脑后了。好像台上的演员一个个都对着我的灵魂直接说话，朝我吹来由一触即发事件分泌出来的紧张气息。也许忘记陌生的环境，就意味着彻底进入剧中情景。对此我毫不怀疑。

散场后，发现詹姆斯·李正微笑着站在前面，说了一句充满歉意的话：他那时根本就没有听清楚我想看的是音乐剧，就买了一张最令纽约观众狂热的话剧——《怀疑》的戏票，真是对不起云云。这时，我反过来安慰他说，这部戏很难得，音乐剧将来还可以看的。我看到他一脸狐疑，似乎对我的话也起了疑心，不禁哑然失笑。在怀疑的氛围里，真实势必也遭怀疑。

二

《怀疑》的故事发生在1964年一座位于纽约市的布朗克斯区的圣尼古拉天主教堂及教会学校。

当年纪在五六十岁之间的校长阿洛西斯修女得知校内唯一的黑人学生唐纳在圣器室偷喝祭酒后，怀疑他受到了任课教师弗林神父的性侵犯，便使尽一切手段追查和指控弗林神父。剧中提出了一个始终未能回答的问题：校长阿洛西斯修女对弗林神父性侵犯学生的指控是否成立？这是否是守旧的阿洛西斯修女对主张宗教世俗改革的神父的报复？故事很简单，但背后各种力量的消长，这个世界变化之快，人心的难以捉摸，各种可能性的增长，信仰和怀疑的摇摆，理性和感觉的无止境冲突，却不那么简单。

这就拨动了宗教理念、政治观念极其对立的美国社会深藏着的那根弦，而且发出了强烈的回声。后来我才知道，2004年11月《怀疑》首演于纽约外百老汇的曼哈顿剧社，就观众如潮，到次年3月，该剧转入百老汇，公演于那个晚上我所在的沃尔特·科大剧院，连获普利策戏剧奖、托尼最佳戏剧奖和纽约戏剧评论圈最佳戏剧奖，其余的奖项就不在话下了。剧本写得好，有极强的艺术感染力是一回事，而社会裂痕被发现，信仰危机的钟声被敲响，则是另一回事。我们可以想象，经历了9·11事件和伊拉克战争的美国人，是怀着什么样的心情去看这部戏剧的。

后来我又专门去买来《怀疑》剧本看了几遍，对当时坐在纽约沃尔特·科大剧院看这个话剧时没有仔细把握的线索，以及对话和潜在对话的细微之处，尤其是"话外之话"，有了更好的把握。剧场所传递的，与剧本所重新给予的，自然有重合之处，但也有当时未曾留意的地方，还有书面语言与剧场声音的差异，都在阅读剧本的时候显露出来了。《怀疑》这个戏，可说是无限地耐得咀嚼，也经得时光的推敲，因为它使人在瞬间历经了巨大事物和心理建构的崩塌，并期待着新的社会关系和生存姿态的建立。

对信仰的怀疑，和对怀疑的信仰，是在剧情展开的四个人物所处的逼窄空间，以及更为逼窄的内心空间展开的，而后在结尾得以确立。我们在观剧过程中所经历的，不亚于一次精神地震。

当阿洛西斯修女得知弗林神父将男生领往神父寓所，并教育他们"如何做一位男人"时，她对神父产生了警觉。当詹姆斯修女说出唐纳从神父寓所返回，神色异样，口中有酒气时，她对弗林已怀疑至极。于是她谎称开会将弗林请到校长室并强令詹姆斯在场以作旁证。詹姆斯修女是一个介乎于宗教与世俗之间的年轻修女，她朝气蓬勃，虔诚而单纯，当她以怀疑的眼光看待世事和众人时，感到不安和痛苦，她与自己的学生产生了隔阂。阿洛西斯夺走了她教书的快乐，神父事件改变了她的人生，她从此一直失眠而噩梦不断，再也找不回心灵的宁静了。[1]

在校长室，阿洛西斯修女追问弗林神父为何单独与唐纳面谈，弗林的解释是因为唐纳偷喝了祭酒。当明白阿洛西斯

---

[1] 《怀疑》的剧情介绍，见胡开奇先生中译本前言。

修女所设的圈套之后，他大怒而去。于是，阿洛西斯修女请来了唐纳的母亲穆勒太太。出乎她的意料，穆勒太太承认儿子的同性恋倾向，却否认弗林对唐纳的性侵犯并拒绝指控弗林，她也不同意让唐纳离开学校。她的理由是，弗林神父是"唯一关心爱护唐纳的人"。阿洛西斯劝穆勒太太采取行动，但自尊而坚忍的穆勒太太却忠告她："你也许认为你在行使正义，但这个世界没有那么简单。我不知道你我是否站在同一边。我将站在我儿子和善待他的人这一边。"

最后一场的高潮发生在弗林与阿洛西斯的对峙中。弗林神父声称要向主持神父报告并建议撤除阿洛西斯修女的校长职务；阿洛西斯修女则通过另一个教区的修女已了解到弗林神父有过前科。她威胁神父，她将不顾一切地追查和指控他。"只要需要，我就会跨出教会大门。即使那大门在我身后关闭！只要需要，我就会做，神父，哪怕是我被罚入地狱！"而此刻的阿洛西斯修女已完全背叛了她竭诚捍卫的宗教道德。

在落幕前的庭院一景中，阿洛西斯修女告诉詹姆斯修女，主教已晋升弗林神父为杰罗姆教堂和学校的教区神父。她遂无限感慨地说："为了追查邪恶，我只能离上帝远了一步。当然，这就是代价。"她以为她付出的代价能换来确信，然而令她痛心的是她只能仰天长叹："我真是怀疑啊！我真是太怀疑了！"

三

《怀疑》让人深思，更让人看见了自己的内心。好的戏剧，除了悬念与冲突，关系与言辞，表象与景深，还经常凸显一种内审的力量。那天在纽约剧场观剧时，我就深切地感受到，怀疑是一种力量。我有确凿的证据告诉你：信仰确立世界，怀疑改变世界。

爱情也是这样，起初没有人相信，盟誓将是伤心的源泉。可是，当所爱者接受你的亲吻时，她的虹膜里倒映的也许不是你的眼睛，而是隐晦的另一个。今天你还能相信吗？也许你对这个盟誓系统的怀疑，以前是不太有过的，直到有人引用"山无棱，天地合，乃敢与君绝"，有人说出"没有什么能把我们分开"之后，很长一段时间，事情正在起变化，你仍然深信不疑。没有怀疑意识，就对那些深重的打击感到猝不及防。其实都是你的错，因为你从不怀疑。

我之所以感到怀疑是一种力量，是因为生活屡验不爽地告诉我们，不是缓慢建成的信念而是快速到达的怀疑，使人获得震惊的新经验，一种熟悉而陌生的声音叩击着门环：魔鬼迟早会来纠缠，而且欲罢不能。

除了世事变化和社会深层变动的因素，《怀疑》一剧的主题与剧作者约翰·尚利个人的身世也颇为有关。《怀疑》的节目单中这样写道，"约翰·P.尚利出生于纽约布朗克斯。他曾被赶出圣海伦娜教堂幼儿园，被圣安东尼学校逐出学校午餐计划,终生禁用,被斯贝尔曼红衣主教开除出高中,被纽约大学处以留校察看并勒令他返校前见仲裁官员。当他被问到何以受到这些学校的如此对待,他泪流满面地说他不知道原因。后来他入伍于海军陆战队。他干得很好。今天他依然干得很好。"

由此可见,尚利自己的学生时代也是在怀疑与信仰的困境中度过的。他声称之所以写以1964年为时代背景的《怀疑》,是为了"从时代精神中获得宽慰"。就《怀疑》本身来看,正如中译者所说的,"怀疑与信仰体现在阿洛西斯修女分裂的内心深处。该剧的戏剧张力与魅力恰恰在于它的两难困境:渴望安宁的信仰和怀疑现实的不定,深刻地表现了人类的真实的体验"。

在谈到《怀疑》的创作动机时,剧作者尚利说:"是怀疑改变着世界。当一个人感到怀疑时,当他踌躇时……正是他成长之时……当你无言灵魂的震撼力冲破了思想的藩篱,生命出现了。而怀疑恰恰是重新进入现实的一个契机……对于一个剧作家而言,这是一个意念的开端。我看到了我赖以构建一部剧作的土地,一部以我的生命和我生活中的无言之处为基石的剧作。我写下了剧名:《怀疑》。"尚利认为,怀疑比信念需要更多的勇气、更强的力量,因为信仰是一个歇脚处而怀疑则是个无限。

当然,除了"怀疑改变着世界",极其重要的还有"无言灵魂的震撼力""生活中的无言之处"。在《怀疑》中,作者尚利表达了这样一些信条，那就是剧本中译者胡开奇先生总结的，"当信赖成为日常惯例，捕猎者便大肆劫掠"。所以《怀疑》剧本的开头用了这样的引语："恶人睡得好"（黑泽明电影片名），"大智则大悲：知识愈多者忧患愈多"（《传道书》），还有"万事凡难以取得者，恶徒皆能轻而易举掠得"（托密勒）。历史和社会正是这样，这不是简单的悖论或二律背反，也许这是做人的代价和历史的债务偿还。我们碰到的这样的事还少吗？

为什么"恶人睡得好"？这里肯定有一些曲折的真理存在。是因为恶人既然作恶多端，也就成了家常便饭，于是可以安然入梦？不是。还是由于恶人先天就具备了坚强的心理素质，以便在作恶过程中经受得起内心的责备和他人的攻击？也不是。恶人之所以成为恶人，是社会与心理交互作用的结果，也就是说，恶人在成为恶人的过程中，他得到了淬炼，建立了一种恶的信念，借助于社会所赋予的"精神盔甲"，来抵御善的软弱的攻击。恶人并无欺骗的概念，也从不怀疑自己，并无良心发现和悔恨之感。没有信仰的人，对自己做的一切并无反思与纠结之习惯。恶人在睡觉的时候，把两腿伸得笔直，他的心里并无上帝与惩戒的影子，并无报应观念在脑中作祟，更无佛教轮回思想的侵染，但丁地狱图景的干涉，以至于坐立不安，整天栖栖遑遑。

《传道书》所说的"大智则大悲：知识愈多者忧患愈多"，那是中国人很容易理解的。因为鲁迅有一个更直白的说法，就是"人生忧患识字始"。而托密勒在什么地方说过"万事凡难以取得者，恶徒皆能轻而易举掠得"，我还没有好好查过，但我确信这句话是有内在逻辑和现实证明的。

想想看，恶徒是怎么做到这一点的？还得想想，恶徒凭什么会达到举重若轻的地步？恶徒的逻辑，不是信者的逻辑，或者说，他们无视信者的规矩，信者的信，信者漫长的路，恶徒可以一步跨越。因为恶徒在走捷径方面，更身手敏捷；于世事体察上，更易于在暗处看破人事。良善的人啊，你们的眉心都有一个软弱之穴，而且历历在目。恶徒，顾名思义，他自泥潭滚出的时候，正直者并不觉察出他的来历和去向，他的强大。还有一个很重要的词，"恶人掠得"，那么对应的应该是："义人秉持"。

我们本来就信得很可疑，不幸的是，连这种信也失去了存在的环境。这也许是好事，但我们什么时候学会正当的怀疑呢？我很怀疑。

2012 年 10 月 26 日，杭州

"哈瓦那账单"

1

2018年5月25日,从北京出发经转莫斯科,经过二十多个小时的飞行,我终于抵达哈瓦那。

这次我和诗人帕瓦龙到古巴,是应邀参加哈瓦那国际诗歌节。之前我对古巴的了解,貌似熟悉却是残缺的,只是一个极为粗略的印象。长久以来,我心中的古巴由三个元素组成:古巴导弹危机、古巴糖和歌曲《美丽的哈瓦那》。1962年古巴导弹危机发生时,我尚年幼,没有丝毫的记忆可言,很久之后才知道这是一起曾震惊世界的大事,在千钧一发之际被冷战双方理性地终止了。后来这件事在我心中牢牢扎根,对冷战,对古巴在当时国际政治格局中的地位,有了一个基本判断。"古巴糖"则是我很小就熟知的,母亲经常让我去商店买点"古巴糖"回来,当然是凭票供应。后来就把什么糖都说成"古巴糖",除了乡村产出的土红糖。至于那首歌曲《美丽的哈瓦那》,曾经跟着年长于我的人哼过几次,起首是"美丽的哈瓦那,那里有我的家/明媚的阳光照新屋,门前开红花",似乎还有一句歌词是:"现代的哈瓦那,美洲的阿米达",至于"阿米达"是什么意思,我至今仍不得而知。

我的书架上曾经放着《卡斯特罗言论集》,好像有一两册,到我家的年轻朋友看到此书后,颇有点兴趣。不过他们还是满脸疑惑:言论集?什么意思,不会是又一种"语录本"吧。这本书上有卡斯特罗的头像,似乎很勇武、潇洒,成为一种文化符号。这"老卡"的书我没有多去翻,但打头篇《历史将宣判我无罪》却读过多遍,深刻影响了我年轻时的文风。

这些都太遥远了,古巴。

在机上,我记下了这么几个即兴诗句:"两个俄罗斯的高大金发女郎/就在我的邻座交谈/她们要去哈瓦那/看望格瓦拉的游击队员遗孀阿莱伊达/还有一个秘密愿望/就是求证圣克拉拉那座陵园里/是否真的埋着/一副没有双手的男性遗骸"。其实,我对身边两个俄罗斯女郎并不了解,也没有搭讪过,她们不太可能与切·格瓦拉有什么精神联系,这些诗句只是我的"臆想"。后来我真还去了圣克拉拉市,当然会参观切·格瓦拉陵园,当我注视切·格瓦拉雕像时,拿着单反相机的帕瓦龙正盯着我看,并闪露了神秘一笑,大概他认为我保留了一种"革命情结"。

当时我只是笑笑,并不作答。

当地时间下午两三点钟，我们抵达哈瓦那国际机场。候机楼是个红色建筑，好比是将伦敦红色电话亭放大了多少倍。透过候机厅的玻璃窗，我看到了大片荒野，远处的深棕色甘蔗林，还有那些水洼地，颇有点荒芜感。天空是明净的，空气清冽，白云悬垂头顶踟蹰不前，就像一个逃学后靠墙喘息的男孩。与欧美、中国相比，这个机场显得很小，机坪上没有太多的飞机停驻，旅客大多是俄罗斯人和中国人，还有南美人，尤其是加勒比地区的人们。

出机场后，赶紧去换红币。我们拿出在国内兑换好的1000欧元，换了1000个红币。古巴有两种货币，可兑换比索，也就是俗称"红币"的那种，1可兑换比索相当于25古巴比索。在我看来，这红币相当于我国开放之前的"外汇券"，属于当时人们个个羡慕的准货币，有了它，就可以到侨汇商店或内部商场去购置照相机、电冰箱和电视机什么的，当然还有好吃的巧克力，但是谁舍得将稀罕的外汇券，去买几盒华而不实的巧克力呢？古巴人喜欢"红币"甚于美元。

"付房东住宿费与餐费470红币"，这是我日记账里的第一笔开支，正儿八经的"哈瓦那账单"。

2

我的房东是个阴沉的老太婆，
让女厨端上咖啡，带着纪廉式的愤懑。

芒果汁，番茄酱，炸香蕉片，庭院里
那只鹦鹉令人惊异的西班牙语学舌，
都会绝不含糊地计入早餐账单。
那辆苏联拉达车似乎从未发动过，
窗式空调轰鸣，卡斯特罗演说进行时。
据说，女房东出版过10本应景诗集，
就在收取我预交的房费之后次日，
78岁的她迟缓地出现在诗歌节会场，
深沉得像兰斯顿·休斯那条古老黝黑的河。
雨水暂停。在离开哈瓦那的前夜，
她也不跟我谈谈诗歌与革命的关系，
闭口不提"切"，
只埋头写作美利坚顾客明天的菜单，
并企图多收我46个可兑换比索。

——拙作《哈瓦那账单》之一

到机场接我们的，有古巴作家协会主席、著名诗人阿莱克斯·鲍希德斯。他沉默、朴实、宽忍，穿着极为普通（甚至有点寒碜）。鲍希德斯先生面容苍老、头发斑白、肤色黧黑，搬送我们的行李时显得很熟练。我们从机场到住宿地，一直把他错当做搬运工，这很不好意思。当时没人介绍他，他本人也不曾自我介绍。直到大家在住宿地坐定，我们才明白过来。我和帕瓦龙的"临时翻译"来自哈瓦那大学,是个身材丰满、衣着简朴的女同学,她倒是一个爽利之人。后来我知道,她的父亲也是古巴作家协会的,待见面后发现是一个老实巴交的诗人。

房东是个女诗人,一位78岁的老太太。

与我们谈天时,她有点神经质似的激动,说话语速很慢。她有着苍老的脸颊,却配备了一副好牙齿,眉宇间保留年轻时的一丝风韵,说话的音调确实带上文化人色彩。据说她出版了十本诗集,生活上却很精明(貌似慈爱的精明)。这个房子是1959年革命前的老宅,结构与材料都相当考究,家具也是旧式的但不十分配套,有的看上去是拼凑的。挂在墙上的人物肖像、风景画却是很地道,老派、细腻而发出年代的辉光。也许在老太太的家族渊源与血统中,既有旧时代的印记,又有与新权贵的千丝万缕联系。作为伴手礼,我们送了房东老太太一条杭州万事利丝巾。老太太很开心,数次抚弄这块丝巾。这种丝巾面料不错,上面图案很绚丽,极符合奔放的古巴人口味。

《哈瓦那账单》这组诗的第一位主角,其实就是她。

到哈瓦那次日上午,我们去参加哈瓦那国际诗歌节的开幕式和活动,竟然见到了房东老太太,可见她是个货真价实的诗人。她也朝我们点头,于是这位老太太从房东摇身一变成为诗歌界名流。当房东太太迟缓地出现在诗歌节会场,我冒出一句话来形容她:"深沉得像兰斯顿·休斯那条古老黝黑的河。"我觉得她写的一定是应景诗或作家协会官方喜欢的诗歌,但没有太多的证据。老太太在开幕式上到处与人招呼,虽然走路不快,却是神情婀娜,穿着入时,两眼放光,一脸喜悦,说不定年轻时她还是哈瓦那文化圈的交际花。

那是一场冗长的开幕式,安排了演讲、朗诵甚至还有几个土著的,比如几个貌似硕果仅存的印第安人,作家协会指定的诗人代表,他们又说又唱。其中一位长者神态颇似博尔赫斯,他带有盲人的神情,眼珠凝固如同干涸而释放微光的湖泊,简直令我肃然起敬。后来我发现他并不是盲人,于是就有点"泄气"——这肯定是我的不对——一度时间我十分狂热地推崇博尔赫斯。后来请人翻译这长者说唱的大意,知道这个人非圣贤转世。这当然是我的幻觉所致,如今这个世界还有圣贤吗?

这个花园式的宅邸,按照中国人的说法,可能是古巴作家协会的"活动基地"。很优美的环境,一排大树遮天蔽日,鲜花盛开,鸟儿歌唱。陆续到场的,来自世界各国的诗人,特别是南美诗人,加勒比海地区的诗人尤其多。与一些优雅美丽的欧洲、北美女诗人相比,几位来自洪都拉斯或玻利维亚的黑人女诗人(起先以为是演艺界的),更惹人注目。一些诗人动作幅度夸张,边说边跳,左右摆动,还留意周围是否有人注意她们。

参加哈瓦那国际诗歌节期间,我们在老太太家住了一周左右。她家的庭院不大,却布置得井然有序,一派草木扶疏的样子，靠墙的地方还搭了一个雨棚，里面摆放着餐桌和椅子，看上去并不奢华，却也是干干净净的。但住房真是不敢恭维，房间很陈旧、简陋，挂着几幅俗不可耐的世俗或宗教画，空调开起来震天响。有蚊子嗡嗡嘤嘤的，弄得我们睡不好，深夜还起来驱蚊。我跟帕瓦龙说，这些年都"变修"了，不像年轻时那么经得起折磨。

第二天起来，我们就去找老太太交涉。她也是莫名其妙，不知道我们想干什么。大概房东老太只会西班牙语，直到翻译女生到了之后，才算是有了一些结果。但这些天住在她的旅馆，缺东少西的很不惬意。空调也不曾修整，我受不了战斗机轰炸一般的声浪，只好与帕瓦龙那个"套房"合并，空调还凑合，当夜打理后入睡，算是安定下来了。

投诉无门，她的账单上也不会为我减去半个红币，就认了。

即使我这个江南人，也感到古巴的雨季很难承受。雨下得你灵魂都发霉了，但抽芽的绝不是思想，也许只是压抑、厌倦与乡愁，有时雨下得我们无法正常活动，看书也没有心情，干脆就打车去城区中心的室内场所，比如海明威待过的酒吧，或大教堂广场、朗姆酒博物馆、国家美术馆。雨天固然给人带来极大的不快，但出去即使淋雨总比待在旅馆里强，何况与房东太太也没有什么好聊的，作为旅馆老板她考虑的更多的是生意，而不是诗歌艺术，这一点我是能够料到的。

我所看到的不仅是哈瓦那光鲜的一面，也有不堪之处。

这几行是我写下的诗句：

　　雨中，想起卡彭铁尔笔下的哈瓦那，
　　咸肉、皮革和蜂蜡块，
　　墙角发霉的葱头和蔗糖，
　　特别是，烟叶上浅黄色的斑点。

　　作为古巴诗人的房东太太，唯一的奢侈品就是那台蒙上灰尘的拉达轿车，前苏联时期的产品。它基本上被禁闭在一个小车库里，这是一个由小房间改成的车库。这拉达车，就是她的镇宅之宝，一旦发动起来老太太准会耳鸣脚颤，我估计她最多每月使用一两次这辆拉达车。其实，她墙上革命前留下的那些肖像或风景画，还有工艺品，才是真正的"镇宅之宝"，那些老家具和巴洛克风格的瓷砖也很值钱，但我没法也不想去说服她。

　　看来她对财富自己也心中无数，这本哈瓦那财产清单，这房东老太太怎么能算得明、结得清呢？

　　租住在她家，我们与老太太除了寒暄几句之外，不太有实质性的交谈。她也很忙，整天算账忙得不亦乐乎，有时见到我们头也不抬一下。由于她和作家诗人关系好，与古巴作协官员又很熟，不少外国来哈瓦那的访问者、还有一些游客都住进她这小旅馆。

　　后来，我和帕瓦龙还向她提些改善住宿条件的要求，她时而佯作没听见，时而与我们套个近乎，对房间设备作个别调整，就把我们这两个来自中国的客人应付了。但最后一个印象有点糟糕。离开哈瓦那的前夜，我们找她算房租与饮食等账目，房东太太正在埋头写一份北美客人的菜单，见我们要跟她结账，赶紧放下手头的活计，把一份早就准备好的账单拿给我们过目，记不清我还是帕瓦龙发现了账单上的问题，有好几处算错了，多收了我们46个可兑换比索。虽然不是大数目也要说清楚，我们就不客气地指出了问题。

她仔细看了一下账单，并未向我们道歉，拿起一支笔改了账单上的数字，算是对我们有个交代了。纠正了老太太的"哈瓦那账单"，我们就此别过。当晚没有人再提及诗歌，忘了何塞·马蒂和纪廉，也不去谈论什么导弹、商业与"切"。

亚洲现实主义，最终战胜了加勒比式罗曼蒂克。

3

"加勒比之家"的米拉迪女士热情如火，
向我叙说创始人、海地文化和建筑本身。
她是个黑人，说话时身体大幅度摆动，用手指比划，
在黑暗中，我仿佛听到了法国交际舞
和西非狂热鼓点的结合，地砖的釉色闪烁。
外墙的墨西哥风壁画窃取了眼睛与魂魄，
谁在死亡与情爱的金合欢树下开口说话？

米拉迪从东讲到西，从白昼讲到午夜，由外转内，
让萨泰里阿教与古巴民间舞混合着
进驻西班牙语，进驻我的心，她以巨大的
与海湾相仿的臀部，推动深沉的夜色。
米拉迪，半是黑人宗教专家，半是女巫：
左眼是非洲，右眼是古巴。在壁画映衬下
化身为舞蹈教师：康加、乐颂和萨尔萨。
她陪同我去舞蹈排练场，那些混血女孩
夜色中站立，灯光围绕着她们单薄的身躯——
对客人纵情一笑之后，羞涩地转身离开。
分手之前，米拉迪对我说："今晚的讲解，
得付250个古巴比索。先生，你度过了美好的
一夜。"

圣地亚哥作为西班牙16世纪和17世纪初新殖民地的中心，曾是古巴的首都，但时间不长，1607年就被哈瓦那所取代。圣地亚哥的独特地位一直受到推崇，"革命与传统"在这座著名的城市同时被保留着。

这里孕育了菲德尔·卡斯特罗的民族主义革命（这是他发动革命的地方，1953年卡斯特罗在这里向蒙卡达兵营发动袭击，但并不成功），唐·法昆多·百加得，全球最大私人烈酒公司百加得创始人，把他的第一座朗姆酒工厂建在了这里；几乎所有的古巴音乐流派都发源于这里，从萨尔萨舞曲

到颂乐,均来自这充满了灰尘、韵律和美感的街道上。对此,一个旅行小册子还这样描绘道:"这里的老城区保留着饱经风霜、略微颓废的气息,依稀让人联想起巴西的萨尔瓦多,或是新奥尔良的破旧城区"。

不过在我看来,圣地亚哥城区并不破旧。或者说,旧而不破。总之,旧而有活力,破而不肮脏,这正是我喜欢圣地亚哥的地方。何况它还有一股自由风尚,丰富性与文化多样性。这个城市的表情,比哈瓦那还要生动,充满动感。有一次我们走累了,就叫了两辆古巴式黄包车,两位黑人朋友(车把式)征求我们的意见:"能不能让我们唱唱歌?"我们的话音未落,他们就引吭高歌起来,而且把黄包车踩得左右摇晃的,一路狂啸而去,我和帕瓦龙竟大受感染。

借助于旅行手册,又请教了下榻之所的房东太太(与哈瓦那旅馆不同,这位房东太太美丽而有韵致,虽然不会写诗),找到了一个我认为值得一去的地方:"加勒比之家"。这是音乐舞蹈之家,取名加勒比。它之所以能吸引我,关键在于能为人们打开知晓萨泰里阿教和民间舞的大门,深入了解一下非洲-古巴宗教和文化是如何兼容的。手册上这么说的,反正。这就激发了我前往观摩的欲望,于是就决定一试。

翻译也愿意陪我一起去,傍晚出发。我以为古巴的公开营业场所晚上应该是开放的(小册子上标的时间也比较含糊),可是赶到那儿已经停止活动了。看样子是刚刚散场,我们找到"加勒比之家"的负责人,我们运气很好,这位叫米拉迪的女士很客气，主动跟我热情攀谈起来。翻译女孩跟我说，虽然这个音乐舞蹈场所歇息了，但米拉迪愿意带我到"加勒比之家"内部去转转，我自然很高兴。心想，如此热心肠的人倒也少见。

　　这是一座西班牙风格的建筑，外观看上去类似于一幢小洋房，外面有一块空地，墙上的壁画很生动，好多把椅子散落着，地上芳草萋萋，乐音飘散。后来我在诗歌中这样形容："外墙的墨西哥风壁画窃取了眼睛与魂魄，/谁在死亡与情爱的金合欢树下开口说话？"建筑内部装修风格简约而高贵，古旧而漂亮的地砖，几座大理石雕像，走廊上陈列着肖像画和十九世纪的油画，间或有一些普罗艺术作品，弥漫着一种混杂的、不甚协调的、土著-欧美-非洲艺术交织在一起的怪诞氛围。米拉迪不停地讲解各种古老艺术的特点，包括舞蹈与音乐，还将房子的历任主人、"加勒比之家"的作用、组织与功能，一点点地说给我听。其实我最想听的，是非洲宗教-艺术如何与古巴融合，也想观摩一下康加、颂乐和萨尔萨的表演，但后者肯定实现不了。失望之余，也只能听她絮叨了。她看上去半是宗教-艺术专家，半是女巫。她的语言有明显的催眠效果，特别是在夜色里，大树下。过一会儿，阵阵凉风倏然而起，带着簌簌的神秘低语，很快唤起了人们的梦幻感。路灯下有人拨动琴弦唱个不停，似乎在面对神灵倾诉自己心中最想传达的思绪，偶然有一辆老爷车通过，还有一些马车也穿越马路，摩托车在灰黑的夜色中，像当年发出怒吼的非洲黑奴，露出了肌腱和青筋，一阵呼啸扬长而去。

那时我很想回旅店，恨不得跳上一辆车就打道回府。米拉迪却说愿意陪我走一程，带我去看看舞蹈排练场，满足我观摩舞蹈表演的愿望。对她的满腔热情，我无法断然拒绝，想想正好可以沿着大街看看圣地亚哥的街景，就答应了。只是有点晚，我们就加快脚步往前走。一路上看到一幢幢殖民时期的旧别墅矗立，金合欢树在夜色中掩映着建筑物，路面很整洁，街上也很安静，我们不时停下来看看路两旁的景致，包括树木、雕塑和房屋，一边还与米拉迪闲聊几句。她倒是悠游自如，不时与偶然经过的熟人打招呼，还为我们介绍本地风土人情。有一幢房子里灯火通明，里面正聚众演出，我们进去察看了片刻。

很快就到了排练场，一群年轻人在排练，展现了他们的技艺、身材与舞姿。其实这只是一块开阔的水泥地，被铁栅栏围着，有背景音乐隐隐传来，带有奇异的、难以忘怀的异域风格，令人想起那些古老得即将失传的情调，一种混杂着宗教情绪与昔日荣光的乐音，倏忽之后这音乐又变得激昂、骚动不安，复又平静如一池春水。特别显眼的是那个年轻女主舞，身材苗条，面容姣好，起舞之际犹如精灵腾跃，收放自如。她并不看我们一眼，但感觉到她时刻控制着所有人的视线与情绪。大伙儿跟着米拉迪叫好，热烈鼓掌。

带着满足的心情，很快我跟着米拉迪和翻译离开了舞蹈排练场，就在等车那会儿，米拉迪不等我说出感谢一词，很淡定地对我说:"欢迎下次再来,今晚的讲解,得付250个古巴比索。先生,你度过了美好的一夜。"

我一下子说不出话来。最后我从口袋里掏出好几张古巴比索,交给了米拉迪。挥手之际,我看到她消失的背影,以巨大的,与海湾相仿的臀部,推动深沉的夜色。

4

司机告诉我,拉达车是卡斯特罗送给他父亲的,
一个为古巴建设付出心血的工程师。
他如此珍惜这辆车以至把它与女人相提并论,
这位前中学教师靠拉达维持体面的生活。
前往西恩富戈斯省的路上,他放送音乐,
强烈的节奏使他情不自禁地说起三个女人。
在红色加油站里,他喝着橙汁,眼神从未
离开过他的车子:他的宝驹,他性命中的性命。
远山在游移。路上兜售热带水果的贩子,
无法阻挡他的轮子和激情;打开引擎盖,
他对我们细说这部车子的构造和性能。
在哈瓦那,我总是用他的车出入旅馆,
每次事毕他轻声报出费用,礼貌地接过钱,
我愿意多付一点,但他从不多要。
这个哈瓦那美男子,准点、豁达、谦和,

> 生活之难没有消磨他的乐观，父亲的车
> 同父亲一样令人敬重：皮制座椅、胡桃木靠手
> 正是老工程师的手艺；背影是连绵的丘陵，
> 他和父亲的对话，是雨季内部另一场细雨。

哈瓦那周围的环境基本上是工业化之前的模样，我是似曾相识，但不很适应。一句话，中国变了，古巴没太变。我们所经过的地方，无论是街道还是公路，其感觉让我们回到了五十年前的中国。破烂、老旧和结实，到处是"华丽的废墟"。建筑与街道，大都是古巴革命前的，甚至是西班牙殖民时期的，哪怕在著名的哈瓦那滨海大道，也有任凭坍塌的华屋。其实道理很简单：没有修缮所需的巨额资金。不过，后来古巴政府还是想了一些办法，开始了较大规模的修缮，尽管遇到了不少困难。

风格各异的建筑，极美的建筑，倾颓的建筑，在烘热而飘逸的海风中接受赞美。满眼是欧美老车，道奇车、老福特、卡迪拉克1949、老别克、1957年款的雪佛兰，还有莫里斯"小调"、大众甲壳虫，这些车子基本是1959之前的货色，那些敞篷车大多是用来接送游客的，车身喷成粉红色或玫瑰色的，也有俗艳的金黄色。古巴街头之所以直到今天还有很多老爷车，是古巴这近六十年的无奈之举。这句话的言下之意，就是美国的封锁造成的。古巴人把这些本已破旧不堪的老家伙反复地修，反复地喷漆。很多车除了壳子还是原来那个壳子，

里面的东西都已经换成了新式的，或者其他车型的替代件。

只有经常见到的"吉利汽车"才是新的（好像是我亲手制造的），处于中间状态的是拉达。

要离开哈瓦那去几个省份旅行，我们就叫了一位出租车司机。这位司机是前中学教员，开拉达车。司机告诉我，拉达车是卡斯特罗送给他父亲的，一个为古巴建设付出心血的工程师。我和帕瓦龙坐上他的拉达车，感觉不错。我们的第一个目标是西恩富戈斯省，一大早我们就上路了。

其实这个司机在诗歌节期间就与我们熟悉了，他是作家协会帮我们约的司机，负责接送我们。开始我们以为他有点"闷"，不善言谈，等到我们这次坐他的车子出了哈瓦那，他就活跃起来，一路上把自己的身世和盘托出，包括他父亲如何得到卡斯特罗赞赏，对古巴建设有哪些贡献，还有他的家庭与婚姻，他对古巴的总体评价。说起女人和音乐，他就显得很兴奋。把一生中遇到的几位女性，从头说起，细细描述一遍。听得出来，他是经历过一些磨难的，但他在生活中几次把它们吞咽下去了。

说完一个段落的事，他就沉默片刻，似乎深陷回味之中。他做过中学老师，毕竟有点文化，也有涵养，愿意听我们说些什么。当听到我们说起对这个国家自然风光的品味，对古巴历史的理解，他是认同的。他开心时就说出一番话来，谈到难受的地方就咬紧嘴唇。显然，这部拉达车是他的命根子，不仅连接着父辈的荣誉与使命，更是他谋生的主要工具，与他的女人同等待遇，甚至更为重要。我从事过汽车业，在国内也遇到过这一类人，说起车子没完没了，眉飞色舞的。古巴司机开车不仅是为了出门寻欢，在这个月平均工资最高仅仅25美元的国度，生存常常意味着通过各种方式来补贴个人收入。这个低调的罗曼蒂克司机，在一座红色加油站里，喝着橙汁，眼神从未离开过他的车子：他的宝驹，他性命中的性命。路上兜售热带水果的贩子，也无法阻挡他的轮子和行走的激情。休整之时打开引擎盖，他对我们细说这部车子的构造和性能，不管人家是否想听。

只有虔敬的牧师、浮士德博士这样的人，才可以与这位司机相比：他对车子的热爱，他的专注与体贴。所不同的，无非人家谈论的是《福音书》、中世纪典籍与炼金术，而他谈论的，则是拉达车。

不管怎样，他给我们的旅途带来了欢快、友情和见识，包括他对这个世界的看法，他的汽车、女人和热带掌故，他那双古巴美男子眼睛里转动着的罕见激情。

5

埃雷迪亚街上，回响着击弦古钢琴和非洲鼓，这不，走过十几米就是音乐俱乐部"诗社"。
"我是个乡下货车司机，乡下就像伊甸园"，歌声里混合的喜欢与悲凉，无人能听明白。

雷菲尔·萨尔塞多，你还活着，你的声音活着，
你依然在演奏室背后的楼梯上站着，抽雪茄，
注视行人。
分不清歌手们演唱的是"颂"，还是瓜希拉，
我听到的对生活的嘲讽、慨叹和伤感。
可以上去与乐队交流，可以因乐起舞，
然后悄悄地递过去五十比索表示赞赏。
有人感叹，从这条街扭腰摆臀的曼波，到那条
巷的街舞，
整个城市似乎都落在音乐的节拍上。
哦，多么熟悉的声音！"每当我问你，何时？何地？
你总是回答我：也许、也许、也许……"。
这个时候，圣地亚哥就成为一个曲名，
一阵微风掠过窗前，摇动了金色棕榈。

我始终把圣地亚哥埃雷迪亚街的观摩之举，当做这次20来天古巴之行的完美结尾，虽然我还要坐车回到哈瓦那，在那儿逗留一两天。

埃雷迪亚街，一条音乐从未停歇的街道。与其说它是一条街道，不如说是一条音乐之河。那些器乐、店面和吟唱者，那些听到音乐就会起舞的人，那些台阶与楼梯，阳台与栏杆，各式博物馆与名人故居，仿佛就是一条河中的波浪，就是水沫，就是航行在乐声中的大小船只。狂喜的舞者，沉默的鼓

手，乞讨者，观光客，招徕生意的人，送货的，都可列入浪花范畴。

在街角或道路尽头，那些本来宁静的去处，会突然被一阵悠扬或激昂的乐声打破静谧，整条街道就像突然被唤醒的人，伸腰举臂，振作精神，开始了一天的生活。有些人被音乐催眠，坐在台阶上一动不动，有些则被激发，手舞足蹈的。

埃雷迪亚，圣地亚哥最为美轮美奂的街道，也是最古老的街道之一。当我走在这条街上时，音乐旋律从"Casa de Cultura Josue País García"响起，这里的油漆开始剥落，我得赶紧抢占一个位置，不然就静静地站在街角，听一阵音乐，或心不在焉地喝杯咖啡。这也是一条生机盎然的街道，击弦古钢琴声和非洲鼓的声音仍然在这条街上回响。每到周末晚上这里都有文化展览会，民间歌手和其他表演者都到这里来表演。这里不仅有年长而骄傲的丹颂音乐家，还有年仅十几岁的说唱者沿街表演。

上行一个街道，就是古巴最原汁原味的"Casa de la Trova"（诗社）。这里是带阳台的精美联排别墅，旅行小册子上的说法是"会让你想起新奥尔良的法国区"。我没有去过新奥尔良，想到的却是上海滩的街角，某个"闹猛"之处。琴声四起，舞姿翩然，空气中弥漫着一种刚健与颓废混合的声音之魅，挥之不去的声波震荡感。这是古巴的一处原创音乐基地，包括传统诗歌吟唱与音乐创作。这个圣地亚哥最聚人气的音乐场所，持续吸引着一些大牌歌手，极具名望的传统歌手。那天下午我们在"Casa de la Trova"呆了一个小时左右,要不是翻译催着赶路去下一站,我会继续观看下去。这儿一个很奇怪的传统被保持着:到下午晚些时候,歌手和观众在一楼暖场,然后活动气氛慢慢向楼上延伸,到了晚上一切都开始"热"起来,包括空气、乐器和歌声,身上所有毛孔都被"热得张开"。人们要么托着下巴坐在阳台上入神,要么逃离此地,去酒吧"冰镇"一下发烫的脑袋。

2018年6月,草于哈瓦那、圣地亚哥

2022年5月,改定于杭州

在地图上旅行

我很景仰发明地图的那一位祖先。可能是出于征战的需要，或是一次部族大迁徙的促使，甚至只不过为了堪舆，随手抓起一张纸，或是在沙泥上，草草几笔，用箭头指出方向，加上几个连他自己后来也莫名其妙的记号、标志，于是一张"地图"就完成了。地图的好处说不尽，人类享用了多少年。

现在我说的是地图另一种特异的作用，就是我们可以在地图上旅行。大旅行家和探险家，马可·波罗、哥伦布、麦哲伦、徐霞客、王士性，到底是凤毛麟角。当今交通便捷，据说地理上的距离缩小了，但能穿梭于全球的，也是人群中的少数派。他们有钱、有机会却不全是为了观光、考察的，这些人往往很忙，今日在伦敦证券交易所，明天去芝加哥期货市场，接着又是去参加斯德哥尔摩的一个什么谈判活动。他们不可能全身心地去探胜，只是在飞机的舷窗里探头张望一眼，为爱琴海的深蓝色波浪所迷醉，对莫斯科红场的宫墙留意一会儿……我估摸自己是属于想环球旅行而不得,徒兴望洋之叹的那一族。前不久,我对旅居法国的小梁说,做梦都想着卢浮宫呢。据说,巴黎"在夏日,河流之美显现无遗,连同它的树影,它的花园,大街有的因河流而向前延伸,有的沿河蜿蜒而行,还有山冈起伏的斜坡,从星形广场、蒙帕纳斯、蒙马特、贝尔维尔,都有坡地伸展其间。全城呈盘盏状的地区只有卢浮宫……"(玛格丽特·杜拉《·巴黎》)这种文字会激起我旅游的欲望,但眼下又无缘识见巴黎,怎么办呢?那就得在地图上旅行。

听起来好像是天方夜谭,但我却屡试不爽。其实这个办法老早就有人试过,而且兴致盎然,智利诗人聂鲁达就是其中一位。他在《我承认,我历尽沧桑》这部回忆录中,就"披露"了这个绝妙的旅行方法。他走的地方数不清,而且每去一地就可能写一本书,是个有才情、有胸襟的人物。他是外交官,又是社会活动家,诗名大得很,"天下谁人不识君?"连他也要在"地图上旅行",我当时大感不解。后来才有所感悟:原来在地图上旅行,有一个妙不可言之处,那就是省力省心,既可以纵横驰骋,还能优哉游哉,左右环顾。聂鲁达说自己在树下摊开地图,椅子旁伏着一只宠犬,抽着烟斗就出神了。

有一年冬天,窗外下起雪霰,沙沙地响。我呆在屋子里不想看书,只有音乐伴着,想起老同学给我的那本《泰晤士世界历史地图集》,好久没有翻它了,就从书橱里搬出来。

我信手打开，就被它牵引着上路了。这本地图册的确精致，印刷极佳，又是上等的铜版纸。在灯光下，斯堪的纳维亚的雪山隆起，亚得里亚海的颜色与爱琴海有一种微妙的过渡。那些说明文字很棒，详简得法，又有气势。看到"日耳曼人和斯拉夫人入侵欧洲""奥斯曼帝国的兴起"，我仿佛瞥见了硝烟和大纛、荒凉的原野，听清楚那一阵远去的马蹄声。接着又翻开土耳其地图，显现在眼前的是红漆大门的后宫、艳丽的织物。整个夜晚过得异常愉悦，志得意满地抱枕而睡。

有人会说，在地图上旅行只不过是一种"精神胜利法"，说得好听点，是"精神漫游"，到底比不上实地观察，亲历其境。他说得也有点道理，但根据我的考证，大凡旅行，讲究的是"发现"所引起的欣喜。与大自然神遇目接有多种途径，最要紧的是要交融，彼此穿透，让山川、寺庙、风物进入你的胸襟。有些人走了许多地方，仍一无所获，至多是增添了聊天的资本，我看很不值得，是枉费了山河的一片苦心。我们无缘整天去看世界，那么，在地图上漫游世界不是很好么？只要你有一些实际游历，那么，地图上的文字能引你跋涉，那些标志、图例，颜色的浓淡变化，能使你看见山脉的皱褶、河流的奔涌、月光下沙滩的不朽光泽，以及远处木管的鸣响。

尽管我也去过一些名山大川，就眼下来说，不可能天天去旅行。足迹不到的地方，我就用"精神旅行"来代替。翻地图是一个办法，你可以在地图标示的各种路径、河流、沙漠和铁路上出神，最好是读历史地图，驰骋想像力。还有一个窍门是与远方的朋友聊天。前不久，西藏的一个朋友来，我就向他了解西藏。西藏是个谜，即使你去过西藏，喝过酥油茶和青稞酒，到过大昭寺，也不能说懂得西藏了，我需要的是西藏更为具体的细节，比如丧葬、猎射、跳绳法会、家世、习俗和珍宝，还有藏刀和地毯，文字和历法、医术，都是我所缺乏的。

　　实际上，有一些风景你去看了也会倒胃口。名声很大的地方，不一定能使你满足，这样的事我是多次经历了。一个好的旅行者，应是游历广泛，善于发现平常景观中的不凡之处，富有洞察力，精力旺盛，但他是不会忘记地图这个伴侣的。诸君，精神游历大有奥妙，可以打开你尘封已久的地图了。

1994 年 6 月

第二辑

背囊中的河山

春之祭

一

春天每天每时不同、姿态万千，反复无常的爱情也难以与乍暖还寒、时晴时雨的春天相比。春天，教我们发生内心的蜕变，从衣着到嗓音到心境，直至书写姿态。

春天引发了人们密集的联想。与其他季节相比，它是悄然侵入内心的。这一点难道不像爱的发生吗？有好多比喻是摹写春天的，也是针对人事的。如"春寒料峭"，如"春宵一刻"，如"红杏枝头春意闹"，《红楼梦》里的金陵十二钗，有那么多的"春"，或与"春"密切相关的命名。汉语言中最发人幽思的就是"春情"或"怀春"，表明春与情是并辔而至的，可以怀想的，可以咀嚼的，也可能引发颠覆性危机。

春天多么强大又如此弱小，这一点正好又是爱情的特征。

春天与爱情一样,弱小时如游丝,若芦苇,像菊米,可以怠慢她,戏弄她,摧折她,但无法征服她;强大时似劲松,如岩石,若疾风,坚定而迅疾,终成大事。谁能摧毁春天?谁能阻挡内心的爱?有些人不相信爱,并以后现代的饶舌嘲弄她,那只能说是一件憾事,因为他否认了自己是爱的产物,起码是情与欲的产物。而春的回归正如爱的"亲在",是人类最顽强最根本的期待,死亡也不能战胜。

春天的强大还在于她的复制能力甚于人类的繁殖力。我们从星星点点的岩石苔藓上,从冻土层简单生命的保存中,从那些微小的无脊椎动物借助于冰冷的洋流,花费几个世纪从地球的一极向另一极的迁徙之旅,我们可能获悉了春天的秘密,更体会了爱的仁慈。

"四季"是我始终喜欢的意象。我经常对四季的轮换产生深刻好奇。鸿蒙开凿之后,春夏秋冬到底谁先来到?也许这是个不需设问的问题,但既然是问题,就有它的逻辑。雪莱说,"冬天来了,春天还会远吗?"显然冬天是铺底的,春天后面来到:从绝望到希望,最后一切冰释。这有点像好莱坞的爱情片,或有情人皆成眷属的《牡丹亭》。当然这可以算作爱情的一种结局或人们对爱情结果的期盼。

维瓦尔第的《四季》是以春开头的,令人相信春天为先,接着是更为热烈的夏天,秋天是沉静的过渡,冬天殿后,显然与生命过程对应,也与世上许多被扼杀或苟活于灰色生活的恋爱呼应。其实四季轮回与爱情的悲喜交集都是常理,只不过我们不知道春天里包含着冬的危机，秋天里种下了春的种子。

不记得是哪年立春日，傍晚我确是喝了一点酒，但还没有到找不着北的程度，就决定出门走走，穿过大街到了对面的转角，不知从哪里突然刮过一阵风，明显地觉得与昨天的很是不同。那是软柔的、轻盈的、夹带着暖烘烘气息的风，只是拂面而过，心里就明白春天降临了。

"她来了！"我几乎要喊出来。即刻浮现于心的，不知是少年与年轻美丽女性恰巧碰面时的陌生感，还是中年遇到知己红颜的前世今生熟悉感，甚至什么也没有去想，只是对这一阵与我撞个满怀的春风，油然产生了某种感激，心想，凭什么春天如此这般地眷顾我？

春天温柔的面目中，蕴含着摧毁一切的力量，却庇护着一颗自我表达的种子：爱。

二

春天的树木完全是从地下冒出来的。起先瑟缩在寒风里的枝桠，简洁而意味深长。天气转暖，当你又脱去了一件毛衣的时候，街道两旁和近郊的树木突然变得陌生了。在冬天里本来孤零零的树枝，现在却彼此勾起手来，欢聚一堂。树梢上的那一大片压根儿不是树叶，而是一抹抹浅绿色的微霭。春天，树的面目每刻都在变化着，如待嫁的新娘。尤其令人感动的是，那些在秋日里根部裸露、树身千疮百孔、近乎朽枯的百年老树，在春天似乎一夜之间得到恢复，树叶纷披，随风翻卷吟哦，遮蔽了所有的创伤和变得衰老丑陋的那一部分树干，像一位经历癫踬之后遇到知己的再婚女子。

春天的树，给我们带来的不只是充盈的想象力，还有再生的蕲望和勇气，对于绝望的摒弃。

也有消失在春日里的树。腊梅花凋谢，留下了黑黝黝的枯枝。冬青长得很旺盛，却失去了它在冬日里的魅力。还有一些树选择初夏或秋日。这一切都不碍事，春天毕竟是对树木大有触动的季节。

初春的树，常人是不肯轻易关注的。春天来了，人高兴树亦如此。但他们没有想到，树在春天里经历了一年里最痛楚的时节。诚然，在严冬中蛰伏，枝桠被削掉，蜷缩着，像北方居民贮藏大白菜、辣椒和酒过冬一样。树受些苦，生活得很简单，甚至颇为寂寞，却自由自在，捞上机会还可以睡他一觉。

春天来了，树一阵抽搐，它受不了乍暖还寒的天气，在春寒料峭的晨风里打了个寒噤。胃口是开了，吃得很杂，特别是江南的树，清明时节，三天两夜的雨水足可把一棵树胀得要命，就像饿了一阵子的人大嚼一通，非常不适。第三天太阳出来，明晃晃地照耀在树梢，炙烤得不行。但树在整个冬天都过来了，还怕在春天挺不住吗？它们活着，似乎什么也没发生过，一天天地恢复，抽芽，直到叶儿披满枝头，像莫扎特那样，经历困顿而多变故的人生，却把数不清的音乐，饱含着欢乐、诙谐甚至调侃的作品，永远留在人间。

你可能忘了树在春天的一些"细枝末节"罢？在人的心目中，似乎春天的树是借助于某位神祇的魔杖繁殖起来的。要是你连续细心观察那些春天的树，心里准会充满一种悲天悯"树"的情怀：雨后初霁，那些若有若无、藏在湿漉漉的枝桠里的嫩芽，像一首诗脱颖而出之前盘踞在心中的意象，怀着一种表达的渴望，呼之欲出，远看若无。

接着嫩芽显现了，仿佛还残存朔风过境或大雪压枝时留下的伤痕，颜色淡得不成样子，像雏鸡破壳时初次砥砺的喙。树枝上出现了似乎是孩子学画时涂上的几笔，只有一丝难辨的浅绿，一种近乎淡黄的绿色。你可以把这层淡淡的雾霭，看做是一个春天登场前的楔子或序曲，好像是一团在脑子里模糊不清的漂浮的意念，一种挥之欲去，却无法排遣的惆怅。这些霞霓似的枝叶，在微风中战栗不已，有时看上去像拥抱在一块。春天发出了一份预备通知，又经过若干日子，春以它特有的调情般的手腕葬送残冬，这时树的变化达到高潮，一天一个样，一眨眼工夫，树枝转青，听得见簇簇细小的叶子迎风发出的低语了。

当你从这些树旁擦身而过，特别是在林荫道上匆匆赶路时，猛然抬头，你会感到所有的树叶都簇拥着奔泻成一条永远的溪流，似乎还能听到他们挤撞溅泼时发出悦耳的喧哗。春之树正以它们俊逸的、澄澈的目光向我们凝睇呢。慢慢树叶都长成耳朵那么大了，倾听着岁月不居的遗响，又覆盖了那一方空间，承受每一道能够抵达的光芒而不致有太多的遗漏。春天的树木往往带有繁华的格调，令人神往。就在不知不觉中，树完成了，情况急转直下，不可逆转。春天的树，终于有了在人和自然中的恒久形象，卓尔不群。

三

又到四月，又是春天。

天空如此变幻无常，而树木和草地是不顾一切地绿。阳光搅拌着雨水，涂抹着这座世界著名的城市，马可·波罗心中的东方之都，那些随着山势起伏、围绕湖水散布的建筑，以江南浅近而悠远的山水，甚或河埠、塔影和道路为背景，呈现为一幅幅英国水彩，或是中国水墨。

看来，四季的轮回并不以内心的焦虑与思绪的出神而稍作停留，而这人世间的变局和幻化，也遵循"天行健、自强不息"的无情规则，把悲欢离合和一己喜乐抛诸尘土。而今我相信另一种轮回。肉体的、精神的，宇宙万物的、内心世界的，物质状态的，形而上领域的，都在轮回。大爆炸之后是急剧膨胀，而后收缩、坍陷，直至寂灭，然后重新开始。从生到死，向死而生。生等于死，死等于生。而最可怕的是，不生不死，沦入无尽的深渊。

这神奇的两端都是一样的，几乎没有差异，而大有深意的是"过程"：这里有大欢喜、大悲哀。关于春天，我在努力寻找一条线索，那就是从尼采的"重新估价大地上一切的价值"，进入"偶像的黄昏"时的戒备与弃绝，到鲁迅在《野草》中所说的，"为我自己，为友与仇，人与兽，爱者与不爱者，我希望这野草的朽腐，火速到来"。这是一条通向毁灭还是重建的道路？即使毁坏，是喜欢还是悲恸，或两者兼而有之？我不知道。不过我明白，野草同时是春天的序言与跋，是春天的深度意象。

每天坐在我的工作室，窗口面对着西溪湿地，看得见那些云与树，那些掩映在绿叶和黑色枝干中的屋宇，仿古的街道和真实的寺庙，以及伟大的芦苇，绝处逢生的紫云英，它们在迎风吟诵。这个社会，究竟是复制还是创建？我不知道这个国家日夜涌动着的，是类似英国工业革命时期的狂飙突进或美国十九世纪下半叶"镀金时代"的骚动不安，还是一种摆脱旧文明监狱将欲展翅走向新自由之前的阵痛与血污？

也是在这样的情景下，坐在杭州西溪工作室，我写了一首题为《春之祭》的诗歌：

> 远处是白象似的群山，
> 还是孔雀般的树林与窗户，
> 取决于春天是否来临。
> 春天来了，一阵噼啪声——
> 那是火舌炙热的批评，

令绿叶翻卷如河岸的菟丝草，
说出死亡的隐秘力量。
春天是烤熟牛肉的那把火，
火苗上的一群翩跹女妖，
女妖荧绿而恶毒的眼睛。
春天就在我们的指尖上，
一边跳舞，一边画符，
把心情、群山和房子奏响，
让世界欢快地搭乘上泰坦尼克号。

听着斯特拉文斯基的《春之祭》，是一种折磨还是享受，我不太分得清。反正，这一类音乐所带给你的，绝非线性的旋律或和声，除了对十二音体系的毁坏之外，斯特拉文斯基在多大程度上破坏了这个所谓的"美好世界"，我也不太计较。我想到的是，究竟是"在春天里祭祀"，还是"祭祀春天"。

春天不是赐予，而是激发；不是拯救，而是解放。

1992年6月草于台州
2012年10月改定于杭州

京郊的秋天

十月的末梢悬挂着殷勤探看的秋风,北京的郊区一派凉意,遍地翻动书页般的银杏树叶,群山静卧如逝去的帝王,连寺庙里传出的钟声都宁静有致,绝不叫人生厌。

车过十三陵水库,想起三十年前读过的小学课本,那时工地上热闹非凡,直到身临其境,才懂得整天挥汗如雨的是一群朴实的农民。眼下是枯水季节,水库里的波光长时间地沉默无语,偶或一闪,那条拦河坝富有象征意味地横躺着,怕是顶不住夏日的泛滥了。

这一带不见群鸟,唯有村头圆熟的柿子坠落的声响,引发飞行的联想。硕大的柿子,红得像孩子沉睡中的脸,与杭州蒋村的精致红柿迥异,更不能与海岛上涩口而坚忍的风中青柿相比了。烟霭是从山谷中缓缓升起的,滞重而矜持,大概与所谓的皇城气息有关。京郊的村落不至于如江南般稠密,我们始终没能跟村民照面,除了贩卖柿子和布老虎的人们。

银杏树，在这种日子里最为灿烂夺目，挺拔的枝干恰好与金黄的叶子相衬，这个古老的树种充满了生机，并没有飘散出化石的气息。银杏的形体宛若披挂上阵的蜀将赵云，或是百折不回的迦太基名将汉尼拔，只是始终不会逼迫你。它不叫骂，也不剑拔弩张，伫立一旁静静地等候猛烈的秋风。我到过不少的帝王庭院或寝陵，那儿的树木不见枝叶，树皮剥落，石头般地耸立着，简约、沉默，了无生气。定陵的入口处也有几株这样的树，却被那一排排耀眼的银杏遮蔽了。相形之下，这些"帝王之树"黯然失色。一阵风刮过之后落叶齐下，待你抬头回望，只见银杏树依然满树枝叶纷披。无疑有一种错觉：在京郊，你觉得像银杏这样挺拔的树是不会凋落的。这是"移情"，也算"倾倒"。没有树木何以成"郊区"？在我最钟爱的树木中，唯有樟树可与它相媲美：在南方，有多少个村庄就有多少棵老樟树在村口迎迓你。

从定陵出来，不远之处就是"神道"。尽管我不喜欢这个非驴非马的名字（中国压根儿就没有神，只有"灵"），但那条宽阔的大道却有一种令人屏息的空旷。这里比不上长安街的恢弘，却也像古罗马大道一般令人赏心悦目。帝王寝陵周围的道路就有这种架势，一切人间应有的尊贵和派头这儿一应俱全。"神道"两旁有不少枫树，间以柳杉，时有芳草可见：漫步在这"神道"之中，你也会感到它令人愉快的一面。石像与石兽当然是帝王生前所喜爱的，它们一字儿排开，有好几百米，整齐划一，足见阵容。尽头是牌楼和屋宇，哪怕是在郊外的旷野之处，也显示了皇家钟鸣鼎食的傲慢。

京郊的田野最能呈现广袤的生机，它与"城"是遥相呼应的：一排瓜棚、一行田垄，不足以言说，放眼远望才能体会这儿的博大。太阳西沉之际，此起彼伏的狗叫声和骡子的喘息测量出它的纵深，这片土地对光芒的吸收是悄无声息的。薄暮之中，村庄和树林一片含混，不见边界。以前去东北，只觉得火车所经之处皆成原野，有一种穷其三生亦无尽头的感觉，而在京郊，田野的变化具体而富有节奏。低矮的屋舍、杨树和田垄就像三重奏的回旋往复，让你仿佛置身于精神的室内。当年清帝在天坛举行祭祀并象征性地步下丹樨扶一会犁，宣告普天之下开始春耕，他的头脑里想着的是京郊一带的田舍，绝不是南方的沃野。虽说帝王们疆域无垠，他们的想像力并不是无边的。《便民图纂》里有一幅"布种图"，配诗云："初发秧芽未长成，撒来田里要均平，还愁鸟雀飞来吃，密密将灰盖一层。"诗中所述恰恰是江南的耕种景象，放在京郊就不那么恰切了。

进入冬天，北京的郊区将变得"白茫茫大地真干净"，凋落的不只是树叶和青草，更有斑斓的色彩和含蓄的生机，那时你再也找不到鸠鸟的翅膀上那一块无法描述的靛青和它歌唱时的动人神情了。这些年我在北京转悠了不少地方，遗憾的是没有到过香山。京郊坦荡、宁静和灿烂的秋天，那种互见欢愉的层次，想来比香山高贵的红叶更为别致。

独步京郊，四处张望，悠然体味，会产生一种被它吸纳又蒸腾的幻觉，而这种幻觉令人一生难以忘怀：秋天之成为北京的化身，全在于其令人迷恋的郊野。

1999年4月11日

第二辑　背囊中的河山

亚布力之夏

抵达亚布力，已是午后。

这次离开哈尔滨时，下着大雨，时而急骤，间或止歇。这雨落在大片的原野上，着实是为我冲洗了一次脑筋。以前总是把雨同南方联系在一起，对那些没完没了地下着的雨，觉得就像一生中碰到的无数次意外，不足为奇了。哈尔滨郊外的雨却令人愉悦快慰，满目齐茁的麦子、向日葵和白杨在风中像合唱团的歌手。不一会，在空旷的原野上出现一道长虹，恰似从我们孤独的内心突然升起的光环。虹是不可思议的，这种在天空与大地之间出现的稍纵即逝的纽带，具备真实的色彩与形而上的姿态。多少年没有见到雨后长虹，此刻它唤起的不只是惊喜，冰封的记忆也开始随之涌动。许多人甚至一生都见不到一次真正的虹，想到这一点，就感到非常幸运。

亚布力，说不定是中国最好听的地名。阳光的音节，狂风的气息，我想唯有"阿勒泰"能与它对称。我不知道"亚布力"的真正含义是什么，可能是满语的音译，甚至是新撰的地名。这个地名与一个广阔的滑雪场相匹配，恰好又是一个舒适的度假区的称呼。车子穿过有名的尚志县，同伴们大谈东北的深山老林、座山雕与虎，亚布力在阴雨的天气和流传已久的轶闻中显得神秘起来。

看到亚布力，我居然半晌说不出话来。来到这样一处沉默寡言的地方，谁能纵情笑谈？雨是停住了，风越刮越紧，眼下是夏季，空气里已充满凉意。远远望去，麦子起伏不已，附近的村庄裹在薄薄的灰雾之中，露出低矮的屋檐。溪流甚是湍急，一年之中树木的繁盛期已过去，群山投下的阴影愈益浓重。亚布力，宁静之中入了些许荒凉。大概，放下旅行袋的时候，每个人都在心里听到了东北虎的咆哮。打量一眼亚布力周围，我们就会知道百无聊赖的时刻已经到来。亚布力当然不是一座亚热带城市，这里没有海报、冰淇淋和茶座，也听不见报贩的吆喝、玩具商人的追逐。亚布力压根儿就不是一个城市，连乡村都谈不上。坐落在东北深山的入口，它的好处就是那点荒蛮的味道，在这儿你还见得到别处正在消失的林莽边缘地带的面目，这一带飘散着一种纯粹的东北味，尽管你一时还碰不上逃荒者和淘金好汉。

从亚布力一家假日饭店的窗口望出去，环抱的群山中有一块开阔地，人们可以在这一带逗留、憩息。风刮得越来越紧，但周围那些空地上的风车纹丝不动。不久便知道这些风车是用于装饰那些度假小别墅的，据说饭店主人酷爱风车。一条宽阔的路通向深山，树林茂密得像一个梦魇，仿佛里面随时窜出一种令人惊怖的动物。实际上，附近已难得见到山林中的虎豹了，连雉鸡我也没有碰到。离亚布力不远处，东北虎被豢养着，在笼中它们失去四处冲撞的威风，吊额白睛低垂着，懒得搭理人。饭店后头的溪流在雨后显得重浊而湍急，一发不可收拾地注入一个湖中。实际上，那是一些大水坑，算不得"湖"，在东北管这叫"泡"，谁都知道"海兰泡"，也就是布拉格维申斯克，黑河对面的俄罗斯滨海省份的一座漂亮的城市。

亚布力假日饭店里有壁炉，不过炉内的"炭木"是金属制品，通了电方可取暖，真省事。依我看，还是不要在饭店里装上这玩艺儿为好，免得败坏了客人对壁炉的兴致。整个饭店回廊曲折，颇似迷宫，随处可见挂在墙上的一位著名摄影家表现东北民俗和雪地风光的照片，题材不外乎：风在雪国嘶鸣，北方大娘额头上的皱纹深得像沟壑，鄂伦春人的猎物和火光相映。这些摄影作品把整个假日饭店营造得像个东三省博物馆，那些入住的情侣们怕要被吓坏了。我更喜欢令人轻松愉快的假日饭店，最好在大厅里放一些植物，走廊上的地毯不必太厚，但房门要结实，器皿必须洁净可鉴。

亚布力的周围有一些小村庄。东北的一些村落，在南方人看来，简直不算村庄。人烟稠密使南方人窒息，同时又让他们惯于拥挤。亚布力附近的房屋低矮而坚实，一个村里居住着十几户、几十户人家，天气稍冷就不大见人影了。人们都呆在屋里，我可以想像他们合家在炕头喝酒吃水饺、脸色通红的神态，甚至很想闯进去从他们的粗瓷碗里夹一些凉粉条尝尝。

亚布力的宁静里有一些令人不安的成分，是风雨声，还是东北森林的阴影造成了这种略微过头的荒凉，我不得而知。也许我对东北的感受大多来自文字和影片，而且是童年时代留下的。"闯关东"一词是如此深入到我的意识深处，至今无法抹去。

亚布力，亚布力就这样香消玉殒地度过它的夜。而夜晚的亚布力是我无法探究的，一些潜在的、不可预测的事物，也许还会在亚布力存在。起码，住在亚布力的旅人会想着落寞的心事，常常在风声中梦见虎和索道，雨后低垂的向日葵，铁青色的云。

除了滑雪季节，很少有人涉足亚布力这一带。住在这里的旅客又是害怕安静的，大都匆匆看一眼亚布力，就跑得杳无踪影了。这种留不住人的宁静是真实的，与时下一些建在湖畔山崖上的度假村里的"宁静"完全不同。亚布力寒冷，刮起风来给人以一种心慌意乱的感觉。草丛背后的窸窣声，索道凌空造成的气势，以及东北虎的意象，风车带来的岁月不居之幻觉，都在告诉着你：亚布力的宁静来自四面八方，它透露出的荒凉紧紧地攫住人心，让你服帖，随时影响着你的心境。对大多数人来说，亚布力的宁静是陌生的，并非我们与生俱来就能接受的。亚布力大器，它被抹上一层原始性，它的荒蛮景象竟能深深地揳入我们鲁钝的智力状态。亚布力，就像迎面而来的冰山使多少人发出惊叫。看到那些慌忙离开亚布力的人，我都能想像他们如何地不适宜于这样的地方。

据说，那座建造于十一世纪、位于连接瑞士与意大利的圣伯纳德大山口的著名修道院，夏天人们纷纷拥来，冬天则留下一班隐忍的修士和一群古罗马时代就从亚洲引进的待人友好的猎狗，它们此刻才从围栏里被放出来自由地四处蹓跶。这一点很像亚布力。也许，亚布力的绝妙之处正好在秋天风起之时、雨落之后显露出来。

1999年2月18日改定

临海之冬

窗外霰雪飘洒,车辆、行人稀疏,内心的灰烬渐渐堆积起来。这样的夜晚应该离群索居,我正好做到了。

曾经围绕我的一切,母亲,老桥,弯曲的河流,工棚里的弧光,"韦士伯"三轮车驶过时冒出来的黑烟,永远担心会在路上抛锚的"拉达"轿车,在巷口奔突叫嚣的痞子们,旧衣物,毕业纪念册,似乎一百多年来都这样围绕着。接着,树木在春天无可辩驳地绿了。雪霰在今夜的凛冽寒风中不可遏止地落在瓦背上,发出"嗞嗞"的声音,一如夏伏时庄稼在静静地吸水,又像无数把碎石从苍穹挥洒到人间,搅动着灯火。灯火!我有一次登上后山,眼前万家灯火,与遥远的星光交织在一起,使我惊叹不已。造物主是何等伟大,竟让人间的灯火和星光难以分辨地交融辉映成一片,疏密得法,默契、宁静、永恒,向人们昭示着什么。这个世界就像已印好的结实的精装书,任你翻阅多少年,也不见得会磨损多少。

唯有今晚，万籁俱寂，从大地深处发出大提琴般深沉的声音，所有曾经围绕着我的一切都隐遁了，或化为背景。突然一种冰坼雪崩似的感觉打破了这些年我内心的平衡。对"永恒"事物的迷恋，对变化的恐惧，使我鲁愚迟钝了。我迷失在时间的沼泽里，无法辨认，不可自拔。与此刻内心唤起的感触能遥相呼应的，唯有一次旅途的经验了。记得有一次去北京圆明园遗址，在夕阳的辉映下，觉得废墟中丛生的野草美极了。这些无处不生，极有生命力的野草，是无法芟除的，它们与巨大的石柱、倾圮的墙垣、塌陷的石兽，以及太阳西沉时燃烧着的彤云，构成了一幅绝妙的《天问》式的油画。

今晚冷得出奇，我觉得好像与这个世界失去了联系。面对一摞摞的书，墙上巨幅的地图，红地毯，咖啡杯和蓝幽幽的烟气，没有炉火，独自埋头读李维的《罗马史》。满耳是落雪的簌簌声，眼前晃动着远隔欧亚大陆、相去几千年的古代罗马和高卢人的旌旗刀枪，数不清的铠甲，慷慨激昂的演说不绝于耳。此刻这部西方史学名著成了我与土地对话的唯一方式。我不禁又一次眩晕起来，但这是一种摆脱永恒诱惑的快乐眩晕——我感到一阵如释重负的冲动，曾经围绕我身旁、麻醉我的神经、使我快要窒息的一切都在雪夜倏然逝去。我可以放纵地追忆了，像普鲁斯特所做的。雪夜，在江南是如此稀罕，在生命的重浊之流中，镇上一块巨冰，漂流着一段原木，引入一片河套之绿。必要的时候，干脆潜入泥沙乱石之下，化为暗河。

记得有一年秋天，我的足迹布及大半个中国，回来时发现，最美的仍是我的故里。在雾气中耕牛大口喘息，橘树丛里钻出一群少年，在台风劫掠之后仍飘着柚子香味。眼前这片土地有着多么巨大的诱惑，黄昏时散发着腥味的讨海人跄踉地从大片滩涂上赤脚归来，这是一片什么不能生长、何处无法埋葬的土地呵！在这样的怀抱里，有什么理由对岁月的流逝感到惊悚、对疾病和死亡充满疑虑呢？"文化大革命"时，县城那座消防队员瞭望用的钟楼，布满累累弹痕。这种动乱年代留下的暗淡印象未及从我心中抹去，前不久回去一看，那钟楼早已不见，化为一座精致的街心花园了。现在，我已渐入中年之境，开始明白，故乡实在是内心变化的投影。每一个人的故乡都有一种宽容精神，不管你是否憎恨过，怀疑过，甚至亵渎过它，故乡压根儿就像一只老麻袋把我们装了进去。比如故乡的雪夜就无法描述穷尽，多年以来，对故里从来没有像今夜想得那么深切。雪似乎掩埋了一切，但许多值得追忆的事物却变得更为清晰，细节生动。

现在，风停了。雪夜失去了先前的威仪，我沉湎于安徒生乘坐过的夜行的驿车里，那里有温情，有着令人向往的祈祷。万物复归于宁静。在这样的夜晚，谁能死于一座即将响起钟声的小城里，死于微茫的安慰中，谁就是这个世界上最幸福的。

1991 年 12 月 27 日

草原通道

天空还在雪上面发亮。

——[挪威] 古尔布兰生

有白昼,有黑夜,许多白昼,许多黑夜。这浩荡宽阔的大川,一边岸上耸立着高入云霄的森林,另一边岸上平躺着荒原,在这片深凹的荒原中连通都大邑也不过像茅屋和帐篷一样。原有的一切度量单位都必须重新制定。我现在知道了:土地广大,水域宽阔,苍穹更是广阔。我以往所见不过是土地、河流和世界的图像罢了。而我这里看到的则是这一切本身。我觉得好像我目击了创造;寥寥数语表达了一切存在,圣父尺度的万物……

——里尔克,1900年7月31日彼得堡纪事

1

天亮之前的草原并没有给人以辽阔无边的感觉，它熔铸了天空、马匹和土地，暗影交织着暗影。东方渐渐从铁青色转为柠檬黄色，恍如一场大梦的衔接之处，它确凿存在着，又难以捉摸。而天子之骄子成吉思汗却凭着风吹拂在衣襟上带来的气息判断他的疆域究竟有多大。这时他的那匹青豹花马开始趑趄不前了，回头望着主人。绝望中的成吉思汗已经预感到这片开阔地拯救了他，打手势让随从们勒马，噙着泪珠跳了下来，抛开箭和套索，跪在草原上亲吻泥土。他被敌手追击着，几乎走投无路。

现在好了。又一阵疾风掠过他的面颊，挟带着寒意，成吉思汗知道，就要进入冬季了，他该把目光转向南方温暖的土地：西南方是伊塞克湖，偏东一些就是黄河流域。在成吉思汗心目中，前方的那条地平线是草原的尽头和耕地的开始，他又得动身。为着感恩，他把这片起伏不已的草原命名为"那拉提"，据说是"日出之地"的意思。

寻找这片草原并非易事，沿着阿吾拉勒山得走上几天，几经周折，会看到那拉提的一角，再翻越一片积雪的山峰，只觉得眼前豁然开朗，那就是一望无际的那拉提草原了。"那拉提，那拉提……"，世代的牧人和流浪者都这样念叨着走向它。

往西方就是著名的昭苏草原和察布查尔草原，南方是巴音郭楞。然而那拉提草原自有它特别诱人之处，群山环抱，辽阔、肥沃、温润，策马而至的征服者来到这片草原上的时候，总是眼前一亮。阳光打在金黄色的草叶上，就像无数匹豹子步出丛林时分额头上一阵令人心碎的闪耀，而远处的雪峰在瓦蓝的天际颤动。在多变的天气中整个草原隐现，缓坡连绵，望过去偶尔有几棵大树挡住视线，而毡房就搭在那些峰回路转的浅凹处，看上去像洋面上的漩涡。

当年成吉思汗的心目中，草原上发生的一个轻微的搏动，都不可避免地引起母亲的警觉和关注。在那拉提草原，他也许想起过去在母亲庇护下的日子，正如《蒙古秘史》上唱的：

> 生而俊美的诃额伦母亲，
> 手持木构棍子，
> 来往于斡难河浜，
> 采集野韭、野葱，
> 抚育着有福的儿子们。

此刻坐在那拉提一带的山坡上，只见远处奔涌的群山在眼前像喘息缓行的马匹，在夕阳中坦然而立。当年大汗和众多部族首领践踏过千百次的不屈草原，如今宁静万分，只有耳畔的风声和远处传来的牧羊犬的叫声，显示着它的永久存在。多少年来，那拉提草原的图景，是到处做季节性迁徙的篷车，潜行觅食的动物，游牧者和骑兵，他们之间的追逐、挑逗和诱杀，给我们的印象是扭曲、旋转和模糊的。除了谣曲，没有多少文字留下来，一部编年史是湮灭的：那拉提，众多草原上的一个缩影而已。

几乎整个亚洲大陆被一条纵向的草原带覆盖着，草原上冬季万物休眠，夏季万物枯萎。草原为游牧民族提供了一条完全不同的路：一条由无数条道组成的无边无际的路。各个部落为争夺肥沃的牧场，彼此吞并；游牧者从一个牧场到另一个牧场进行无休止的迁徙。在某些情况下，由于迁徙的路途非常遥远，往返迁徙一次有时需要几个世纪才能完成：从鄂尔浑河畔到伊犁，直至更为遥远的吉尔吉斯草原和俄罗斯草原。

此刻，我坐在那拉提的土坡上，却忘记了这部历史，眼前只不过是草叶、阳光和马匹，伞状的树冠，援镫而行的哈萨克牧人，以及追随其后的妇孺。我心中没有历史，脑子里没有疾速，没有逃避，只有胜利者的耐心，在这具有万箭穿心之美感的草原——那拉提。

2

天慢慢黑下来，我们围坐在一起。我还在想着那个业已消失的牧人背影。他有点上年纪，骑着一匹枣红色的马在草原上独自远去，跑得并不快，先是被一棵大树遮蔽，再消逝在四周合拢的暮色之中。他的体姿并不僵硬，只是略显前倾，看上去甚是硬朗，还给人一种不服气的感觉。哈萨克人骑在马上比我们在地上走路还稳当，他们从孩提时起就在马背上颠簸了，当你走近他们时，都能感受到他们傲视的目光和矫健的身手。一路上你会碰到一些哈萨克族女人，她们结实而刚毅，额头特别宽阔，浅绿色的眼睛像是草原的倒影。

晚上我们围坐在一起喝伊犁特曲，它还有一个响彻云霄的名字——"英雄本色"。手抓羊肉鲜美异常，朋友们教会我使用手指的动作，让我想起了先民。维吾尔族司机长得魁梧，前几天被车门碰破了头，贴着药膏，津津有味地用一把锋利的刀剔着羊骨，他早已进入忘情的境界。接着我们就唱起了歌。

母语的魅力在歌声中被完整地保存着。面对一个异族或异乡朋友，听他用母语唱着你所不熟悉的叙事片断，那种曲调的转换、词儿的连缀，尤其是咏叹、回旋和反复，会让你顷刻之间就领略到他们这个民族的荣耀，体会着他们祖先曾有过的忧患和纷争。异族的歌阻挡你的惯性，又牵引你上路。在一个歌声回荡的环境里，哪怕一次短暂的间歇都能使你知晓他们这一脉来回迁徙的漫长路径，这个部落的背影和故事，被篝火一次次照亮的面庞，生生不息的期待。

从那天晚上我们围坐着喝酒时起，我就有一种预感：歌唱是不可避免的了。这是草原上固有的生活仪式，此时其他的一切都变得无足轻重。如风起时，如草叶拂动时，如羊归栏时，如日出山谷时，如少女待嫁手扶母亲的毡房门口时，如首领足抵马镫时，歌唱就这样开始。

轮到哈萨克族朋友赛尔江唱了。他点点头就不假思索地唱了起来。与其说唱，不如说哼，或者说是脱口而出，但绝对不是漫不经心。他这样的歌唱方式我一辈子不曾领受过：那么微弱的开头，就像你立意要去寻找一条河的源头之时，在你站立的地方水已漫上脚背。

整支歌曲是低沉的、平缓的，却有一种无处不在的优美。在我听来，它是全世界一切动听的歌曲的滥觞，应该让那些在路途上边走边唱的人去唱它。这支歌介于讲述与歌唱之间，旋律起伏不大，使人想起缓坡和阴影，或是延绵的雪峰。听着听着你就出神了，想像冬季开始后，游牧民族边迁徙边打听的情景，一支浅灰色的流浪队伍在眼前晃动。赛尔江唱的是他自己这个部落的事，或许捎带说些他的新婚妻子、屋顶上的太阳、狂风和草屑、眼睛里的烛光。他是用一种语调启示全部的生活记忆，他使劲地弯腰翻土，引出源泉。

赛尔江不停地唱着，而我全无倦意，我的脉搏与他的歌声很快就互为激荡了。风吹草低出歌声，我要寻找的，正好是这种失去的节奏、追思的口气。宁静的漫游有时远比掠夺和战胜更为困难。我轻声问另一位朋友，赛尔江唱的是什么？他回答我说：唱的是对诱惑的不动声色，一辈子爱这草原和土地，还有宝贵的爱情，忠诚……

我知道，在哈萨克族，歌唱不需要去"学"，甚至用不着摹仿。歌是他们的遗传，是跟吃饭、骑马和放牧一样平常的经验，是环绕着、充盈着他们的帐房，与母亲的唠叨、父亲严厉的目光一样须臾不可或缺的事物。我们围坐在一起，听着每个人唱过来，用维吾尔语，用回语，用哈萨克语，用乌孜别克语，用汉语，轮流着唱起歌来。外面下着雨，我们全然不知，第二天起来时看到远处山峰覆盖着皑皑白雪，心里想着，这不都是歌吗？

那天晚上我流出泪水。眼泪慢慢涌上来，又饱含在眼眶里。是他们用母语唱的歌直捷地占据了我，记忆再一次被触动，心头最柔软的那一部分草地被掀开了。这种唱法我找不到，除非我生活在他们这一族。后来我追问自己：到底是这次西部之旅他们成为我的朋友之后，愿意把这些歌曲唱给我听，还是他们唱了，我听了，结成了朋友呢？我有点辨别不清，毕竟我们相处太短。

我只记得那天晚上无法抑止地走出门口，摸黑走了一段路，在雨中长时间地跪在草原上，直到全身湿透，最后抓了一把连着草根的泥土。正当我往回走，慢慢靠近窗户时，我的胳膊碰到了一匹马，在黑暗中它悄无声息地低头吃草。我用另一只手理了理它的鬃毛，多少年以来它就这样不变地站立着，望着主人，并打量这嗜血的世界。黑暗中它的身影使我吃惊，当我靠近它时那种依然故我埋头嚼草的神情更令人叹息。这些马匹在黑夜的雨水里站着，躯体庞大，髋部丰满，一动不动，周身散发出一种温热的气息，它们的沉默正好呼应了屋子里美不胜收的歌声。它们能听懂，比我还懂。

3

我独自走在乌鲁木齐的一条大街上,快要接近博格达宾馆时,见到对面有一位少女匆匆而过。她的头发是棕红色的,浓密,长及膝盖,由于走得太快,在风中不停地摆动和飘散着,好像在眼前闪过一匹骄傲的栗色的小牝马。

乌鲁木齐的某些大街颇为沉闷,眼前这一幕为它们增色不少,美的事物需要铺垫。这个女孩子的身段绝对符合黄金原则,脸庞美得难以置信。她带有明显的混血特征,我没有来得及观察她的眼睛,应该是浅灰的、柔和的那种,也许有点偏蓝。她脸上的安宁神情恰好与走路的迅疾,长发的甩动相映衬。这位"瞬间偶像"在我面前走过时,连身体的气息和均匀的呼吸都能感受到,她似乎保留着草原那一脉种族的恣意,又带上城市那些楼房的瘦弱。她可能叫"阿依古丽",不过有人会提议她叫"阿拉木罕",而我更倾向于把她换做"阿勒泰·赛里木"。

这条横跨欧亚大陆的草原通道上,有一个遍布森林的山区叫"阿勒泰",还有一个澄澈的湖泊,人们称它为"赛里木",为她命名岂非恰切?她也许会赞同我的这个主意,即使表示愤怒的抗议,也会显现出一匹小牝马的不驯神情,有一种意想不到的美。聂鲁达曾不无夸张地写道,有一次他经过市政广场时见到一位少女,竟被她的漂亮震惊得跌倒在地。这一次,我没有摔在大街上,却站在白杨树下好一会儿才缓过神来，至今脑子里还留着她映在一段白色墙壁上匆匆走过的身影和昂起的额头，像一匹骄傲的栗色小牝马。

在一幢不起眼的公寓里，住着新结识的塔吉克族朋友，叫穆塔尔。他矮壮、敦厚，脸膛黝黑，留着一撇小胡子，高兴起来眼睛里闪耀着顽皮的光芒。当我喝着奶茶时，他的妻子和小姐妹们鱼贯而至，维吾尔族的、乌孜别克族的，这些"糊涂的四姐妹"，一起躺在一张床上说笑，她们也不回避，熟悉了还邀人在她们身边坐下。我不懂得她们在说些什么，偶尔与她们聊几句，只是无比欣悦地听着，那种时而维语、时而塔语、时而汉语的转换，语调的多变令人激赏：语流在奔涌时迸发出生命的活力，她们在沟通中活得逍遥自得。有时我不能分辨她们在说哪个民族的话语，想必是在肯定精美的事物，也许还穿插一些流传很广的玩笑、几句诨话和夹杂的新词儿。

他们先辈的统治者成吉思汗则不同：尽管他对耕耘一无所知，对都市文明中的机械产品和令人愉快的事情赞叹不已，但都把它们作为掠夺和洗劫的目标。在征服了东伊朗和中国北部之后，他认为通过夷平城市和破坏农田，使这些地区变成草原是很自然的事。与眼前这几位"糊涂的姐妹"大相异趣的是，他一想到他的后代们将抛弃艰苦的草原生活而向往定居时，这位以忠诚、坚毅和心胸宽广而出名的大汗悔恨地沉思："我们的后裔将穿戴织金衣，吃鲜美肥食，骑乘骏马，拥抱美貌的妻子，但他们不说：'这都是由我们的父兄得来的'，他们将忘掉我们和这个伟大的日子！"

在穆塔尔的公寓房里，小姐妹们正在谈论名牌"宝姿"和"耐克"，她们开始崇尚闪光的器皿和千姿百态的碟片。房间里全被柔软的地毯和令人眼花缭乱的壁挂装饰着，银炊具和锡壶在火光中闪现。身处这种房间，你不会说："所有的风只向她们吹，所有的日子都为她们破碎。"因为在女性之间的一股语音的来回流动中，你可以感觉到它正在与闪烁的迷人眼神互换。还有，环绕着众姐妹再慢慢弥散开来的满屋子的亲密气息，都使人感受到一种难以言传的幸福。尽管它令人窒息，却是一种叫人目眩神迷的奇境，一趟致命的漫游。

4

天山好像是一个欧化的句子，或是巴洛克时期的一段复调音乐。站在原野中四顾，一边是不绝如缕的雪峰，一边是平缓的大丘，有点像十一世纪的一种伴唱形式"平行奥尔加农"。而祁连山则不同，它是纠结于辽阔大地的一个复杂的旋律，恰似肖斯塔科维奇众多的交响曲。我小时候读过一篇短文，叫《她要指挥祁连山》，已经忘了它写的是什么，现在只有这种口吻留在我的记忆之中了。

在天山深处，你能见到幽深的峡谷，湍急的水流旁摇曳着茂密黄苇子，白杨树的叶子在晴朗无边的天空中颤动，为阳光所抚慰，发出感激的细密的簌簌声。雪杉森然而立，秋天里它也不会凋零，静静地伫立着，像禁卫军中那些俊逸而持守的兵士，与风中起伏的大片黄褐色的草叶遥遥相望。

接近天山，你也许会分心。跟前的风光太繁复，有时美得令人绝望：你再也不想去寻找天底之下的另一座大山了。有时，游牧者后面跟着几头在原野中慢慢跋涉的骆驼，会给苍凉而激越的迁徙队伍平添几分喜剧色彩，而哈萨克老人骑着马匹从远方快速朝你走来时那种安详如水的神态也会使你为之感动。远处褐色山峦上有一大块令人陶醉的绿色深藏其中，养育着百十户塔吉克族人的牧群，他们的饮食起居使你遐想无穷。

与天山平行的公路上栽着杨树和榆树，足有几百里长，汇成一道永不干涸的树叶之河，阳光照射时投下斑驳的金色斑点，与两旁原野的淡紫色暗影相映衬。天山一带的草原上，有时会突然冒出一条河，一条你意想不到的河流，绕过很大的弯来到你跟前，匍匐着又消失在远处的大片草丛之中，其踪迹颇似一条欢快的小狗留下的。一眼望去，无数朵热烈的野花沿岸盛开，接纳了芦苇在天穹下弯曲而不屈的影子。

天山脚下的原野因着天山漫长的延伸更显示出它的广袤，相形之下，祁连山是寂寞的。与它呼应的是无穷的戈壁和边缘地带的金色麦地，这些戈壁几乎不存在任何生机，连灰白色的草丛都令人怀疑只是阳光漏下的几处影子。正是这样，祁连山远比天山雄浑，群山在黎明时分显出它的刚毅和坚忍，阳光照耀在峰顶上熠熠生辉，发出大理石般的深澈的光芒。当年那些被班超或成吉思汗追赶的部落残余，都在这里迷失道路，战栗不已。正如有人记载的，后来成为成吉思汗对手的王罕之子桑昆越过戈壁，暂时在额济纳河附近的西夏边境上以剽掠为生，也许后来到了柴达木盆地一带，最后是在库木的回鹘人中被杀，默默无闻地结束了他的生命。

天山与祁连山堪为兄弟之山，虽然它们性格不同，有一点却是共同的：令多少英雄人物或枭雄之辈竞折腰。

5

多少年来，这草原通道上活跃着一群用诗歌的语言说话的人们，包括成吉思汗和他的兄弟们。这些拥有细致而绵长的情感的人，并不因此缺少了血性的果敢。"只识弯弓射大雕"，自有这一断语的正确之处，但却疏于对人性多面的省察，不免有点漫画化。

1226年秋天，成吉思汗检点军马，要去征讨西夏，他们的史书中并没有说这一年的某某年号，而是这样记载："狗儿年秋天，成吉思合罕去征讨西夏。""狗儿年"三个字，使我们忍俊不禁，但那时是这样写的。两军交战之前，要给对方下战表，成吉思汗派使臣去西夏"赍歌"。凡公文皆编成诗句，易记，称之为歌。

有一次，成吉思汗要赏赐孛斡而出，他发表了一席评论，这个"嘉奖令"也是用比诗歌更为美妙的语言娓娓道来的:"我年幼的时候,失去了八匹惨白色的马,追赶了三天,在路上和你逢见。你看我辛苦,要帮助我,你连家也未回去,也未向你父亲说一声,把马奶子桶弃置野地,给我把秃尾巴甘草黄马换了一匹黑脊白马骑上,你自己骑了一匹快黄马,把马群放在一边,连忙和我一同去追赶贼人。走了三天,我们二人到了盗我白色马的贼盗的圈子。我们就把在帐房的圈子边上的惨白色的马赶回来。你是纳忽伯颜的独生子,为什么要跟我交友?你完全是一片好心,跟我交友。以后,我常常想念你,使别勒古台去联系友谊。你就骑一匹供脊甘草黄马,披着一件毡衫,来到我这里。当三姓篾儿乞惕人侵犯我们,把不儿罕山围困了三周时,你是和我们一同被难。以后又在答阑捏木儿格思地方和塔塔儿对阵夜宿,那时日夜大雨不止,那一夜你为叫我安眠,把你的毡衫给我披上,使我身上免去雨水的淋湿,你支着一只腿站立了一夜,仅换腿一次。这是忠诚勇士的品质。此外你还有说不尽的功劳。"

说到年轻的铁木真看见恩人去世,扑到在地,放声大哭时,察剌合居然会以这样的方式劝说他:

像大鳟鱼似的,
你为什么痛哭?
要巩固你的部下,
不是这样跟你说吗?

像水中游鱼似的,
你为什么悲哀?
要建立你的部众,
不是这样跟你说吗?

于是铁木真停止了哭泣。不知这是诗歌的力量还是话语的力量? 就是这位也该速的长子铁木真,有朝一日将被称之为成吉思汗。想当年,弓箭、诗歌,都赋予他力量,母亲般的力量。

成吉思汗原先的宗主叫王罕。当王罕在戈壁滩上过着悲惨的流浪生活时,成吉思汗救济了他的饥饿小队人马,帮助他重新夺回了克烈部地盘。正是因为这些,以后成吉思汗就用这样的词句提醒王罕:"君困迫来归时,饥弱行迟,如火之衰熄。我以羊、马、资材奉君,你前瘦弱,半月之间,令君饥者饱,瘠者肥。"尽管后来这位王罕在一次战役中背着成吉思汗调走了自己的部队,成吉思汗只得冒险独自撤退,这是近乎背叛的行为,但成吉思汗仍一如既往地忠实于他的宗主王罕。有一年,失败的几个部落结成联盟,他们刑白马,宣誓要袭击成吉思汗和王罕,但成吉思汗得到及时通报,在捕鱼儿湖附近大败联盟军,这位征服者后来在写给王罕的史诗般的著名信件中暗示的无疑是这次行动:"我如猎鹰飞越山间,飞逾捕鱼儿湖,为你捕捉青足灰羽毛之鹤。质言之,朵儿边、塔塔尔两部,接着又越曲烈湖,我再次为你捕捉青足鹤：哈答斤，撒只兀惕和弘吉剌惕。"但王罕仍背信弃义，欲与成吉思汗决裂。成吉思汗设法带口信给王罕，他使他以往的宗主回想起他们友好相处的岁月和他为他所做的一切，以此打动王罕的心。但这一次成吉思汗失败了：诗歌一般的信件也无法碰撞王罕冷酷的心。

6

草原通道上的旅行是对发生在欧亚大陆上一部最为悲壮的迁徙和征服史的激活。在一种由我自己选定的较为灵活自由的西部漫游方式里，整个旅程交织着目光的停留与车轮的奔驰，遗址的徘徊与原野上的狂奔，还有朋友、酒、歌声和马匹的陪伴。

在那个边陲车站阿拉山口，我从咫尺之遥的边境线上远眺哈萨克斯坦的原野和群山，突然产生了一种"游牧情结"，觉得这些众多的民族和部落，其经历的漫长曲折，患难与荣光，远非今天的政治家和历史学家想的那么简单。当新的活力将草原上的所有骑手推向北京、大不里士和君士坦丁堡的金色圆屋顶时，当伏尔加河和黄河流域在成吉思汗面前颤抖时，我们不能随便附和这样的说法了："这一群蛮族"，或"只识弯弓射大雕"。

在蒙哥大汗统治时期，法兰西路易九世派方济各会会士卢布鲁克访问草原通道上的蒙古人。在他的游记里我们不无惊讶地发现，在大汗的帐殿里见到了一位来自洛林的名叫帕库特的妇女，她是从匈牙利被带到这里，给这位宗王的一个聂思托里安教徒妃子当侍女的。卢布鲁克在和林宫中还见到了一位名叫纪尧姆·布歇的巴黎金匠，"他的兄弟在巴黎的大蓬特"。1254年5月30日，即圣灵降临节前夕，卢布鲁克在和林举行了一次公开的宗教辩论大会，蒙哥汗派三名裁判出席大会，一时蔚为壮观。

当我坐在那一列往来于欧亚大陆的列车上，向来自伊犁、博乐和阿拉山口的朋友们挥手告别时，我明白：这个行程早在若干个世纪之前就由游牧者及其首领给我安排停当了，不管他们叫铁木真还是阿拉提，叫窝阔台还是努尔哈赤，可汗还是"合罕"，甚至只不过是沿着通道朝撒马尔罕方向迁徙的一群人马中回望冬季牧场的那个目光炯炯者。

新疆的博大和甘肃的苍凉，难以描述。天山漫长的雪线，巩乃斯的无边草原，博斯腾湖的浩渺，赛里木水中倒映的白象似的群山，伊犁河向西静静倾注的安详神态，特克斯河湍急水流边大片起伏的芦苇和野花，博格达峰显现的峻切面容，都构成一幅生命中的历史性图景，加入你的生活风尚总集。而甘肃，你仅仅听到这些地名就够了：酒泉、张掖、武威、临洮、陇西、天水，哪一处不能勾起你怀念这些昔日要塞和古战场的幽思，激起你尚存的血性？

多年来，我一直喜欢读汉乐府，如"悲歌可以当泣，远望可以当归。思念故乡，郁郁累累。欲归家无人，欲渡河无船。心思不能言,肠中车轮转。"又如"青青河边草,绵绵思远道。远道不可思,宿昔梦见之。"都是可诵可唱的。当我走出兰州火车站时,这些诗句突然涌上心头。

记得有一天午后,在一座蒙古包里喝完那达慕酒,带着醉意出来,新结识的朋友怂恿我骑马,在马背上颠簸了半个小时。草原上突然下起雨来,雨点打得人脸上生痛,同骑的人说了一句:脸掉下去了!我听着不禁放声大笑。行走在草原通道上,连语言都换过了:因为词不达意,人们在慌乱中锻造了这些伟大的句子,获得"深度意象"。

7

当我看着一朵在阳光下静静开放的雪莲,一个塔吉克姑娘脸上露出的羞涩微笑,一局维吾尔族老人的棋盘,一杯在伊犁河边酒店里不断泛起泡沫的啤酒,一个蒙古族少女递过来的牛角酒杯,一匹专心致志地啃着草叶的黑马,就会从心里生出许多喜悦和惊叹。在新源的大街上,在一个称为察哈台或吉甫提的小村庄里,我有时会怔忡半天。在伊犁河畔的一个村头,我和蹲在大树下抽烟的回族汉子交谈起来,不过几分钟,他就领我去他家的院子里坐,我边听边察看他的整洁的小院落,在车上等我的朋友发现我走进村子里去了,急急忙忙来找,看我与这个汉子谈得很热乎,终于松了一口气。

在一个阳光朗照的午后,我们的车子停在阿吾拉勒山下的一个小镇旁，维族司机艾买提去找他承包了几百亩棉花地的哥哥聊天。我突然看见前面有一个孩子，不知是哈萨克族的还是维吾尔族的，约莫只有六七岁的样子，竟骑着一匹高大的栗色马朝我们奔来。小小的身体在马背上晃悠着，自若得像个骑马跨越半个世纪的汉子。当时我只觉他那种身姿，他用腿夹紧马肚子，两脚扣牢马镫稳稳当当的神态，令人惊异。他简直是一个紧贴在马背上的精灵。这孩子坐在马上摇摆的样子颇有些滑稽，但绝对是骑手的神气，你若站在他的背后，目送他远行，不折不扣看到一个首领后裔的背影。即使是一个专业骑师，调教一个孩子十年也未必能传授这种娴熟的技艺和不凡的模样。这个瞬间似乎使我洞察了一个强悍的种族的全部秘密，成吉思汗不再是遥远的草原偶像或捉摸不定的斡难河畔莽夫。他们就这样行走着，在滚滚烟尘中建立了一个移动的帐篷帝国和马上秩序，铁蹄所至，所向披靡。

有时检验一个旅行者爱心的是这样一幕再寻常不过的情景：当你经过一片种植着向日葵的田野，恰好有一阵风吹拂着金黄色的葵花，整个儿望不到边的大片向日葵都跟着低下了羞涩的脸，阳光下的密语顷刻之间传遍了葵花地，这是一次金色的倾听，阳光的搏动，是对宝蓝色天空的遥相呼应。这时你的心会被彻底地打动，因为你已经如愿以偿了。

在新疆、甘肃或内蒙、青海这一带，有时你走上几十公里甚至上百公里，只会碰到几个擦肩而过的人，他们骑着马或开着越野车，至多点头示意一番，有时互相瞅上一眼，连眼睛都来不及眨一下就过去了：赶路，永远是赶路。旅人，商贩，赶着畜群去另一个草场的牧民，或偶尔去聚居区视察一番的专员，这些屈指可数的活跃在草原上的人们，倏忽之间就消失在道路的尽头了，所有的人与事都显得如此短暂，留下的只是轮廓和光晕、幻想和图景：一个斑点，一团光影，一个移动的背影，一抹行将消逝的尘痕。至于迎面而至的沉默的马匹，满是皱纹、眼神炯炯、戴着哈萨克族礼帽的汉子朝着坐在车上的娘儿们投去的庇护性的一瞥，伊宁大街上走过来的美貌少女的骄傲又温驯的目光，却早已留在心中。

在草原通道上我目击了创造，光芒来自原野上的草垛，来自雪山，来自眼睛。

1999 年 11 月 26 日，杭州

甘南笔记

1 加拉尕玛的歌声

加拉尕玛生态园中,晚会即将开始。各色人等,或衬衫笔挺,或衣裙窸窣。高谈阔论者甚众,低声悄语者亦夥。语流激起的波澜,盖过洮河之水声。草甸上黑牦牛蹲伏,不再移动脚步,只是与黑夜交换眼色。

一个身材娇小的藏族女歌手,穿着红色藏式单衣,站上舞台向大家致意,开始歌唱。

歌声就像一把锋快的铁犁,置身于田野。闪光、笔直、坚定,一把声音的犁闪耀,朝着未知的方向剖开混沌的泥土。声音在转弯,并不停顿。藏族歌曲经歌手发动之后,很难判断什么地方是它的终点。歌声继续赶路,女歌手让听众们心情出汗,那是汗颜之汗,而非可汗之"汗"。门楣的颜色更加鲜艳,来自遥远省份的越野车打了个激灵,畏惧于声音的鞭策。街角是生活的余烬，地上满是愿景的风马，煨桑仍烟气袅娜。

不知道这首歌什么时候能收住，正如我们不清楚道路在哪里终结。

歌声是那么锋利，就像无影灯下的手术刀，能剜掉你积郁之瘤。歌声是那么长，就像你一生所有走过的路途，备受煎熬的日子。歌声似乎是你唯一的伴侣，去带你看那些转山会、跑马节、赛马会、酥油花会、望果节。从这一座穿越那一座山，从这一片雪转向那一条冰川，从这个草甸移动到那个荒漠。

歌声里藏着一个不竭的发动机，一个认路的魔咒。这歌者的笑容，慢慢变成一朵蓝色莲花，浮游于空气之中。她的手指，不是枝蔓的象征，而是梦幻的鹿角，雪豹的白日梦。我们也许会见到藏族寺庙中的领经师，其声音浑厚，穿透力极强，发出的声音如飞机轰鸣。此刻，她的歌喉获得了领经师的奇异性。

你置身于如此喧闹的场合，会震惊于加拉尕玛晚会传出的歌声：它生长着危险的蒺藜，微笑的利爪。但所有人领受了歌声的恩惠，那甘美的膏油。至于倾斜的雨雪，冻土层的绝望，坐实了昔日的虚妄。比这歌声更令人绝望的，是它给你一种复苏的可能。

声线里的高原万物。酒歌里酝酿着箭歌，打青稞歌中孕育着犁地歌。歌声也会娶妻生子吗？不管出于魔性还是神性，至少你不太相信这歌声从一个女孩口中唱出，在第一个音符飞扬而起时，你看了看屋顶，是否有奇迹现身，墙壁是否活动，玻璃会不会震裂。声音穿越了三十六个烟圈。静修者，正集中冥想黑色咒语"阿"。

声线中的愿望、爱情与力量。据说，米拉日巴空行仙洲之邀去拜访，五仙女姐妹围成一圈向他齐声歌唱。她们的歌曲中，有一段歌词谈到了具有神力的海螺："你的茅舍坐落在拉曼杰摩上的左侧，/在拉达河畔，/龙王吹响了魔力的海螺，你的茅舍变成了实现一切愿望的宫殿。"歌声，不也是这样吗？

声线的精准度，如同神授。一个人，就居住在这样的天地人环境之中，在高山与沟壑、荒原与峡谷，他或她，一定会将山川地形刻画成声音，在在置于胸中。他或她，一定会将生死之箭，背在身后箭囊之中，时时射出高远的圆弧。力之美，令人惊叹。

要让神灵、魔王与众生同时都能听到，就必须这样唱。

天籁如鹰隼，在天空下控制一切，除了牦牛的灵魂。高原野牦牛介于人神之间，听到了三种截然不同的声音。

2 在勒秀看藏戏

我没想到这就是舞台，简单到像个临时搭建的预制场。但没有比这更好的舞台了，背景是赭红色断崖，旱柳与刺藜，地衣如毯。这里紧挨着洮河,水面上不时出现羊皮筏子和木排,石花鱼畅游;对面是幽深峡谷,水流是不败的乐器,弹奏不止。没有比这更好的舞台:日月经天,穹顶深邃;风是高原的风,光是原生态的光。

更多时候,藏戏表演没有舞台。

这个地方叫勒秀,藏语"吉祥美丽"的音译。这回演出的剧目是《松赞干布与文成公主》,乐音还没有起来,台下那些藏族村民早早到场。年长者翘首以待,中年女性低声细语,孩子们追逐不停。远处有三四个藏族青年,靠在栏杆上,仿佛在商谈什么,不时交换眼神,并偶尔朝戏台投来一瞥。

戏,早已开始。

藏戏,藏语名叫"阿吉拉姆",意思是"仙女姐妹"。据传藏戏最早由七姐妹演出,剧目内容多为佛本生故事或雪域神话。有时藏戏舞台的中央要祭戏神,在那里建起一个周围以树环绕的祭坛,而今这一切都省略了。周遭就是一个大祭坛,戏神出没之处。这戏神,就是上师唐东杰布,他在母亲的肚子里待了 80 年或更长,出生时头发胡子都白了。在藏戏里他的面具是白色的,前额饰有日月,两颊贴着短发,眉眼嘴角永远带着神秘的笑。他是藏戏祖师,因为制服了一个关在大石下的魔怪,并身穿"疯子"的奇装异服 6 次出现在市场上,表演了一场滑稽戏,因而吸引了一些老翁到市场上来,他们个个骑着游戏马的木杖来看戏。最终,他认识了能歌善舞的七姐妹,组成第一个藏戏班子。

此刻，乐手开始了他们的热身，音乐的悠扬中蕴藏着激昂。

于是开始了祝福仪式，引导演员上场。开场仪式主要是净场祭祀、祈神驱邪、祈求祝福，并介绍剧情。之后，先由戏师介绍一段剧情，然后由一个角色出来演唱一段，所有演员共同起舞或表演技巧，依此循环。演出不分幕和场次，剧情讲解者和伴唱伴舞起着分幕作用。大多数观众熟悉戏中的人物和故事情节，他们观看演出主要是欣赏剧中唱腔、舞蹈和特技。因情节发展由戏师介绍，剧中人物可专心演唱或表演绝技。

故事举世皆知，但甘南藏戏独有其妙。

忆昔，松赞干布十分爱慕大唐盛世文化，就有派人去长安请婚的愿望。他的首席大臣禄东赞主动请缨，要去长安请婚，松赞干布欣然应允。出发前，松赞干布取出七枚金币和一副镶嵌着红宝石的铠甲，又拿出三封密函对禄东赞说，"如果唐皇难为你，把这三封信呈上，兴许会对你有所帮助"。唐太宗出了种种难题，对各国使臣们进行考试，胜者会得到迎娶文成公主的允诺。禄东赞机智能干，松赞干布如愿以偿。结局圆满，只是文成公主回首故土、失声痛哭时那句"天下河水尽向东，惟我一人向西行"令人悲戚。

表演出神入化，乡亲们看得目不转睛。又有那戏师在舞台上蹿来跳去的，实在是个报幕人、导演兼编剧，可是一点也不讨人嫌。这也好。戏师当场出现在舞台上，一心一意介入演出过程,岂不是世界上最前卫的后现代戏剧?还有一些突然闯入剧情之中的人,包括乐师和伴唱者,一个个都极有主张,当场指使演员如何如何,甚至大模大样地搬动道具,有的还掀起门帘"动脑筋想办法"临时改动剧情。这真是超级布莱希特呀!演员和观众的理性因素在演出过程中蓬勃生长,破除了戏剧的"生活幻觉",时刻意识到"我在看戏"。天空离我很近,而剧情只是人间背景与历史插曲,各人边看戏边予以审察。

此乃布莱希特与藏戏的偶遇,还是戏剧本质上的暗合?

几小时的藏戏演出,几乎满足了我对表演的所有欲望,高度的形式感、魔幻与现实混合,特别是以天地山川为舞台的快意,以戏剧娱神的见证,大白天演员与观众有点距离又打成一片的白日梦之感。

3 洮河

我所看到的洮河,与地理书上的洮河难道是两条不同的河?

我所看到是先秦的洮河,古诗十九首的洮河,弱冠之洮河。这不是《禹贡》里记载的河,《临洮府志》上正儿八经诠释过的河。

早先,藏人带上有长柄的双面鼓,在河边跳起"天虎之舞",娱神祭天。

这一天，我们看到洮河就停车，就挽起裤脚，脱下皮鞋，起意舞蹈，结果风先开始舞蹈，吁求阳光，阳光像骑手从远处奔来，再缓辔而行。

洮河，藏语称为碌曲，鲁神之水、神水。泥沙，是下游的事。这一段是故事的楔子。水爱留不留，爱流不流。雪水冰凉，曼陀罗如绘。

洮河在眼前。他在这儿刚发声，学说话。他要把自己搞成大人的样子，河流的样子。

河边是树荫、马匹和石雕，是小兽、蚊蝇和牦牛粪，是青青草、微微风、没心没肺的歌。此刻的洮河，是偷看少女乳房的少年，是说下流话时装口吃的放羊娃。

他不解星宿海的风情，也不曾对支流三岔河摸上一把，只是受到神秘的推力，说不清的梦想之引领，一路逶迤而行。他走路如跳跃，有时会来点"人来疯"，比如看到一座山，或一个崖渚。河中洲，满眼绿，好心情。他不受诱惑，只应挑逗。

洮河，自河源由西向东流，至岷县县城后受阻，急转弯改向北偏西流，形如一横卧的"L"字形。甘南高原，洮河的茅舍。不，是他的牦牛帐篷。

洮河在受阻后才长大，才有脾气。

洮河，自自在在地流，随岸赋形，受阻而歌。

我在一个藏族老汉的眼睛中发现了洮河，他的洮河从瞳孔注入眉宇，伴有微弱的辉光。我在藏族老妇的颧骨上找到了洮河，院落里的每一粒青稞上都有她的心情与汗水。

洮河流成了诗经、乐府，归于黄河，成为汉赋——与黄土、峭壁、山林浑然一体。

美少年洮河。系马高楼垂柳边的洮河。神水洮河。

4　美仁大草原

薄雾冰凉，被黄绿相间的草色所渲染，秋意如格萨尔王铁骑突入。在这里，天气预报员总是事后诸葛亮，即使他深入不毛之地。牦牛脚步沉重，内心却自由散漫。乌云也遮不住牦牛的黑！偶有藏羚羊的影子，猞猁出没。这样一个天地幅度，一种与江南迥异的物候，一条伸入无垠之路。

冰冷的雾气是灰暗的，透出一种乳白。泉眼甘冽，异样的温情。蒿草、毛茛和小叶枸子，还有酥油蘑菇和山野菜……草原作为语言的纵深感，情色如野藏驴皮铺陈到天边，浅棕色而极有情致。

坡度是为了纵向延展，为了看，为了叙述。

草的层次，泥土与石头的复调，飞禽与走兽构成的动感。你只需将目光抬高三厘米，就会见到原上丘陵，就像看到一个侧卧的女人，妙曼的身体与面孔，充满光辉与藏香气息的肉体。那是岩石和土构成的纯洁身体，在光线的变化中，她展示自己，不，是光芒在叙述观感，作一次超现实主义摹写。草原是一种咏叹调，一种歌剧舞台。没有人与歌声，草原还成立吗?

观看,就是唤起记忆。

草原是一种大记忆:迂回的,杂糅的,荒凉而热情。在这里,记忆以一种辽阔与变化的地貌,来表达事物的面相与细部:从大历史到小面具,从时间深处的挣扎到空间之内的突围,以及马儿驰骤而过的瞬间。

2021 年 9 月 27 日,杭州

第二辑 背囊中的河山

第三辑

两浙风物

文澜阁、《陀罗尼经》与十竹斋

1 "西湖就是一本书"

杭州是中国城市与风景结合得最好的城市，恐怕没有之一。杭州景点不仅很多，而且"文化含量"极高，有时简直浓得化不开。远的不说，所谓"杭州十景"，其名称皆可用作诗题。那些含有人文视角的自然景观，"苏堤春晓""曲院风荷""南屏晚钟""断桥残雪"，几乎每个名称都带上了诗的语汇、意境与韵律，极具画面感。杭州这座城市最大的特点，是自然、人文和传说融为一体，且彼此照应。正如余秋雨在《西湖梦》中说的："西湖……成名过早，遗迹过密，名位过重，山水亭舍与历史的牵连过多，结果，成了一个象征性物象非常稠厚的所在。"

那些杭州美景，既是大自然的造化，也是人文精神的建构与雕刻。景欤？诗文欤？人物欤？真是不分彼此，难解难分。藏书楼、图书馆与书店，不是杭州的装饰，而是杭州的意蕴。山水、诗歌与城市，在杭州是同源的，也最终汇合成海。绘画书法，也是这个城市的文化符号，令杭州气韵生动。西泠印社既是金石绘画荟萃之所，更是孤山之一景。而钱塘江"入海口"，也呈现了广阔而微妙的语言、符号与实际形态。钱江潮，"天下之伟观也。自既望以至十八日为盛。方其远出海门，仅如银线；既而渐近，则玉城雪岭，际天而来，大声如雷霆，震撼激射，吞天沃日，势极雄豪"，早已是思想精神与社会运动的象征，何况《浙江潮》[①]作为一种现代刊物，是清末留日学生创办的甚有影响力的进步刊物之一，创办于日本东京，由章太炎、鲁迅、陈景韩、周作人、陈棍、王国维、陈世宜等大家撰稿，在开启民智方面起到了积极作用。杭州之所以是世界性的，就在于它不独是自然景观的，也是历史文化的，更是活着的、行进中的影像。

---

① 《浙江潮》是浙江留日学生出版的文理综合性月刊，清光绪二十九年正月二十日（1903年2月17日）创刊于日本东京。浙江同乡会杂志部编辑，总发行所设在上海四马路的中外日报馆。由中国留日学生浙江同乡会主办，孙翼中、蒋方震、马君武、蒋智由、王嘉榘等任编辑。共发行十期。撰稿人有章太炎、鲁迅、陈景韩、周作人、陈棍、王国维、陈世宜等。涉及政治、法律、经济、科技、历史、时事，以及文学作品，对浙江省的历史和民情充满了现实的关怀。其发刊文字中有这样一段话：浙江潮，可爱哉！浙江潮。挟其万马奔腾排山倒海之气力，以日日激刺于吾国民之脑，以口其雄心，以养其气魄。二十世纪之大风潮中，或亦有起陆龙蛇挟其气魄以奔入于世界者乎？西望葱龙，碧玉万里，故乡风景，历历心头。我愿我青年之势力，如浙江潮。我青年之气魄，如浙江潮。我青年之声誉，如浙江潮。吾愿吾杂志亦如之。因以名，以为鉴，且以为人鉴，且以自警，且以祝。

多年前，我曾陪同过莫言在杭州玩耍，游西湖，本地人叫"耍子儿"。邀请方让我和一位作家陪莫言逛杭州，体验一下这座城市。大约他们觉得我既可以诗意地向莫言讲述西湖，又足以处理一应事务。那一天在西湖边逛，我说得多，莫言谈得少。我当时就心想：此君确是名实相符，果然"莫言"。不过有好几个情境出乎我的意料，莫言几乎看到每一个景点都要问我这些景物的来历与身世，还考察相关文章、诗句的出处，对人物与典籍很感兴趣。他对西湖不是一览而过，而是追根究底，不依不饶，就像一个学究与诠释家。走到文澜阁前，他长叹了一口气，竟一时无语。之后，莫言对我说过，"西湖就是一本书，读不厌的"。

看到他对西湖与文史一样看重，令我心生敬重。西湖边游人如织，如果遇到作家、诗人或导演之类，你会感觉到他们的与众不同，这些人更会立足于典籍，两下参照，互相发明，而非观光客的浮光掠影。后来我干脆带莫言去了一家书店（之后诗人于坚在杭州逗留，我如法炮制，带他去了浙江美术馆的晓风书屋）。莫言看书如同观景，既是流连忘返又能细观默察，每每不能轻易放下。

在杭州这一天，莫言遇到了好几个忠实读者，有的向他索取题词或诗句，一旦答应人家，他就思索片刻，当场命笔赋诗。我看了他的即席诗句，既押韵又对仗，意境毕现。此番莫言游西湖还给偶遇的读者写格律诗，出手之快，诗律之工，我没想到。看来莫言挺内秀的，别看他长得像个农民或木工。这个人的勤恳掩盖了自身的灵气。久居杭州，我对西湖诗意和杭州满城书香，反而忽略了。正是他，重新唤起了我某种久违的感觉。

2 文澜阁

藏书、刻书、贩书，统称为"书业"，此乃杭州"景中景"。

杭州的贩书业最早可追溯至东汉，有据可考的藏书业则始于魏晋，刻书业的兴起是在中唐。这可以视为杭州传统文化的"三位一体"。吴晗在《两浙藏书家史略》中对书业与文化社会的关系有过精到论述："藏书之家，插架亦因之愈富，学者苟能探源溯流，勾微掘隐，勒藏家故实为一书，则千数百年来文化之消长，学术之升沉，社会生活之变动，地方经济之盈亏，故不难一一如示诸掌也"。

宋室南渡后，杭州逐渐成为全国政治、经济、文化中心。与整个城市文明发达相呼应的是，书业文化达到空前高度。中国传统藏书活动可分为官府、私人、书院、佛寺道观四大体系。南宋时期各类藏书活动在杭州得以齐全展示，其中，官府藏书尤为壮观。北宋末期"靖康之难"后，汴梁的馆阁藏书全数毁于战乱。南宋的馆阁藏书均为建都杭州后另行征集、购置，渐复旧观。①《宋史·艺文志》有载："高宗移跸临安，乃建秘书省于国史院之右，搜访遗阙，屡优献书之赏。于是四方之藏，稍稍复出，而馆阁编辑日益以富矣。当时类次书目，得四万四千四百八十六卷。至宁宗时续书目，又得一万四千九百四十三卷，视《崇文总目》又有加焉。"

文澜阁位于孤山脚下，西子湖畔。这是一座典型的江南楼阁，熟悉它的杭州人都知道，那里曾是为存放《四库全书》而建的皇家藏书楼。在许多人看来，西湖是宁静的，也是唯美的。而文澜阁之藏书史，却如此波澜壮阔，是近代史的一个缩影、一个侧面。"文澜"，不只是文字之"澜"，更是兴亡之"澜"。一部近代杭州藏书史，就是从官办"文澜阁"到私家"八千卷楼"等诸多藏书楼的连接线。当然，也包括胡藻青与曾任翰林院编修邵伯炯创办的"杭州藏书楼"（后称浙江藏书楼），此为浙江图书馆前身。

文澜阁坐北朝南，背山面湖，四面围墙，长约百步，宽三十余步。入围墙大门，内为待漏房九间和垂花门，建筑经过重建。进了大门，西往游廊，东通御碑亭。碑正面刻高宗《题文澜阁》七律诗，背面刻乾隆四十七年复抄江南三部《四库全书》"上谕"。池北为文澜阁主体。文澜阁与七阁一致，均仿宁波明藏书楼天一阁式样，但有所改动。原阁为歇山顶，重修后改成硬山顶。文澜阁建筑采用文渊阁式样，而庭院、

---

① 褚树青，粟慧主编.杭州图书馆[M].天津：天津大学出版社，2017。

假山、水池等布置，却有着自己的特色。

文澜阁为木结构，双檐，东西两面砖甃风火墙，以防火。明二层，内中夹一暗层为三层。整体上属于古典园林建筑，阁苑相合，宽朗清雅，疏密得宜，错落有致，有山有水，有亭有石，回廊曲径，小桥流水，松柏苍郁，丹桂飘香，面积亦比天一阁大一倍。

除储《四库全书》外，文澜阁尚有《古今图书集成》，嘉庆、光绪间继有续藏。南三阁本装潢与北四阁本同，四色绢面，内衬楠木板，外盛楠木匣，用特制书架装储。此外，尚有嘉庆二十四年两浙盐运司奉"上谕"领到十九年内府刻《全唐文》一部五十匣五百四册藏阁。光绪八年，清廷将武英殿刊本《钦定平定粤匪方略》一部420册颁藏文澜阁。光绪二十一年，移升闽浙总督的谭锺麟将闽刻《武英殿聚珍本丛书》143种1000册送藏文澜阁。

在清末西学潮流影响下，图书馆取代藏书楼成为大势所趋。宣统元年，学部下文限各地于次年之内一律建立图书馆。浙江巡抚奏请"于圣因寺行宫余地建筑，俾于与文澜阁毗连一气，……恳请赏给圣因寺行宫内文澜阁旁隙地筹建图书馆"。奏准后，于宣统三年（1911年）开始建新图书馆。经省咨议局讨论，决定将文澜阁归属图书馆。民国元年（1912年），浙江图书馆孤山馆（今古籍部）落成，将文澜阁之书全部移藏图书馆，从此书阁分离。

说起《四库全书》，是当年乾隆下诏编纂，囊括了乾隆之前中国历史上所有最主要的典籍，直到今天依然是世界上卷帙最为浩大的一套丛书。从规模来看，《四库全书》共收书3503种，79337卷，分装36000册，达9.97亿字。当时只命人抄写了四部藏于内廷，乾隆四十七年（1782年）七月第一部《四库全书》抄成后，乾隆皇帝下旨，"因思江浙为人文渊薮"，认为愿读此书的人一定很多，所以下令再分抄三部，储藏于扬州文汇阁、镇江文宗阁和杭州文澜阁，这就是"江南三阁"的由来。

不管当代人对《四库全书》有多少分歧意见，在当时确实是个"大工程"。乾隆曾有诗云："四库抄书成次第，因之挈矩到南邦。班佣此实官帑发，卢径彼殊众力抗。袞钺必公慎取舍，淄渑细辨斥蒙庞。范家天一于斯近，幸也文澜乃成双。"诗尽管用词古奥，却有点像不太高明的"纪实文学"，记载了一件"皇恩"之事：为续抄南三阁三套书，本皇帝咬紧牙关，"饬发内帑银百余万两，觅书手予直缮写"，须知文澜阁库书仅缮写一项实耗银数十万两。

等到乾隆五十五年（1790年）《四库全书》陆续运抵杭州入储文澜阁时，人们惊讶地发现，经装潢后的《四库全书》简直美得不可方物：全书绢面包背装，居典籍之首的"经部书"为葵绿卷面，如新春更始；史著繁盛，用了红绢面，如盛夏之火；子采百家，有如秋收，标以蓝色；集部之书象征着人文荟萃，好比冬藏，使用了褐色绢。每册首页盖上"古稀天子之宝",书尾钤以"乾隆御览之宝"玺印。漂亮是漂亮,高贵则高贵,谁料时运不测,后来跌宕起伏的局势,让文澜阁这部宝贝《四库全书》吃尽了苦头。

一座城、一个国族与一部书的命运,紧紧地联系在一起。

彼时,由于太平军入城损毁严重,所藏《四库全书》等散佚殆尽。咸丰十一年(1861年)冬太平军第二次攻入杭州,藏书家丁氏兄弟出城暂避。同治元年(1862年)正月在留下购物时,发现包装纸皆《四库全书》等阁书,便决心抢救。他们不仅收集市肆之书,还集胆壮者数人连夜划船到文澜阁,将所剩者全部运抵留下风木庵。后又移至上海。并托书贾周汇西假惜字名继续搜求。同治三年太平军撤出后,丁氏兄弟将抢救所得总计8689册,约占原藏1/4的阁书(另有《古今图书集成》残本673册)运回城内,藏于杭州府学尊经阁。自同治五年至十年(1866—1871年)又搜求得300余册。相比于扬州的文汇阁、镇江的文宗阁书基本被全部焚毁的厄运,文澜阁书已属万幸。

如何能弥补这一遗憾?丁氏兄弟萌发了补齐这部典籍的念头。

于是,他们在浙江巡抚谭锺麟的支持下,招募了一百多人从事抄写。他们从宁波天一阁、卢氏抱经楼、汪氏振绮堂、孙氏寿松堂等江南十数藏书名楼,乃至远涉长沙袁氏卧雪庐、南海孔氏三十三万卷楼等处,搜觅精善之本予以抄写。此举共耗时11年,组织抄书26000余册。在《四库全书》编纂过程中，朝廷曾将一些对清政府统治不利的文字删除，或将部分书籍排除在外，还有部分典籍漏收，丁氏兄弟借此机会将其收录补齐，并将补钞后的《四库全书》归还文澜阁。

1915年，浙江省图书馆首任馆长钱恂开始主持第二次补抄，他以承德文津阁《四库全书》为底本，花了8年时间，共补抄缺书33种，268卷，并购回旧抄182种。但文澜阁《四库全书》仍未完整。1923年，时任浙江省教育厅厅长的张宗祥接过"接力赛"的第三棒，开始第三次补抄，补齐后的文澜阁《四库全书》成了七部当中最完整的一部。

1937年"七七事变"之后，为了躲避连绵战火，时任浙江图书馆馆长、陈布雷之弟陈训慈，一面动员全馆赶制藏书木箱，一面找到浙大校长竺可桢商议对策。最后将140箱文澜阁《四库全书》，连同浙图其他善本228箱，装上了浙大西迁的卡车，终于在杭州沦陷之前搬出。

自此，文澜阁《四库全书》踏上了长达9年的颠沛流亡之路，在战火中辗转富阳、江山、南昌、长沙、贵阳、重庆等多地，足迹跨越6个省。直到1946年7月，在众多学者的一路庇护之下，才完好无损地运回杭州。这里还有一个插曲：1938年2月，日本的"占领地区图书文献接收委员会"曾派了9个人从上海赶到杭州，花了很长时间寻找文澜阁《四库全书》，此时这些书已经运到了龙泉。

这一路不仅路途遥远、资金缺乏，还要面对敌机空袭等困窘。为转移、保护这部《四库全书》，陈训慈费尽心力，奔走呼号。同样牵挂文澜阁《四库全书》安危的，还有时任浙江大学校长竺可桢。他在《四库全书》西迁运力紧张之时，伸出援助之手，协助迁移。

毛春翔，时任浙江省图书馆孤山分馆的主任，管理阁书是他的主要职责。1937年8月，阁书外迁时，他曾装箱打包并一路护送，对阁书感情至深。迁移途中，护送的工作人员舍生忘死。1938年，毛春翔在乘汽车护送古籍前往福建时，车不幸翻入江中，他顾不得疼痛与危险，与百姓一同把11只落水的书箱打捞上来。

1941年9月，在贵阳看守阁书的保管员柳逸厂因病辞职后，陈训慈即召毛春翔继任。毛春翔在贵阳守书期间，尽职尽责，毫不懈怠，他对藏书处地母洞的防潮设施进行了改进，并加大了晒书力度，原只秋季晒书一次，他在春季也晒书一次。这些措施起到了良好的效果，阁书藏在地母洞的这五年多里，未受潮湿、霉变、虫蛀之侵害。抗战胜利后，1946年毛春翔随同阁书一道回到杭州。①

次年，毛春翔在《文澜阁〈四库全书〉战时播迁纪略》中写道："此次倭寇入侵，烧杀焚掠……阁书颠沛流离，奔徙数千里，其艰危亦远甚于往昔，八载深锢边陲，卒复完璧归杭。"②

---

① 李柳情《抗战时期文澜阁〈四库全书〉内迁史料述略》，《北方文学》2019年18期。
② 张春海《历时九年 辗转六省"完璧归杭"，文澜阁四库全书西迁创奇迹》，2015年08月28日《中国社会科学报》。

2002年，位于杭州黄龙的浙江图书馆新馆落成，文澜阁《四库全书》从孤山搬到了浙图"恒温恒湿"的地下善本库房，这套旷世巨著才有了一个长久安全的栖息之地。

两百多年来，文澜阁《四库全书》在数次浩劫中几陷于毁灭，是几代文化人的侠肝义胆，才使其躲过战火幸存。真正的原阁本早已剩下不到四分之一，成了一部经后人多次补抄才凑齐的"百衲本"。如今《四库全书》七部抄本仅留于世四部，分别藏于台湾、兰州、北京和杭州。

3 从宋代刻印中心到明清坊刻本

我手头有一本杭州图书馆编的《杭州版刻图录》，自五代吴越刻本起始，至清宣统三年（1911年）浙江图书馆刻本收尾，收录杭州版刻图录共计219种。其中五代及宋版80种，有45种为王国维《两浙古刊本考》未收者。

翻开这部《杭州版刻图录》，赫然在目的是吴越刻本《一切如来心秘密全身舍利宝箧印陀罗尼经》。这是浙江博物馆藏本，据说是1971在绍兴市区物资公司工地上出土，原藏于同时出土的钱俶乙丑年铸造的铁阿育王塔内。此卷首镌"吴越国王钱俶敬造宝箧印经八万四千卷，永充供养"。次镌佛说法图，接着镌刻《陀罗尼经》。乙丑为宋太祖乾德三年（965年），吴越王钱俶在位之十九年，这个刻本常被人称为"五代刻本"。中国印刷史研究权威专家张秀民先生评价此卷：

"不但扉画线条明朗精美，文字又清晰悦目，如宋本佳椠，纸质洁白，墨色精良，千年如新。"

早在1924年9月24日雷峰塔倒掉时，人们在断砖中就发现了这个"宝箧印经"，"因年久霉烂，形如雪茄烟，无知者不解为何物，多抛掷，且多踏碎，毁灭不少。及有识者拾起展开，方知是此经，断为五代宋初之际的木版印刷物真迹，视若至宝"。在吴兴天宁寺经幢象鼻中，还有安徽无为县中学宋代舍利塔下墓砖小木棺内，也都发现了同样或类似经卷，可见钱王刊刻佛经流传之广。

一部中国印刷史，竟然与佛教传播发生这么大的关系，当代人可能觉得难以理解。这就要说到当时的人文社会环境了，唐五代时一个值得注意的现象是佛教的传播与佛寺的修建，在杭州五代吴越可说发展到鼎盛。吴越国钱镠以及后代在境内广建寺庙，开凿石窟造像，建造佛塔，刊印佛经，苏轼曾说杭州西湖有三百六十寺之多，恐非虚夸之词。在相当程度上，佛经的刊刻促进了雕版印刷技术的发展。五代时，杭州最著名的雕版印刷品是延寿和尚为吴越国王所刊刻的经卷。浙江藏书史、雕版印刷史专家顾志兴先生认为，这与后来杭州之成为全国印书中心是密不可分的。

吾国发明雕版印刷术的时间，史书上有明确记载的，最早是在中唐。也正在此时，杭州书坊渐兴，刻字工匠大批出现，印刷业开始享誉全国。如中国最早的刻书《白乐天集》《元微之集》就是在杭州刻印的。杭州的雕版印刷，于五代吴越时开始兴盛。

从另一角度看,印刷术的普及使书籍能成批量印行,这就为藏书创造了物质条件。同时吴越统治者尚文重教,意在网罗天下文人学士。文风的昌盛,为各种藏书活动的发展营造了良好条件。

古代藏书史上均以宋刻为善,而宋刻医书更多出自杭州。

叶梦得《石林燕语》中说过:"今天下印书,以杭州为上,蜀本次之、福建最下。京师比岁雕板,殆不减杭州,而纸不佳,蜀与福建,多以柔木刻之,取其易成而速售,故不能工"。北宋除京都汴京外,浙江的杭州、福建的建阳、四川的眉山号称全国三大刻书中心。那时汴京和临安是两宋首都,官营刻书作坊资金充足、条件优越,刻印工匠技术纯熟,加之杭州地处盛产竹纸的两浙地区,纸墨工料多选上等,自然傲居三大刻印中心之首。

王国维《两浙古刊本考》云:"浙本字体方正,刀法圆润,在宋本中实居首位。宋国子监刻书,若《七经正义》、若《史》《汉》三史、若南北朝七史、若《资治通鉴》、若诸医书,皆下杭州镂版。北宋监本刊于杭者,殆居大半。"杭州书业的刻写精湛、校勘精工因此得到反复证实。有趣的是,北宋哲宗时福建商人徐戬在杭州私自刻印了《夹注华严经》等书运往别处贩卖,获利甚厚,后被杭州在任知州苏东坡发现,曾奏请朝廷禁止。

南宋时,都城杭州中官府刻书大盛。流传后世的版本中可以见到众多官府刻书，以出于杭州者独多。私人刻印活动也很发达，特别是北宋熙宁年间以后，朝廷刻书禁令松弛，坊刻、家刻于是盛极一时。据载，私家刻书有名可考者有近20家。私家书坊雕版印刷图书甚多，原因在于私家刻坊为求市场收益，不仅追求雕工完善，而且印刷量大且快速。南宋杭州刻书，不仅规模宏大，而且追求质量。雕版字体工整，刀法圆润，纸坚色白，墨色香淡，且校勘尤为缜密，这是后世非常珍视宋版书籍的主要原因。南宋时期杭州发达的印刷业让无数古代书籍得以重生、流传并存留至今。[1]

元明清时期，杭州城市发展几经起伏，但书业文化依然发达，尤其是清代，达到了鼎盛时期，藏书家层出不穷。元代建都北京，但杭州刻本凭借其深厚的历史积淀和精美的印刷品质，依然得到中央政权的信任和扶持。就官刻本而言，元代朝廷所修的三部大型史书——《辽史》一百一十六卷、《金史》一百三十五卷及《宋史》四百九十六卷，就是由杭州路儒学"锓梓印造装褙"的。

元代杭州的书院刻书属"后起之秀"，主持书院的山长大多是学问专深的文人，对于刻书活动的监督十分认真，这使得该时期的书院刻本大多胜于宋版。其中，尤以西湖书院之藏刻为佼佼者。在寺院佛经的刻印方面，元大德年间在杭州路大万寿寺所刊的《河西字大藏经》充分显示了杭州印刷技术力

---

[1] 褚树青，粟慧主编.杭州图书馆[M].天津：天津大学出版社，2017.

量之雄厚,不仅能刻印汉文书籍,还刻印了一些少数民族文字书籍。

晚清时期,已经成为朝廷重臣的曾国藩疾呼知识分子维护传统文化,全国各地纷纷建立官书局。浙江官书局便设于杭州,刊刻多为普通读物,价格低廉,求之较易,但品质良莠不齐。咸丰、同治年间,浙江官书局将校勘之责交予谭献、黄以周等人。这期间,浙江官书局出了一批底本考究、校勘精良的刻本。如《九通》《玉海》等,错讹极少,质量可能超过殿本。这些刻本字体秀丽,胜过金陵书局。①

4 十竹斋

杭州"十竹斋"艺术馆这名称,与清末民初那份《点石斋》画报倒是有点匹配的。这是一家木版水印工作坊,主人叫魏立中。十竹斋艺术馆的历史可以追溯到明代,因为它继承了饾版印刷与"拱花"技艺,将这几近失传的艺术传承并复兴了。

饾版是印刷术的一种,主要功绩是解决了彩印问题。

当年扬州的雕版印书、南京金陵刻经处印佛经,只需要单色印刷;苏州桃花坞的一幅年画,少则三四种、多则六七种色彩,可根据画面颜色多少进行多次套印。而在印刷绘画作品时,往往涉及十几种甚至上百种颜色,明末时在木刻画

---

① 褚树青,粟慧主编.杭州图书馆[M].天津:天津大学出版社,2017。

彩色套印的基础上，发展出一种套印技术，画面上的每种颜色都对应雕出一块小木板，这些小木板堆砌在一起，然后再依照"由浅到深，由淡到浓"的原则，逐色套印，犹如一种名为"饾饤"的五色小饼，最后完成一件近似于原作的彩色印刷品。这种印刷技术因而被称为"饾版"，也称为彩色雕版印刷，清代中期以后，才称为木版水印。

谈到"十竹斋"，不能不说胡正言。

胡正言，字曰从，原籍徽州休宁，客寓南京。因窗外"尝种翠筠十余竿"，故名其居为"十竹斋"。胡正言辞官后，隐于南京的鸡笼山侧，潜心制墨、造纸、篆刻和刊书，常雇刻工"十数人"。不同于其他坊刻工场，"十竹斋"还出版诗集、书画集、医书，还有"四书五经"点校本。胡正言对刻工"不以工匠相称"，而是与他们"朝夕研讨，十年如一日"，因此使得"诸良工技艺，亦日益加精"。当刻画"落稿"或"付印"时，胡正言"还亲加检点"。在"十竹斋"水印木刻的制作过程中，画家与刻印工人处于密切合作的状态，这样画家能理解刻工的制作，刻工也能吃透画作的艺术特色和意趣所在，从而使画家的意图能够准确地通过工人之手得以生动体现。

胡正言的最大贡献，是为后人留下了《十竹斋画谱》和《十竹斋笺谱》《十竹斋印谱》。相比之下"笺谱"比"画谱"更加精巧，因为除了饾版彩色套印之外，胡正言在"笺谱"中还延用当时最先进的"拱花"技法。"拱花"与凸版相似，把雕成圆纹凹陷的"阴板"拱砑在宣纸上，所绘花鸟鱼虫的轮廓，便以无色或白色的纹样凸现在纸面上，十分工巧素雅。

及至20世纪30年代，中国的传统木刻版画受到了一次巨大的冲击。西洋的石版印刷等高效的机械印刷技术，直接导致传统木刻版画日渐式微，最终一蹶不振。痛感于这一极其宝贵的传统技艺资源的衰落和流失，当时鲁迅先生就邀约郑振铎先生共同出资，发起了重刻辑印《十竹斋笺谱》等典籍的行动。

在短暂的复兴之后，木版水印再次被忽视，并几近灭绝。这一次则是"文革"余波，木刻水印由于缺乏主流艺术界认可和经费支持，难以生存，直到2001年木刻水印术才重见天日。木版水印技艺的传承人魏立中在杭州成立了十竹斋艺术馆，通过不懈努力，致力于保护和复兴这一中国传统艺术。

早在20世纪50年代，中央美术学院华东分院（现中国美术学院）版画系主任张漾兮派学生赴北京荣宝斋、上海朵云轩交流学习，学成回杭后成立了国内专业院校中最早的水印木刻工作室，于1958年建立水印工厂。20世纪70年代末，水印厂更名为西湖艺苑，之后渐渐名存实亡，木版水印技艺在杭州面临失传。如今执掌杭州十竹斋艺术馆的魏立中说起那段记忆，还是感慨万千。上世纪末一次偶然的机会，魏立中接触到了木版水印，他一下子就爱上了。这个年轻人辞去有着高额收入的设计师工作，重拾中国传统印刷瑰宝，准备去复兴木版水印技艺。2001年，师从于陈品超、张耕源的木版水印传承人魏立中复兴杭州十竹斋艺术馆，聘请原水印工厂的十几位专家传授技艺，并邀请吕济民、冯骥才、谢辰生、沈鹏、刘健、吴山明、潘鸿海、欧阳中石、张远帆等艺术名家进行指导。

杭州十竹斋不仅是美术馆，还是活跃的艺术创作工作室、刻印中心，也是艺术教育基地。十竹斋艺术创作主要包括两类：以饾版印刷与"拱花"技艺对古代艺术精品精心再创作；独立创作与时俱进的水印版画新作品。2014年，十竹斋"木版水印技艺"入选国家级非遗保护名录，魏立中成为国家级非物质文化遗产十竹斋"木版水印技艺"代表性传承人。

近年来十竹斋艺术馆传承和梳理了中国版画印刷史上的重要作品，例如公元868年（唐代）王玠刻本《金刚般若波罗蜜经》、十竹斋《二十四节气》版画、《西湖十景图》、《千手千眼观音像》、《水月观音图》和《十竹斋笺谱》等，再现了古籍和古代书画的风采。十竹斋在中国美术馆、中国国家图书馆、中国美术学院美术馆、巴黎联合国教科文总部、瑞士日内瓦联合国总部万国宫、英国王储基金会传统艺术学院等地举办重要展览，作品为多家博物馆及名人收藏。2019年联合中国古籍保护协会成功申报国家艺术基金海外传播交流推广项目"十竹斋木版水印艺术作品展"，并在英国王储基金会传统艺术学院和亚洲之家艺术画廊举办。十竹斋艺术馆还为这门古老的艺术培养了一批高素质的木版水印专业艺术人才。

"虽然相隔300多年，但魏立中一直视胡正言为偶像，常常在史书或书画作品中与他对话，《二十四节气图》就是他历时3年才创作完成，并联合北京画院画家孙震生、中央美术学院院长范迪安、西泠印社执行社长刘江，中国美术学院副院长沈浩等28名文化名人共同参与创作的。作品将传统文化中的节气以版画的方式呈现，经历原画创作、原画分版、勾描、复描、上样、雕版、按版、涂色、印色等多套技艺流程。"友人刘慧在报道中以褒扬的语气这样写道。

可以想象，创作中的每一个日夜，魏立中埋头坐在十竹斋里，看二十四节气中的一粒草籽如何冲破泥土顽石的欢喜。终于，十竹斋的水印木刻到了魏立中手里，便成了纸上的传奇、木上的太极。2017年10月23日，九月初四，霜降，杭州"十竹斋"木版水印国家级非遗项目传承人魏立中，在法国巴黎联合国教科文组织总部向教科文总干事伊莲娜·博科娃女士讲述《二十四节气图》的故事。这个故事打动了在场的所有人。

2015年4月10日，中国第一刹洛阳白马寺获赠明代技艺木版水印《唐玄奘西行图》。魏立中同时赠出的还有国内首个复刻原版唐咸通九年（868年）雕版《金刚经》。这件复刻原版的木版水印作品历时8个月，由近40块雕版组成，采用传承千年的安徽仿古宣纸、古法松烟墨，手工水印而成，再现了古代雕版印刷的艺术风貌。

魏立中打比方道："缕象于木，印之素纸。"水印木刻，是融绘画、雕刻和印刷为一体的艺术。著名美术史家王伯敏先生曾说：十竹斋佳制，画刻印三绝。也就是说，不仅要"画得好，刻得好，还要印得好，才是十竹斋。有文、有字、有图，便更有生活，更有质地，更有感怀。"

魏立中还在北京搞了一个展览，将传统手工艺生产性保护结合当代生活方式进行创意创新。现场展示的那些贴近生活、适宜进行生产性保护的非遗项目，都与人们的生产生活密切相关，如布料染织、服饰制作、食品制作、陈醋酿制、家具制作、车船轿制作技艺等，以其独特的文化品格和民族气质，生动诠释了"生产性保护"对非物质文化遗产"活态"传承的有力推动。①

陈政认为，魏立中的传承，精髓在于其画、刻、印三者均游刃有余；其东方主义的演绎：高调形式，低调表现，丝丝入扣，细腻入微。"假如人们把每一块待雕的木板看成魔法，那么在看完魏立中手下的刻版后，可以想像，无数森林都会翘首等待着解除封印，释放灵性。通过创作，艺术家为我们示范了一个超时空的链接，一种跨越了四百年的美学"。"遇见十竹斋，似乎是魏立中一生的守候"，他在《饾版畅想》中以诗意的语言这样写道：

　　无动不舞，无往不复。一笔一画，一刀一刻都

---

① 参见刘慧：《窗影十竹 版传百世》。

是力的初生、术的推衍与艺的回放。个中玄机尤如太极，从表象上看，仿佛只是一阴一阳的起承转合，其实却包含了四季的轮回、包含了晨昏雨晴的变化，没有起始，也没有终结。

此乃法门于斯，吐纳沧浪；山川重绘，烟霞复妆。莺嗔燕妒，双璧同光。剑匣纵横，棋秤巨掌；三分水，二分竹，一分屋；上等牛，中等马，下等羊。君不见紫府宫商，家风侍砚，十竹衣钵，艳雪流芳。有道是晓来雨过烟波上，短艇小舟拨修篁。西湖秋水澄如镜，明月涵万方，更添岸边芦花黄。

陈政还这样说：魏立中太明白了，他永远在探索画、刻、印三者之间的最佳关系。"图绘者，莫不明劝诫、著升沉，千载寂寥，披图可鉴。"（谢赫《古画品录》）于是乎，魏立中和他的团队，就必须要做到："荷花深处，扁舟抵绿水楼台；荔子阴中，曲径走红尘车骑"。

2021年，杭州

私家花园

去私家花园，一定要选在下午，光线稍稍暗淡些，有风更好。在那种时刻，一阵微风就使私家花园喁语不绝，树叶簌簌作响，愈益动人。

郭庄据说是一座私家花园。在杭州，几位老友热情相邀，我们就在郭庄聊了一个下午。

一位年轻的经济学家在座，他刚从牛津大学作访问学者归来，话题当然从牛津开始了。他谈起牛津校园里那些令人肃然起敬的教授和建筑、《泰晤士报》、足球和音乐评论，又讲到悠久的论辩传统、自由开放的旁听制度。我们间或插话，又转向时局、服饰和小说。多声部的交谈，时而平缓，时而湍急，大家都不慌不忙，是很适合这座私家花园、这个苍茫时分的。

郭庄的回廊特别妙，把一些亭子和客厅连结起来，虽不漫长，却也曲折深远。中间有个池塘，不大，也够给人照个脸，留下身影了。树，当然是南方嘉木。那些枝叶互相缠绕纠结，投下细碎的阴影，不停地晃动着。最使我心动的是那些黑白相间的护墙、瓦檐，多少年来，无声无息地遮蔽着院落，抵挡风雨和时间的侵蚀。走出照墙，就能见到西湖。厢房在别处，我们没有进去，远远望去，有十几间的样子，在花园的树木中静卧。整座花园为西湖所包抄，经历着往复的年代，在波光中游移不定。想像雪落下时，私家花园为白色覆盖，黑色的屋檐却怎么也掩不住，像林风眠笔下颤动的线条，给人以遗世独立的尊贵和高傲之感。

私家花园，说不定这个"私"字是一把钥匙呢。私家花园是个秘密，一种封闭性的、对内心开放的处所。它孤独地站立着，消遣明暗不定的时光。

薄暮时的私家花园，简直就是爱情，是一次死而复生，是灵魂的独白。

在私家花园，可以规避多少事物呵。有一种规避，就是赢得一无所有。比如我们不想上街，一整天躲在家中，无所事事，那也是逃避。现在我们的居室，鸟笼一般小，除了几本书，一把吉他，一些唱片，就是厨房里无法避开的器皿，幽蓝的火焰。私家花园给我们提供的不是这种规避，它的回廊里有故事，厢房中散发出檀香味，油漆剥落之后的原木上留着漩涡一样的纹路、节结，木刻般安详。至于大片纠结着的树木，好像世代的手紧握在一起，形成一个巨大的家族投影。私家花园，就在你迈进去的那一刻，把你的一脸尴尬和愠怒熄灭了，把你的大声喘息吸纳进去。假使你常常到私家花园，它会把你的一生像唱片一样珍藏着，供你摩挲，不时地重播。私家花园是这样的一双手，在你归来之际，它不急于攥紧你，待你魂魄已定，就在你的背上搁着，长久地搁着，使你入睡。

我坐在郭庄，觉得凉意是一阵阵地袭来。这里的一草一石一木一房，无不浸透了散漫的匠心。那些声音尤难忘怀：鸟儿停留在树枝上发出的啁啾，是惊奇的，纯银般的；而风中落下的叶子，却似止水般宁静。湖水在墙外拍打，像隔壁人家的一匹绸缎。私家花园充满了经典性：它的声音、光泽和姿势，它的不眠的模样。在私家花园，我们不能大声喧哗。

1996 年 5 月

两度沈园

沈园有一种特殊的魅力。南宋诗人陆游与表妹唐琬那段恩怨令人心碎,是多少年挥之不去的话题。陆游晚年居鉴湖,每入城,必旧地重游。几近沈园,老人心中隐隐作痛,六十八岁时他写了一首诗,题中写道:"禹迹寺南有沈氏小园,四十年前,尝题小阕壁间,偶复一到,而园已易主,刻小阕于石,读之怅然。"可见一斑。

人同此心。沈园是一块石头,沧海桑田,水落石出。后人游沈园,不免寻复彼境,百感交集。多少人到沈园,瞥见惊鸿照影,照出了自己的一段身世。

记得1978年的一个黄昏,我和几位同学初识沈园。天色昏暗中,我们说笑着走进沈园,进门之后顿时敛声屏息。那沈园,非常安详。几株宫墙柳依然孤独,墙上一片朦胧,庭院影影绰绰,却没有人迹,归燕在天空划了一个沉静的弧,转眼不见了,池水微波不兴。在这种苍茫时刻,沈园是不能惊动的。陆游七十五岁再游沈园时的绝句浮上我们心头：

"城上斜阳画角哀，沈园非复旧池台。伤心桥下春波绿，曾是惊鸿照影来。"

这些刻骨铭心的短诗是刻在石头上的，与陆游刻在水上的"楼船夜雪瓜洲渡，铁马秋风大散关"同样不朽。要是有人问我，你的诗是刻在石头上还是水中，我宁可刻在石上。有诗的沈园使陆游、唐琬双双安眠。

那天傍晚，我们的五六双手在夜色之中抚摸相传陆游题诗的那座墙。书剑飘零的陆游想必是地下有知了。墙上字迹是没有的，周遭树叶簌簌。风起了，有人暗中开口：

"红酥手，黄縢酒，满城春色宫墙柳。东风恶，欢情薄。一怀愁绪，几年离索。错！错！错！春如旧，人空瘦，泪痕红浥鲛绡透。桃花落，闲池阁。山盟虽在，锦书难托。莫！莫！莫！"

最后一个"莫"字话音刚落，那几双年轻而多情的手忽然不见了。看来这最后的劝慰是无法抗拒的。我们忽然想起，八十一岁的陆游还梦见过沈园："玉骨久成泉下土，墨痕犹锁壁间尘。"这种悲凉哀婉，唯有经历过生离死别的人才具备。他老得走不动了，就在梦中游沈园。苍凉至此，钟情曷极！

过了十年，我去绍兴办事，完了之后又去沈园。那是一个有阳光的午后，走近沈园我就感到惊异：原先斑驳的宫墙修葺一新，廊柱还散发出红漆的气味，假山、水井、庭院，一切都朗朗在目，园中全然没有那天晚上幻影和实景的配合，殊觉索然无味，怏怏而返。陆游和唐琬不会午后相遇在沈园，陆放翁更不想在明晃晃的阳光照射下，举笔题诗。我要看的不是"这个"沈园，而是暮色中的沈园，陆游从塞外归来匆匆跨入的沈园。

沈园之美，在于它临近晦暝时的面容。这种美近于绝望。

1994年，台州

告别一座城市

拜访这座城市时你不必携带指南针、望远镜以及地形图之类的旅行必备品，也别抱研究河床变化、黏土结构或花岗岩被侵蚀后坚硬程度的奢望，赶紧放弃考察那些有光泽、无棱角、具备磨圆特征的砾石来确定港口整治条件进而帮助市政官员规划人口迁徙和大兴土木的宏图大略。拜访这座城市，你得消除旅人的紧张情绪，卸下写作游记和旅行日志的额外负担，最好不要一下车站就往家里打电话，自以为是地报告你的初步印象。人情风俗、历史沿革、居民生活状态等话题对这座貌不惊人的城市来说过于严肃，甚至有点荒唐。你至多在两天后给家人写一封信，说："我刚到一座平淡无奇的城市，一个有待深入了解的地方，似乎很美，又宁静。"对这样一座城市，就是凭着皇恩到处乱窜的马可·波罗也无可奈何地耸耸肩膀，不肯在游记里多记几行，不像他在游记第三十五章里对"哈马底城及其残破"作如此这般的描述。君若不信，兹将马可·波罗这段记载引述如下，以资对照："此平原中有城村数处，环以土筑高墙，可御盗贼。其地盗贼甚夥，名曰'哈剌阮纳'……"这种盗匪出没的情节，叽里咕噜的地名不适合这座城市。你现在要拜访的城市，是一座江南小城，白云和雷电的居所，大江之卵，也就是鄙人居住达十六年之久的第二故乡。

想当年，一个初出校门的大学生，来到这座离省城三百公里，距入海口需行船四个小时的府治所在报到，在街上转了一圈之后，竟然在似曾相识之余又颇觉凄凉：入夜灯火暗淡，所有的商店都大门紧闭，八十年代初期它以早睡而闻名六县。据说抗倭寇年代，大将戚继光率部在这一带打了许多胜仗，上溯至天宝开元年间，杜甫的朋友郑十八虔广文先生流放在这里，他老人家告别京城之后即在离我上班不远之处开设幕帐，教化这一带居民，那时候这种地方还是南蛮鸠舌之地。可是我对位于港口的另一座城市并无好感。喝酒昏天黑地，拳脚相加，大货车满街乱窜的景象令小说家叫好，于我并不适宜，就毫不犹豫地向校方要求到这座城市工作。

有城方能称市，我觉得这座城市在这方面还算够格：它的城墙号称两浙最固。有许多流传很广的轶闻都与抗击倭寇有关，残存的炮台大概也与那种拉锯式的反骚扰结下不解之缘。住在这座城里，其城墙之坚固高大足以令我生发自豪，不过这种没有由来的倨傲之感很快就被望江门这一带江湾鹅颈般优美的曲线轮廓所击垮。这足以证实这座城市的兼容性。

最令人感兴趣的是那座长久以来横跨大江的浮桥，有一些早晨我居然能起床步行去看这个生意盎然地连结城市与郊区的木桥，在雾中它显得影影绰绰又确凿无疑：因为我站在桥头总是能碰到一些从对面走上浮桥的村民，他们是沿着西大街进城的。也有一些傍晚，趁着太阳落下而余晖未尽之时去浮桥边看人们撒网捕获鲥鱼，与行政公署的"单身汉俱乐部"的一伙人干脆走到对岸去散步聊天。其实最能吸引我的是大江对面岸边的芦苇和蒲草，大片地在月光下起伏，受江水的冲刷拍击，像歌剧序曲开始时乐队的人头攒动，缓慢的节奏和恍惚的摇摆令人销魂。一轮巨大的柠檬色的月亮从山坡上升起时，也许我正好站在这片菰蒲之地，遥望对面这座平常极为熟悉的城市，想像因月光的铺天盖地而在街道上引起众人一阵轻微的欢呼，这种隔江想像城市动静的局外人之感曾多次让我踌躇满志。我所居住的这座城市的边界因为城墙的存在而分外明确，但站在岸边时它又顷刻消解在我的内心。

然后在这座城市开始我的恋爱之旅，有时我搞不清是爱上一座城市还是一个姑娘，或者兼而有之。不过人总是要陷入爱情的，满目梧桐浓荫的街道助长这种难以抑止的早期行为，它为人类学、社会学等一大堆学科所认可，更为这座城市和一个面目姣好的瘦高身材女子所容许。尽管我只写了一封信，做了一次冒失的恋爱举动的祭品（那天心跳得厉害），还成为一个颇不成立的婉拒理由的蒙蔽者，但那时还没有像现在这样能够远距离地分析事件并作出抉择。记得收到回绝之信（其实不算拒绝，也许是需要我进一步求爱的面具）的当天晚上，头脑里一片空白。在这座使我产生无人理睬的错觉的城市里，当夜在《新闻联播》刚开始播出时便蒙头睡觉了。接着是慢慢恢复体力，让昔日的意识浮出水面，与大学时的同学喝酒，起草公文，出入围墙去院子里上下班。这件事过去很久，每次在街头碰上那位意中人仍然心跳加快，而且赶紧绕道而行，以免尴尬场面的出现。我平生写的一打诗歌中唯有那时留下三首爱情诗，大概还记在那本黑色的笔记本上，大意是：当你夜班结束时，回家路上遇到的那场大雨，便是我为你而下的。许多年过去了，还有人提起这件稍纵即逝的爱情事件，使我想起与这座城市有关的一切人和事。

在这座城市里结识了一大批朋友，连杂货店的老板都认得我了。有时就在骤雨中互打手势，短暂的聚会就放在街头的酒馆里，而漫长的交谈发生在寓所中。有好几次，我面对这些朋友，透过烟雾注视他们睿智的脑袋和锐利的目光，感到万分的庆幸，于是对这座城市也心存感恩。有时与他们一起喝酒，大声喧哗之际，又会冒出一种深深的诧异：这些人怎么都聚在一起了呢？难道城市是有魔法的吗？尤其面对这样小的一座城市，你在全国地图上还不太容易找到它，除非你手头有一副放大镜。我后来看到一位学者写的有关城市性质的文章，才解开这个疑问。他说：城市的本质就是对话。有一次在一位朋友家吃饭，大家聊得痛快，似乎一切大门都向我们敞开，酒酣耳热之际便怂恿主人唱祝酒歌，他是从内蒙古插队支边回来的,一出手便歌喉不凡,掌声要把屋顶都掀翻了。也有几回我们一群单身汉俱乐部的人士饭后成群结队地考察最偏僻的几条街巷,还沿着民国以来一直兴旺而如今衰落了的河埠、米市一路看过去,从白塔桥头那位整日戴上麦秸戒指坐在木屋门口露出和年轻时一样灿烂笑容的老婆婆,到围着一片旧宅院到处转悠的那条丧家之犬,都丝毫不予放过。某个晚上还举办了一次私人藏书谁家多的参观活动,我的藏书室颇得好评,其实我还有两个藏书之处,他们是想像不到的。最为悲壮的举动,是某一年的中秋之夜,一群朋友租了一条木船,趁着月色把一坛酒抬上去,沿着那条大江漂流了好几个钟头。我因故未能与他们同行,却能想像他们的放浪形骸之态。不知抬酒上船时对岸赵家的狗叫了没有。

这座城市向来沉静,不乖张,没有暴露癖。有时夜班结束了,从报社骑车回家,整条街悄然无声,行人都是熟知根底的,扬脸一笑就过去了。隔壁影剧院刚散场,在路灯下看到的也是满足的面孔,偶尔有一些先锋的年轻人踩响油门骑着摩托车走了,引起我对这座城市的环视意会。我似乎对它也知根知底,好比碰到一位多年的好朋友,不须声明,不事张扬就可以携手去喝酒了。再说哪一座城市,即令它的名声冲天而起,形象炙手可热而对我的生命有所改写,也无法置换我居住过十六年,可以倾心交谈一辈子,在记忆中时时浮出洋面,有轮有廓的这座城市。入住这座城市时我没有携带地图和指南针,年方廿四,怀着一腔青春热血,忧国忧民,爱写诗，对年轻漂亮的姑娘怀着单相思，并且自以为有匹夫之勇而恃才傲物，白天与人点头微笑，夜深沉入冥想，对那些大小官员并不介意，朋友多多益善，老酒喝光为止。那时觉得所有的街道和树木都没有什么特别之处，行人们不会朝我多点一个头。想不到我多年后离开时却要为它举行一个告别仪式，以它熟悉的声音和脚步，心跳的速率，留在街道的身影，保存在湖畔茶馆扶手椅上的指痕，惯用的语气和深切的眼光，接受过的梦魇，拒绝过的请求，向它告别。也许这个仪式是可笑的，但却不容亵渎。我带走这座搬不动的城市，并在城里的一切地方留下我自己。最好的结局应该是，两相增益，完好无损。走遍各处，我都会惊讶地发现，这座城市与众不同，我无法忘记它的种种魅力、它的声音和关爱、它的宽容。哪怕一时离开这座城市，我也有了握瑜怀瑾之感。告别成为永不分离的仪式。

1999 年 7 月 24 日

雁荡至美

雁荡号称"寰中绝胜",美在何处?

沈括在《梦溪笔谈》中说:"余观雁荡诸峰,皆峭拔险怪,上耸千尺,穿崖巨谷,不类它山,皆包诸谷中。自岭外望之,都无所见;至谷中,则森然干霄。"按照地质学家的说法,雁荡属火山岩系。火山喷发后,经千万年风雨侵蚀,岩石变得奇峭、孤高,峡谷深邃。

雁荡之美,在于它能入梦。相传西峰旧有一口湖荡,中生芦苇,一俟霜风渐紧,秋雁列队南飞,恰成"芦荡雁影",有凄绝之美。今天当然见不到此等景观了,但它已化为一种传说,几分诗意,熔铸在"雁荡"两字之中。

雁荡之美,美在它的夜景。记得有一次,我陪上海客人游雁荡,暮投山中,是夜月明星稀,只见四周嶙峋奇石,像木刻似的,绝无琐屑之感,在天空的映衬下,各各出现不同姿势,有静穆之美。导游边介绍,边吟诵民谣、俗谚,使整个雁山在夜里显得神秘、旷远。比如有一处夜景叫"犀牛望月",我们仰面注视仿佛能看见一头犀牛伸长脊背,缓缓地抬起头来,饱含泪水望着一轮大而朦胧的月亮,发出一声嗥叫。这时,一种天老地荒的感觉油然而生。

游雁荡,你还能有意外的收获。名山大川走得多了,你就会寻求"变化",要那一份不凡之势,或夺魄之美。从雁荡下来,你一眼就能看见乐清湾,那才是至美之境:大片滩涂是灰蒙蒙的,其宽广完全超出想像。风停了。这片比莽海还要荒凉的滩涂,无声无息,正在沉睡,偶尔有一两只将要深入内陆的海鸟,理了理湿漉漉的羽毛,显得十分疲倦。渔民们此刻拖着渔具,跟跄地越过堤岸回家。这也是雁荡给你的馈赠,告诉你一种来历,一个沧桑影踪。

在我多次游雁荡的记忆中,有一次是毕生不能忘怀的。那是七十年代初,学校组织野营,拉练去雁荡。几百名学生夜宿北斗洞,大家都是初次上名山,新奇得不得了。偌大的洞中,到处欢歌笑语,青春篝火。这时雁荡的许多故事隐去,传说褪色,只有连珠炮似的语录和一腔豪情,身上半点倦意都不存在。我们在洞口看山色,观察那分分秒秒引起的景致变化,"指点江山"。有人说那岩石像点将台,又有人指出那座山像老人和熊,还有兀鹰。整座雁荡仿佛也染上了激情,像一幅山水长卷,印证着毛泽东的诗句"江山如此多娇"。第二天我们"急行军"到大龙湫,中午我们在瀑布下啃干粮,非常开心。

像这样奇特的"游历",再也不会有了。所以我想,雁荡之美,还在于它的奇峭幽深,契合了一代人的激情,尽管萨特说过,这是"无用的激情"。雁荡山,它已遍布在我人生的各个层面。说一句"雁荡在我心中",怕不过分吧!

1994 年 6 月

第四辑

大理石的闪耀

山本耀司

一

手中这本精美的《Y's》品牌手册封面上，印着山本耀司的半身像。

这相片给我留下的印象是，他不像一个经常出入名利场的世界级时装设计师，而像一位现代隐士或匿名画家，络腮胡子和略显苍老的面容，无法遮蔽其睿智而有点沉郁的眼神，及肩的灰黑相间的长发，还有脸部透露出来的沉思中的气息，一派殉道者的样子，似乎是艺术家与教徒的混合物。远一点看去，好似一幅委拉斯凯兹的肖像画。

2008年4月24日晚上，北京太庙。人们忙碌着，正准备在这里举办一场山本耀司的秋冬时装秀。这座始建于1420年，明清皇帝经常举行祭祖典礼的地方，前些年因上演过由张艺谋导演、祖宾·梅塔指挥的普契尼歌剧《图兰朵》而名声大振。虽然北京雨后春天的夜晚有点冷，可来的人真还不少。可见对这场时装秀，人们心里期待已久。

当数百人交头接耳地等待时装秀开始时，现场的灯光突然在瞬间暗了下来。这场突然到来的黑暗，似乎表明一种文明无可挽回的失落与沉沦。而当灯光又一次亮起，大约十秒钟，对周围的感觉再一次被劫持，头脑一片空白，直到一个美丽的女模特从秀台的尽头走出，四周传出一声声沉闷而强烈的声音，那是叩击吉他琴弦的回响……这个奇异的开场，到底是暗示青春活力从古老的太庙突围而出的可能，还是渲染山本耀司那些黑色时装也无法传达的神秘和孤独，谁能知道呢？

率先登场的是一组女装。几乎大部分模特都是早些时候在巴黎时装周上出现的面孔，她们身着标准的黑白两色衣衫，开始了太庙中的短暂旅行。皮质面料和垂感强烈的棉布拼接，山本耀司"掠夺性"地把女士大衣和西装外套一分为二，干练的"Y's"剪裁和刻意留下的原始皮料的边角，都是很引人注目的细节。

模特转身的刹那，我发现她们的衣裙无论背面或正面都是一样的漂亮。而接着的男装是超大的比例，明显的不对称，随意的拉链，黑色、灰色、海军蓝的凝重颜料。西装三件套及各种服装都被染成强烈的紫色、橘红色或亮绿色。格子花呢是最值得期待的面料图案，褶皱的外套，巨大的披肩成为最重要的配饰。一切都激起了现场惊叹，而这种惊叹的方式也令人惊异，是Ｔ型台所罕见的沉默式表达：好像所有的人都陷入了沉思。

美得使人窒息的六十套服装快要展示完毕时，当然是人们期盼的设计大师最后登场。可这时出现了一个最大的意外：并没有发布会中司空见惯的大师笑脸和飞吻，或是设计家穿越众多的美丽女模特，向观众举起挥舞致意的双手，不，什么都没有发生。只见秀台那头的五六个男女模特簇拥着一个矮个子男人，他既不举手，也未投足，几乎无声无息地出现在观众面前，约摸前行十几步的样子，然后突然转身往回走。我估计十有八九的观众根本没有来得及看清他的脸，因为这太庙的露天秀台太长，而山本耀司本人出现的时间过于短暂，以至于有一种异样感觉，他就像夜晚北京上空倏忽而过的一颗流星。

短促的出场，迅疾的转身，由于有了他那些伟大作品——"Y's"系列时装的呈现，显得如此神秘而华丽。说实在的，他这一刹那的神情和姿势，到底是暗喻生命的稍纵即逝，还是表达设计家一贯的"隐匿"艺术观？没有人能够知道。

二

"我觉得完美是一种丑陋。"山本耀司指的是一种造作的完美，一种不真实的美。他一直都在对抗着那种表面完美实质病态的东西。山本耀司所关注的对象，一直都是人，而不是款式。有人评论，在他的设计里，人生的不完美透过时装得以昭示。他告诉人们时尚的，甚至生命的虚无感，但同时又告诉你虚无也并不可怕，因为那是生命里的另一种状态，富有意味的状态。

"虚无"不也是一种与"实在"同样重要的状态吗？正如美国诗人史蒂文斯在《最高虚构笔记》中写的："两个本质相反的东西似乎/互相依靠对方，就象男人/依靠女人，日靠夜，想象/靠真实。这就是变化的根源。"在他对"虚无"的表达方面，黑色是最重要的语言。在山本耀司的眼里，黑色绝不是单一的色彩。因为浓淡，因为与其他颜色的融合，黑色可以抵达无限。

19世纪80年代后期，巴黎蓬皮杜中心构思了一个别出心裁的计划：委托一位具有国际声誉的电影制作人，拍摄一部关于当今顶尖时装设计师的电影。被选中的两位都是外国人，而且他们俩恰好年纪相仿，设计师是山本耀司，导演是维姆·文德斯——他刚完成一部名为《希望之翼》的片子。

在记录片《Notebook on cities and clothes》里，有两个角色，YY和WW，时装和电影。YY论述时装和都市，他谈及东京的人们、巴黎的天空，以及对那些我们不知道缘起的人和事的感觉。他谈论那种叫做黑色的颜色，制作衬衣的要素，谈不对称的吸引力，谈穿高跟鞋的女人的坚韧。他还谈到时尚的自相矛盾，高贵的含义。关于他的母亲，以及"二次大战"。WW的摄像机将这些一并录入：

"WW把YY的衣服试上身。他得到的是一种不确定的感觉。'我穿上一件衬衫和夹克。通常穿上新衣服的我站在镜子面前，就会因为有种被改头换面的感觉而倍受刺激。可是，他的衬衫和大衣给我的感觉不一样，尽管它们也是新的，却好像我穿过它们很久了。'"

隐喻、格言和神秘——有人这样描述山本耀司的后台。自幼失去父亲的山本耀司，看着母亲辛苦地以裁缝工作支撑家庭的生计，他深深地了解女性特质中的韧性与坚毅，于是在设计服装时，他以完全的女人观点来看世界，成为一位实在的"女性主义者"。他设计的女性时装，甚至没有什么"女人气"的东西，他要在简单朴素甚或大而宽松的块面和线条中，显示他心目中典范女性"微笑背后的坚韧"，美得令人惊讶的灵魂。

不论是男装还是女装的设计，山本耀司常常通过一些旧相片、旧时代的穿着来激荡新的创作灵感，他那些立体的剪裁设计，更是令人激赏。时下男装开始女性化，不过他还是希望阳刚一点，他隐晦地表达了战争和军事的主题。如1746年著名的库勒登战役中，穿着方格裙子的勇猛的苏格兰战士给英格兰人留下了极其深刻的印象；1905年的敖德萨战役中的斗篷和军官学校制服；1936年的科多巴战役中出现的白色衬衫和贝雷帽。这位设计大师还设计出不合比例的双排扣斜纹夹克搭配宽大悬垂的裤子，赖以与查理·卓别林的形象相区分，特别是当模特戴着圆顶硬礼帽出现时。

三

也许，山本耀司是一个惯于"独白"的设计师，他在《Talking to myself》中有一系列哲人似的沉思与独白。

关于"时间"，他说，"我不喜欢那种约束。比如后天去吃饭，自己是被邀请的，如果不能够拒绝这个邀请，我就会觉得很不舒服，但当我决定要去的时候，在下决定的瞬间，就同时感到后悔了。因为到后天为止的这一段命运就已经被决定了。我几乎不能忍受这种事情。这种比较远的等待的感觉我几乎不能让之存在。"他还喜欢使用"刹那"这个词，宝贵的"刹那"是独处的时光。

什么是"记忆"呢？他说，"我不能够忘记的不是我那庞大的自尊被深深伤害的时候，反而是非常非常细小的，而且在别人看来是非常没有意义的自尊受到伤害时，我是不能够忘记的。""在生命里我们经常面临血腥，虽然在现实里我从未杀人，但确实在心理上杀过。比如，当一个男人和一个女人分手，总是有抛弃者和被抛弃者，但是在那时候，苦痛程度我想大家都是一样……"。

"酒"往往是艺术家热衷的话题，他说："喝酒让我心情愉悦。我喜欢所有的混淆感，就像当我必须问自己曾经是谁或者我现在是谁的时候，只要喝了酒就全变了。"为什么他那么喜欢"混淆感"？是为了隐藏内心深处的东西？为了彰显"美"本身而隐匿美的外形？

对于男性来说，女人是个永恒的话题。这种时刻，他似乎也变得兴致勃勃了："我总是说，男人无法真正抱住真实的女人，他们的手臂拥着的，其实是一个自己想像中的女人。爱是一种现实，还是梦幻？是一种梦幻，还是现实？在这个问题上，我总是像一只笼中的老鼠般，永不止息地爬行，而笼子则在脚下永无止息地旋转。女人总是强有力的。当一个男人尝试严肃认真地和她们谈话时，她们会突然对你说：'你的眉毛里夹杂有白毛了呵！'她们就是这么来对付你的。"

最重要的当然是"创造"了。山本耀司认为，"挑选那些唤醒沉睡之物的时机：所有的创造物都是复制品，对碎片的复制。偶然间衣服滑动。于是再没有什么剩下，除了衣服和观众间的冷淡联系。每个曾经拥有的人都懂得我指什么。当你开始，你不能退回来。你不能抱怨。这并不酷。"

他还说，"做衣服是个痛苦的过程。每一次剪断都是痛苦的。所以我为自己预设些限制。想创造好的东西，艺术家必须投入，他检验那些使一切分离的外部限制。因为艺术引发对已接受事物的反对，它常常带来震惊。这是艺术家和道德规范的关系。我们欣赏那些知道他们自己的限度的人，他们知道该在什么地方停止……现代生活大概总是永不停顿地前行，最后逾越了一个人的限度。开始了，就没有转弯。"

山本耀司的"独白"，我只能引述这些了。自然，我们不知道这是东方传统下的独白还是日本民族独白的传统？时装是时代的"喧哗与骚动"，还是超越时代的"独白"？我们是否还可以将山本耀司设计的时装理解成一系列的内心独白呢？我觉得，要理解一个人的时装作品，我们必须细心倾听他的语言，日常的、非专业的语言。

"每个人内心深处都有自己的秘密，这些秘密永远不能向外界表达。我的服装或许泄露了我内心秘密的边缘。"

那一夜在北京太庙举行的山本耀司时装秀，颇有点"行为艺术"的意味，在我看来，也许昭示着作品与作者之间必然有一方是隐匿者。于是，我不禁要问，自人群中抽身离开是隐匿，可他的那些独白式言论也是一种隐匿？

2009 年 3 月 5 日凌晨，北京

铜琵琶、铁绰板,今又安在

曾经在多种场合说过,苏东坡和梁启超,是我平生最为佩服的两位先贤。所谓"佩服",一定带有"敬佩"和"服帖"这两层意思,包括他们的人生姿态、才情和人格力量。说起这件事,跟先师吴熊和先生直接有关。

1977年冬天,抱着试试看的心情,我参加了"文革"之后的首次高考,居然被杭州大学中文系录取了。刚进大学那会儿,我们还是信马由缰地驰骋在自己原有天地里,也不知从什么地方开始读书,从何入手做学问。对文学和历史关系的处理,对历史人物的认识,心中也没有一个谱儿。

就在这个时候,我的面前出现了一位好老师。说是好,是终身受用的那种好,宛若俨茶醇酒的那种好。正是他,给我们带来了自信和从容,传授给我们所不知的问学路径,还有蔼然自若的人生态度。这位老师,就是当时教我们古典文学的吴熊和教授。

一走进教室开始听他的课，就被吸引住了。我们几乎是屏息倾听，唯恐漏下一句话。他穿一件对襟中式棉袄、留短平头的高大形象，是着实无法抹去的。还有一个细节，是学弟陈骥曾经说起，我也保留在心中的，那就是先生的板书也自成一体，从右写到左，写错了画个圈圈，也不擦。一堂课下来，总是刚好写满一黑板。自然，那种声音的保存是最持久的，三十多年过去了，他的语气，他的音调，至今尚在耳际萦绕。

吴先生给我们开的课是"唐宋词通论"，记得他说的第一个案例，就让我们记住了一辈子："你们知道苏东坡是什么人吗？这是中国历史上一个特别了不起的人物。他不仅文章诗词写得好，更重要的是，他有绝无仅有的人格魅力，至今影响着我们。先让我背一首他的词《定风波》，你们听：'莫听穿林打叶声，何妨吟啸且徐行。竹杖芒鞋轻胜马，谁怕？一蓑烟雨任平生。料峭春风吹酒醒，微冷，山头斜照却相迎。回首向来萧瑟处，归去，也无风雨也无晴。'这是一首什么样的词？蕴含着什么样的人生态度和历史观？他是怎样从途中遇雨这件事生发开去，写出自己的精神风骨的？这种情景渲染，如此字字紧扣生活情景又飞向自在境界的意态，是怎样达到的？"

不及我们回答，他竟然自顾自地往下说开去，我们都听得入迷了。

他说了苏东坡的身世和遭际，委屈与旷达，细密与疏狂，怜悯心与冷眼观世，特别是他深受影响的几个精神源头，包括佛教禅宗、世俗生活与亲朋挚友。动情处，还给我们讲了一个轶事，说的是苏东坡和柳永的关系。柳永是北宋第一个写长调的词人，据说当时"凡有井水处，皆能歌柳词"。柳永的显赫地位自然引起了苏东坡的注意，于是"东坡在玉堂日，有幕士善歌，因问：'我词与柳七何如？'对曰：'柳郎中词，只合十七八女郎，执红牙板，歌"杨柳岸晓风残月"。学士词，须关西大汉，铜琵琶，铁绰板，唱"大江东去"。坡为之绝倒。"

对禅宗，他讲得特别多，也特别投入。从禅宗的形成与根基，到禅宗的根本特征，禅宗与中国人、中国文化的吻合，禅宗所创立的理念、情景和智慧，包括"棒喝"和"顿悟"，特别是禅宗大师的行状与轶事，都作了最详尽的阐发和诠释。讲禅宗的时候，他融入了时世、生活方式和精神变迁，几近化境。从五灯会元到野史掌故，娓娓道来，如坐春风。

身材高大的吴先生，在课堂上自有一种格外的自信力，而这种自信并非外在的，也非仅仅砥砺奋发所成。听完他一个学期的课之后，我似乎明白了一些事理，那就是，先生是用心去读书，用眼睛来洞察世事，用脑去辨析社会，用血脉去融合历史和人物，这样就能步步为营，进入中国社会从思想精神到文化制度各个层面，建立一种整体性的文化历史观，一种洞若观火的细节把握。

他在我们面前讲唐宋诗词,讲历史人物,并不是居高临下的那种,也非自我演绎,宣泄排遣一通了事,而是从具体情景到兴衰规律,再及历史和人心深处,尤重人性与命运之诠释。他在课堂上的沉吟,并非旧式文人的矫揉造作,在教室内外回答我们的提问,也决不炫耀学识。

吴先生给我们讲唐宋词通论,实在是大大超出了词的范畴。中古时代的历史文化、文学形态、人物踪影、语言音律,经他的融汇整合,呈现出一种整体风貌。有时,师生之间竟然能够同时触发一种感怀,领悟一段历史秘密,感受文字之外的意兴。自然,也有这样的时刻,我们都静默于他所提供的历史文化入口,而内心却激荡不已。有时他在课堂上久久伫立,竟然陷入一时片刻的无语。我们这些学生明白,这种沉默意味着他进入了最为开阔的思想风景。

对我们来说,吴先生不再是抽象的学者,而是一种确凿的存在,有着清晰的言行,也形成了巨大气场。

他不是那种旋风般裹挟着我们的人,而是不知不觉地以其精神气质环绕着我们,融化我们的老师。吴先生总是用他的吴侬软语,说出那些使我们惊心动魄的诗词曲赋内核,讲辛弃疾陈亮,讲周邦彦姜夔,如此之奇妙。这个语言上的反差,恰好让我们对这些词人的印象更为深刻。当我们晚上听完他的课,下课之后提些确实需要他指点的问题之后,会默默地看着他高大挺拔的身影,渐渐消失在连路灯也无法照及的黑暗中。

我亦很难忘记那些教过我们的其他名师，有的学富五车，有的清新儒雅，有的富于激情，而吴熊和先生却是个特例。他是那种非常罕见的能使语言、思想和学问浑然一体的人，很难用一个词来概括他的全部，显然他是属于那种兼具思想、情感、学问和人格力量的教授；也很难用专门家兼通才来诠释吴先生，他是个将经典与时代、中国传统士大夫精神与当下现实生活贯穿起来，将思想精神、历史意识和物质形态逐步打通，将"天地人"融合于一的人文学者，真正的一代词学名师。

可他又是一个极为可亲可爱的人。互联网上曾留着这样一个帖子，一个可能是我们校友的网友这样写道，"记得读大学时有个吴熊和教授。那天，他来讲'唐宋词通论'，正文还没有展开，先生先吟诵了朱熹老夫子的'胜日寻芳泗水滨'。先生说，这么好的春光啊，我们不该坐在教室里上课的，我们应该去追春。到底是先生呀！"

就这样，从平生亲近的吴先生和诸位名师身上，我们得以传承思想、学识和情感，与更加久远的传统和人物，建立起某种神秘的血缘关系，获得溟蒙中的清晰认知，类似于宗教上的衣钵相传。这，不是谁都能获得的，我们深感幸运，珍藏于心。

自然，这里既有理性的，也有非理性的因素。这种非理性因素，就是长者与我们声气相求，内心契合。此后，我也明白了，为什么要亲见大师，亲炙教诲，为的就是感受那种气息，那种氛围和情景，那种独具一格的交流方式。用海德格尔的语言说，就是"亲在"。

就说苏东坡和梁启超这样的历史人物吧，通过吴先生这一辈人的点拨，我很快就明白了，他们真正值得敬佩之处，不仅在于他们无所不在的才情和巨大的转换能力，更在于他们如此真实，如此丰厚。苏东坡的旷达和梁启超的顶真，都是在在不可抹杀的。他们最好的一面，就是一次次地重新打量自己，最终完成自己，虽然这两位人物没有"伟大"的封号，也不是什么"至圣先师"，"千古表率"，甚至在他们的个体生命中，还都出现过一时的迷误和惶惑，但丝毫不影响他们的魅力。读他们的诗词文章和传纪，听听旁人对他们的评议，以至于我们开始怀疑那些大名鼎鼎的历史人物，似乎都经过腌制了，或粉饰了，晃荡在我们眼前的，有着某种事后的、合乎"逻辑"的可疑虚构。

后来我回台州工作，供职于行政公署和报社，有幸的是，那年吴先生和徐朔方、沈善洪诸位先生沿着"唐诗之路"来天台，我参加了接待，好几天在一起，再次面聆教诲，师生间又一次达到精神上水乳交融的地步，真是难以忘怀。他寄予了我更大的期待，除了做事为人，还希望我在"立言"上能有所成。

送他回杭州的时候，我看到他头发开始花白，提醒他注意调养，多多保重，他笑着说了一句"鬓微霜，又何妨？"

傍晚时陈骥兄打电话给我，说吴先生故去了，我心里一

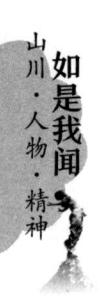

沉，抬眼看了看天空，余杭塘河水面与宝蓝色的天空，融为一体，了无纤尘，不禁喃喃自语，"先生，自此之后，我要问一声，'铜琵琶、铁绰板，今又安在？'"

2012年11月4日深夜，杭州

"烈火与玫瑰合二而一"[1]

【《凤凰文化》编者按】2017年1月14日,我国著名语言学家、"汉语拼音之父"[2]周有光去世,享年112岁。就在昨天,周有光先生刚刚过了112岁生日。

《凤凰文化》特约王自亮回忆拜访周有光的经历。在他看来,启蒙、人性和常识,是贯穿周有光一生的关键词。从早年的实业救国、经济救国和革命救国,到研究文字学,倡导平民教育的教育救国,再到晚年强烈意识到启蒙、常识和理性,用一个不那么确切的词,就是进入"启蒙救国"的阶段,完

---

① 原标题为《贯穿周有光一生的关键词:启蒙、人性和常识》,载于《凤凰文化》2017年1月14日刊。收入本书时略有增删。"烈火与玫瑰合二而一",诗人艾略特《四个四重奏》中诗句。

② "汉语拼音之父"用在周有光先生身上并不准确。

成了思想的螺旋式上升。

　　按照他自己的说法，就是最终走出"专业的深井"，把关注的目光集中在对历史、文化的反思以及对民主和科学精神的追求上，他晚年在思想文化领域的创建，概括起来就是：科学的"一元性"（不分东西方、国家和阶级）、"双文化论"（地区传统文化和国家现代文化并存），用"三分法"代替"五阶段论"，所谓三分法，就是文化从神学思维到玄学思维到科学思维，经济从农业化到工业化到资讯化，政治从神权统治到君权统治（专制）到民权统治（民主）。一言以蔽之：启蒙。

一

　　这是北京一个极为普通的院落，普通到只有冬青丛、楼宇的影子和寂静。

　　一阵微风掠过，从树梢传来耳语般的响动。偶而从某个角落传来孩子们的嬉闹与哭喊声，在空中来回飘荡，恰如历史的残响。就在这个院落的一个公寓里，住着一位名叫周有光的百岁老人，著名语言学家、文字学家、经济学者、文化史家，当今中国最高龄学者，跨世纪证人，还有很多名衔。其实所有这些称谓，都无法概括他的学识、经历和智慧。用一位前辈的话说，周有光是个"先知先觉"，这等于说，他是个名副其实的"启蒙者"。

那一刻，他就坐在我面前，不时注视着我。我们几人与他交谈起来，一种恍若奇境的感觉紧紧攫住了我，仿佛"历史"正在打量着我的一举一动，哪怕是几圈轻微的思想涟漪。

那是2013年4月28日下午，我和《周有光文集》策划人和责编叶芳，经济学人、浙江大学副校长罗卫东一起，走进了周老的书房。说是书房，其实这只是一间9平方米的斗室。放了一个上接天花板的大书架，一张小书桌，一张沙发和茶几，空间甚为狭小。眼前这位著名的长者，正坐在蒙上蓝布的沙发上，后背有点佝偻，看上去行动不便，但眼睛依然很有神采。当我们说话时，他会专注地倾听，等到他开口说话，却屡屡使人吃惊，缓过神来却觉得大有深意。

我们一点也没有在名人前辈面前的拘谨。他给人的印象，总是笑。有个朋友说，看电视中他的采访，都是笑呵呵的，就是那种"说着说着就会笑起来的人"。我对这位朋友说，因为周有光老人有菩萨心肠。

谈到这个国家，周先生很认真地说，"我对中国是抱有希望的，只是不能急，要慢慢来"。他说别人不懂，以为美国只有二百年历史，这是不对的，美国继承了欧洲的思想传统——尤其是在英国的政治传统基础上发展起来的。这样说来，中国有五千年历史，美国是五千二百年历史。我们应该对中国的未来要有耐心，中国的进步也是明显的。只是别的国家可能三十年就能达到的目标，我们或许需要五十年、一百年或更久才能达到。

　　见到周有光先生，不管我事先有多少思想准备，仍然在心中生出一份惊奇、慨叹和钦慕：无论是他思维的敏捷，还是记忆的清晰，更不要说他的幽默和自嘲了。听叶芳说起，上次她和唐师曾拜访周老，周老说自己年老了，记忆力衰退了，但思维还没有衰退。如果思维衰退就会得老年痴呆，那生活质量就很差了。"不过老年痴呆者大概最后都不会承认自己是痴呆症患者，我也认为自己不是，那是不是意味着我也痴呆了？"一席话说的大家都笑了——我们何尝不是如此啊！这就是周有光式的自嘲。自嘲，乃人生最高之幽默，往往代表着智慧、勇气和深刻的内视。

　　1906年，清朝离它的灭亡已经只有短短5年时间了，此时的中国风雨飘摇，前途未卜。

　　这一年，周有光先于"末代皇帝"溥仪在同一年出生。江苏常州青果巷传来一阵哭喊，似乎预示着新与旧的交替，还有世纪之初的蕲望。这个叫周耀的人，后改名周有光，经历了清代、北洋政府、中华民国和新中国几个时代，不仅亲历改朝换代的社会动荡，还见证了8年抗战和10年"文革"。他在日本留过学，在美国华尔街工作过，游历了世界上几乎所有主要国家。他经历了无数重大历史事件，与许多世界名人交往过，他与爱因斯坦交谈过两次，与蒋经国打过网球，与周恩来有直接交往，还参加过中央政府接待达赖喇嘛活动，无数著名人物对他抱有深深的敬意。

周有光，正是因了他的名而存在。

110年来，他时常生活在黑暗和光明的交织之中。纵观他这一辈子，不仅是著名的语言文字学家，早期拉丁化新文字运动的参与者，也主持和拟订了《汉语拼音方案》，主导和建立了汉语拼音系统；不仅是就学于京都帝国大学的经济学家，身兼两职进入江苏银行和光华大学，任教复旦大学经济研究所，还为抗战期间的新华银行和重庆农本局作出了贡献；不仅对本土的社会经济有着深刻认识和深度介入，而且还对美国、欧洲和日本的精神—物质世界有着周详认知和细致观察。他是一位百科全书式人物，被他的连襟沈从文称为"周百科"（恰好，周有光先生是《不列颠百科全书（中文版）》中美联合编审委员会的中方委员），但他却非常谦虚，推崇波普尔的"试错"理论，认为自己的回忆录和著作"不完美"，也"不完整"，"我提倡'不怕错主义'，出现错误是正常现象，可以从批评指正中得到更为准确的意见"，"我非常愿意听到不同的意见和声音"。

这就是周有光。我们总是把这样的老人称为"人瑞"。在我看来，"人瑞"者，人中龙凤也。不仅长寿，而且智慧、敏锐，充满了道义的力量，以及为真理而战的勇气。1927年光华大学颁发给周有光的毕业证书上，正好写着李石岑的一句话："为人格而战，为人道而战，为真理而战"。收获赞美，更在意有价值的反对声音，这是他的一贯精神和行事风格。

那一天，我们在周老家收获了机智、爱和平和，也得到了永久的教益。最后，还在他的《周有光口述回忆录》打印稿上给我们签名，一边还说："现在我应该是 111 岁，而不是 110 岁，我们家乡都是这样计算年龄的，要按照虚龄，而不是足岁"。他的这句话，说得我们都笑起来了。

我发现，周老说话时语速较快，语调柔和，有时停顿片刻似乎在征询你的评价或意见。在交谈中他更多的是倾听，不管怎样，他都会注视着你。最难忘记的就是这位百岁老人的眼神和声音，这目光是柔和的，也是坚定的，是单纯如婴孩的，也是历尽沧桑的。而这声音呢？在纯正的"国音"中，却带有江南杏花雨的甘美与急促。

这就令人想起艾略特《四个四重奏》"烧毁了的诺顿"一章中的诗句：

> 可能发生过的和已经发生的
> 指向一个目的，始终是旨在现在。
> 脚步声在记忆中回响
> 沿着我们没有走过的那条走廊
> 朝着我们从未打开过的那扇门
> 进入玫瑰园。我的话
> 就这样地在你的心中回响。

二

　　启蒙、人性和常识，是贯穿周有光一生的关键词。从早年的实业救国、经济救国和革命救国，到研究文字学，倡导平民教育的教育救国，再到晚年强烈意识到启蒙、常识和理性，用一个不那么确切的词，就是进入"启蒙救国"的阶段，完成了思想的螺旋式上升。按照他自己的说法，就是最终走出"专业的深井"，把关注的目光集中在对历史、文化的反思以及对"德先生、赛先生"的追求上，他晚年在思想文化领域的创建，概括起来就是：科学的"一元性"（不分东西方、国家和阶级）、"双文化论"（地区传统文化和国家现代文化并存），用"三分法"代替"五阶段论"，所谓三分法，就是文化从神学思维到玄学思维到科学思维，经济从农业化到工业化到资讯化，政治从神权统治到君权统治到民权统治。一言以蔽之：启蒙。

　　关于启蒙，康德有一段极为精辟的话：

> 　　启蒙运动就是人类脱离自己加之于自己的不成熟状态。不成熟状态就是不经别人的引导，就对运用自己的理智无能为力。当其原因不在于缺乏理智，而在于不经别人的引导就缺乏勇气与决心去加以运用时，那么这种不成熟状态就是自己所加之于

自己的了。①

康德还说，具体到一个国家，"一个不认为如下说法与自己不相称的国君：他认为自己的义务就是要在宗教事务方面决不对人们加以任何规定，而是让他们有充分的自由，但他又甚至谢绝宽容这个高傲的名称，这位国君就是启蒙了的，并且配得上被天下后世满怀感激之忱尊之为率先使得人类，至少从政权方面而言，脱离了不成熟状态，并使每一个人在任何有关良心的事务上都能自由地运用自身所固有的理性。"这些话与周老的思想和实践如此契合，只不过一个是西哲，一个是忧患中成长起来的中国知识分子。在语言使用上，一种是语义深奥的哲学语言，一种是明白畅达的日常语言。

周有光先生从1956年开始，从经济学和金融行业转向了语言文字学。表面上看，这个转向有点突兀，其实包含了他长久以来的思考。在他看来，开启民智的关键是识字，在一个文盲遍地的国家是无法进行思想启蒙和社会建设的。平民教育、知识传授和思想启蒙是三位一体的。1958年，他收集了几百种文字改革方案，主导创立了汉语拼音方案，使得更多的普通人上学没有障碍，使大陆在统一文字改革方案、白话文普及、简化字和汉语拼音等四个方面有了突破性的进展。

令人不可思议的是，他在85岁之后，竟然对历史、社会

---

① 康德著，何兆武译. 历史理性批判文集[M]. 商务印书馆，1996：22-31.

和文化产生了浓厚的兴趣。他重读《资本论》和其他经典，英文版的《资本论》就通读了三遍，还大量阅读科学、历史和人类学、社会学著作，亲炙世界文化史和民族史。他的问题是："这个世界到底是一个什么世界？我们应该怎么办？"周有光先生发觉17到18世纪中间，欧洲的启蒙运动是最重要的事件。纵观一部世界现代史，启蒙既是发端，又是动力，还是指向。周有光在兹念兹的，始终是启蒙的要义、延展和结果，以及它对中国现代化的意义。周老的公子，中国科学院大气物理学家周晓平先生曾告诉我们，"父亲要求我多了解启蒙运动的来龙去脉，还批评我搞不清文艺复兴和启蒙运动的区别"。

晚年的周有光先生对欧洲启蒙运动的渊源、发展和流变下了不少功夫，从康德、培根、洛克到伏尔泰、狄德罗、孟德斯鸠，甚至是一些不太著名的启蒙运动人物，他都烂熟于心。周老觉得，中国应该有一部像样的启蒙主义史，"你把启蒙问题搞清楚之后，就可以解释很多问题"。

周有光先生还曾谈起，二战之后为什么日本不道歉，而德国却道歉了？因为日本尽管走了资本主义道路，却是一个很专制的国家；没有经过启蒙，没有发生社会改革，所以到今天不道歉。马克思为什么在英国写出《资本论》，而不是德国？德国经济发达而思想落后，实验科学时代还在搞经院哲学，当时德国是欧洲启蒙最弱的一个地方。德国参加和发动了一次和二次世界大战，后来为什么又加入欧盟，德国总理还为纳粹的暴政而下跪道歉,原因在于它到底是在欧洲,启蒙思想容易接受。总的来看,整个亚洲国家启蒙不足,所以导致现在这个状态。周老还回忆说,"我的母亲出生于1868年,四川人,在逃难时还说:'没有皇帝怎么行?'"

不惟如此,他始终根据自己的经历和看待世界的眼光,把国际政治和中国近代以来的现实,与启蒙思想的传播结合起来认识和研究。在他看来,所谓启蒙,除了康德所说的"能自由地运用自身所固有的理性"之外,还有一个很重要的方面,就是"承认常识"。

周老还回忆说:"改革开放后,新加坡的大学邀请我去讲学。我跟一位英国教授在公园散步,我问他,许多人都说新加坡搞得很好,是一个奇迹,你怎么看?他说,没有奇迹,只有常规"。常规,用我们的语言说,就是建立在常识基础上的规则。这位教授甚至认为,"按照常规来办就会成功"。

三

如今,我手头有了两本周有光老人的"百年口述"。

一本是老同学叶芳送我的,实际上是个根据原始文本整理和初编的打印稿,加上索引有600页左右,封面设计也极为明快、简朴。著名编辑吴彬女士对这个口述的最初原始文本作了最初的审读和编辑工作,并加上了各章最初的标题,同时经过周老的公子周晓平先生核实原文。当时拿到这个文本之后，我就开始贪婪地阅读起来，做了很多眉批，在书角书后写了很多带有感想性质的话，有的只是片言只语，字迹潦草，今天翻开一看，竟然漶漫不清了。为了参加那年5月在北京举行的这本口述史的研讨会，我还在书后留下了几十个条目，包括心得、感想、疑问和题外话，后来整理成扼要的文字，用作发言提纲。

还有一本刚刚出版的正式文本。在写作这篇文字时，需要正式的出版物，就到工作室对面街上"晓风书屋"买了一本。浙江大学出版社根据上述文本编辑出版了周老这本口述，书名为《逝年如水——周有光百年口述》。说实在的，我对这个书名并不感到过瘾，跟普鲁斯特的《追忆似水年华》有点接近，又跟贺拉斯的那句话："抓住！快抓住那似水流年"也意思相仿。问题在于，篇幅上似乎压缩和精简了，叶芳征集订正意见之后（听说邵燕祥先生对打印稿的订正就达上百处），错讹肯定大大减少了，语言上比原本更加文从字顺，但出版社在编辑过程中，极有可能"过滤"了一些体现周老思想特色的原汁原味的文字。我还没有来得及核对这两个文本，也没有向出版社核实过，只是一种感觉而已，但愿不会损失太多。

这是一本个人史，也是家族史，更是一部百年民族史的折射。

周老的这本"百年口述"，从自己的家族渊源开始谈起，细数从清末至今日的历史变迁，透过敏锐的眼光和极强的个人记忆，讲述曾经亲身经历或耳闻的情节和故事，从太平天国、救国会、抗日战争，到西迁大后方、国共合作、思想改造、文字改革，直至"文化大革命"、五七干校、尼克松访华和改革开放，集中表现中国百年历史的各大关键时刻及由此带来的深远影响，涉及中外现代史上大量有影响力的人物。

周有光先生善于在描述当时现场、事件、人物命运时，与中国之外的世界形成比较和参照，从而使我们了解到在必然历史中的吊诡和回转。当然，作为一部个人史，必然要面对个人命运，他在口述中毫不掩饰地讲述了自己的一生：从20世纪二三十年代普遍"左"倾、充满活力的年轻知识精英分子中的一员，向一个力图保持清醒思考，在有限的条件下为祖国服务的独立知识分子的转变过程。所有这一切，在书中始终能得以客观的叙述，在叙述主体与政治事件以及社会波动之间，既保持一定距离，又置身其内。仅就这一点来看，除非具备一种大智慧，否则很难做到这一点。

事实上，周老有自己的"生存之道"。可能会有些人误解我这句话的意思，这里的"生存之道"不是什么犬儒主义和明哲保身，而是一种坚忍、达观精神支配下的生活方式，一种沉默中的思想砥砺。在最严酷的情形下，他都保持了人的尊严：不说假话，不背叛真理，不出卖别人。与他接触过，还有那些偶然认识他的人，都觉得这是一个无与伦比的人，他总是那么温厚、沉稳、克制，与他的妻子张允和相濡以沫，度过了那些艰难的岁月。

早些年，北京好几个图书馆的管理员都认识他。20世纪70年代周有光先生经常进出各大图书馆找书、查资料，年纪虽大从不说累，有时一呆就是一整天。放在高处的书，他还要搬一个小梯子，上上下下去取书，这也挺让人担心的，但他总是若无其事，找到书后就埋头看起来，或带回家中。他如此善良，却如此坚定，给人留下太深的印象。出入图书馆，他总是带着微笑，好像这个动荡的岁月一点也不妨碍他探究和思想似的。

周有光先生的这本"百年口述"是豁达的、客观的，也是幽默的、自嘲的。

对一些伤害过他的人，他并不存有什么芥蒂，总觉得是这个社会土壤和时代风气使然，而对那些帮助过他的人，他是念念不忘的。周有光先生对自己的成就，往往付之一笑，对自己碰到的一些奇人趣事，或生命中意想不到的结果，总是穿插上一些自我调侃的"画外音"。

而对那些最重要的事件和变故的处理，他的基调是：悲悯、达观、平和。包括对战时逃难、粮荒灾难、饥饿时期和"文革"动乱，人民所受的折磨、洗劫和困顿，他时常抱有巨大的同情心，而对自己和家庭遭受的磨难，则采取豁达的态度对待之。当然，抗战期间幼女小禾夭折，给他留下了不可弥合的创伤。在"五七干校"中，他最难受的事，是陈光垚吐血去世、"走资派"的悲惨遭遇和倪海曙的赶马车受伤，而不是自己的境遇。这正是周有光能度过多重劫难的精神基石。

依我的理解，周老之所以要做这个口述，并不仅仅是为自己"立此存照"，留下一幅个人和时代的精神肖像而已。做百年口述，就是以个人经验和经历作为启蒙的工具和材料。启蒙，仍然是启蒙！对家国、社群和行将消失的事物，周有光先生以启蒙之光打亮它们，赋予万事万物以人性、常识和精神的意味，不至于听凭它们在万劫不复的黑暗中沉沦与湮没。这使我想起张洁一篇小说的标题：《爱，是不能忘记的》。

于是，我们在这本周老的口述史中看到，他是如何做这些启蒙工作的。如果说他的《文集》中的那些有关语言文字学、文化学和经济社会随笔组成了一个开启民智、引领世界文化之潮的"交响曲"的话，那么，这部"百年口述"就是个人经验被中国和世界现代化之光激活的、与读者极为亲近的启蒙精神"室内乐"。

四

读着周老的这本"百年口述"，我突然感到，他本身就是一部传奇般的历史。作为读者，我的人生就包含在他的生命内部，我的"个人史"在某种意义上就由这个"他者"个人史书写出来了，以至于产生一种近乎奇幻的感觉，我们之间的关联是如此密切，不可分割。比如，我出生在1958年，正好是周先生等人推出汉语拼音方案的元年；我不可能直接了解自己年幼时的社会环境，周老的口述史正好弥补了这个缺陷，因为周先生所述的是他亲历的"信史"。他生命中经历的大事件，从"打麻雀"到"大炼钢铁"，人民公社化与粮荒，"文革"和"牛棚"，"破四旧"与铺天盖地的大字报，还有林彪"自我爆炸"、唐山大地震，编织了我所能真正理解的时空之网，恰好标明了我所降临的人世，是怎样一种已经预设好的"史无前例"的境遇。

更重要的是，周有光先生从不悲观。而周老对未来的信心，恰恰是建立在长时段、大尺度和长远眼光之上的。无论是中国还是世界，他总是抱着顺应历史进化和达观的态度，充满了内在的激情。他看待天下大势，就是将世界与本土互为参照，使之彼此穿透，获得新的坐标。

与此同时，我们看到了周老在百年口述中引人注目的另一面。那就是他在这百年变化莫测历史中的"定力"，他所独具的人格魅力。无论是政治运动、战争灾祸、重大转折，还是自身转型中的种种变故，面对一些突如其来的事件，他始终保持生命的底色，保持相当稳定的精神状态，对他长期形成的观念和价值，从不轻易改变而又有所灵活运用。正如资中筠先生说的，周老"完全超越了世俗的是非名利，宠辱不惊"，"周老已经彻底摆脱这一切，所以总能对自己的看法充满自信，面对种种荒谬之事，乃至涉及自己的无理与不公，都能付之一笑"。①

作为百年的时代证人，同时又是参与者和观察者，周有光既是积极介入的，又是超然的。这部"百年口述"的叙述基调，是将热心肠和冷色调参合在一起。

"文革"期间，周有光先生在宁夏平罗住"牛棚"，环境十分恶劣，水电和燃料十分匮乏，他的任务之一是烧炉子，对于像他这样年纪的人来说，仍是很繁重的活计。但他在口述中依然细致地描绘周围的环境，农民的生活状况，干活的程序和诀窍，说"我烧的这些煤矸石，烧了以后就把它一块块弄出来，弄得很好。有一次我还受到表扬，说我烧炉子没有灭，还省了许多煤"。

他在种黄瓜和经济作物时，又想到了国际市场的行情，把它与厄瓜多尔的香蕉、以色列的农作物联系在一起，还经常思考宁夏这样一个艰苦地区的经济发展问题。种完稻子之后，他居然还有心情研究苋苋草的特性和用途，观察大雁粪雨奇观，对大雁拉屎时的军事化、集体化程度做了详细的记录。

无事可做的时候，带一本《新华字典》做字形分析，做音韵、偏旁和复合字研究，最后还幽默地说："因为我用一本《新华字典》做材料、做研究，是不犯法的。"后来他把这样的研究材料整理成一本书，书名就叫《汉字声旁读音便查》。

---

① 周有光.我的人生故事[M].北京：当代中国出版社，2013：191.

翻阅这本还飘着书香的《逝年如水》，当我读到346页中这一段时，内心五味俱陈，最后不禁为之动容：

> 在平罗种田，我做的最困难的就是挑秧。秧是湿漉漉的，全是水。田埂很窄，大概只有五寸宽，有的地方还不到五寸，滑得不得了。没有办法穿鞋，因为都是泥巴。你穿了鞋，这个鞋就陷在泥里，没有办法走路，一定会跌跟斗。挑秧，要从田埂上走过去，挑到插秧的地方，这一段路是非常困难的。我做这个工作大概做了三个半天。走这个又软又滑的小田埂，要有技巧。走快了不行，否则没有踩稳，人会跌倒的，那就满身都是泥浆了，而且还会被骂。走得太慢了也不行，太慢了你的脚就粘住了。所以速度要掌握好，要一脚踩稳赶快往前迈，这样维持身体的平衡，不会跌倒。我呀，居然没有一次跌倒在田里。这件事呵，我到今天觉得还对自己非常满意。我那个时候已经65岁了，还能挑秧，在又滑又烂的小路上田埂上走。

在阅读周有光先生"百年口述"的原始文本过程中，始终有喜悦、凝重和会意等诸多心情伴随着我。在这里，最大的感触是周老是个行知合一，同时具备思想和行动激情的人，也是将科学精神和人文关怀结合得极为到位的人。当然，他身上的首要特质依然是"科学",在书中我每每感到他对事物感知之精细,可以用"洞悉幽微"来形容。他从不忘记以事实、细节和数据来说话。记忆的凹槽之所以那么深刻,总是与记忆过程中的"用心"有关。对于七、八十年之前的人和事,他都能挑检出来,从幽昧不明之处移向阳光朗照之所,这完全得益于"所思"的深刻,或者"举一反三"之到位。

在周老那里,科学精神是骨骼,人文关怀是其内心景观。他的叙述又是那么从容,简直到了异常平静的地步,不能不使人发出一声喟叹。一般而言,最为自信的人,往往会表现得出奇的冷峻或平和。周先生在叙述个人史的过程中,确实有极其冷峻的一面,有时甚至会觉得不近人情。而周老对底层百姓的生活、边缘人物的命运、亲属邻居中的小人物遭际,却充满了关怀、同情和施以援手的坚定。

我们在周老的口述中,看到了一种包容、宽厚和正义感,看到他性格中的另一面:不妥协,而又注意抗争的策略。在他身上,更多的是温和、温情和"温良恭俭让"的文人士大夫传统,尽管从根本上讲,他是个世界主义者,是个接受现代国际文化洗礼的知识分子。他从来就倡导躬行亲历,从来就不以激进为乐,从来就在历史的深处寻找因由和答案。他的个性中最值得称道的地方,是阅人无数而从不炫夸,与无数人共事而从不无端挑剔,经历无数事件却从不照搬经验、自以为是。他对世上万物永远有好奇心,对专业哪怕是自己最精专的汉语拼音和语言文字学,从来不以权威自居,也从不孤立地研究各种专业：从经济学、语言文字学到文化学。他的人格力量还在于能够严格检视自己的内心，承认自己在一些问题上没有很好把握尺度，甚至还有不少错失。本真，是这个世界上最强大的力量。一个百岁老人的本真与透彻，足以影响千百万人。

在我看来，周老的通脱，来自他长期独自开凿"精神隧洞"，一旦贯通之后的豁然开朗，更源于他对于心智、勇气和个人经验的完整熔铸。在痛苦思索人、社会和历史，特别是自己亲身经历的事件和变故之后，眼界和胸怀更为高远。他已经站在文明和世界整体性历史的高地来观察事物。他将普遍人性中最为宝贵的成分，加以淬炼和提纯，升华为精神之尖顶，指示着我们在跋涉途中寻找的新的目标，这正是他在"启蒙"工作中发出的最迷人的光芒。

人们也许会问，周老孤独吗？当然。我们都想象不出，这个老人是如何迎接他的那些朋辈甚至晚辈的凋零的，一定是每次都带给他思念、怀想与记忆。不但如此，走掉一个可以畅谈或长谈的友朋，就是语言连同记忆的消失，生命中的一部分也随之而去，就像一个日全食的过程。思想的金环固然留存，情感的亏损如此不堪补救。比如，他的妻子张允和，他的那些著名的连襟们（如沈从文、傅汉思，还有昆曲名家顾传玠），他的那些重要的同气相求的友人，他们的陨落都发生在周有光老人的视线中。无法描述这位大善大智之人，如何面对这一次次的锥心之痛。

他的一位忠实的学生,也是早已退休的语言学教授,曾亲口对我说过:"没有人能知道周老的孤独感有多深,不过你必须明白一点:几代人中的佼佼者都在他之前消失了,他还能找谁说出内心最想说,也只有那些人能听懂的话?"

这是周有光老人的"百年孤独":交织着风与帆、巨涛与礁石、阳光与霰雪、树与根、玫瑰与时间,刻上了自清末民初以来几个时代的印记,带着他的汉语拼音系统与妻子的昆曲之魅。

这孤独,已转为一种神秘的信号,进入人们的脑子,搅动着血与雪,成为一种铁铸的文字,围绕着极为恒久的气息与微笑。

同样是在《四个四重奏》中,艾略特这样结束他的诗篇,允许我借此献给杰出的启蒙者周有光先生:

> 有了这种爱和这种召唤声在心间和耳边
>
> 我们不会停止探索
>
> 而我们探索的终端
>
> 将是我们启程的地点
>
> 我们生平第一次知道的地方
>
> 穿过未知的、记忆中的大门
>
> 留待发现的世界最后的那块地方
>
> 就是我们过去的出发点
>
> 在最长的河流的源头

隐蔽的瀑布声

苹果林里孩子的欢笑

这些欢笑声不被人们所知

因为人们没有去寻找

只是在海潮间隙的寂静里

听到，隐隐约约地听到

啊，快，此地，此时，永远——

一种极其单纯的境界

（付的代价不比一切东西少）

当火舌绞成火结

烈火与玫瑰合二而一时

一切都会平安无事

世界万物也会平安无事①

2014 年

---

① 艾略特《四个四重奏》。

梨园戏

一

对戏剧的迷恋，会使一个人浑然忘却身世、处境和由来，更有甚者，如我的大学同学兼挚友依民兄说的："她的魂就是你的魂"。这里说的"她"，是指梨园戏《朱文太平钱》中的旦角"一粒金"。当然，也可以把"她"理解为戏剧本身。

也许，戏剧是更重要的人生。

此番"打马"去了泉州城，我们一伙（依民、诗人伤水和我）直奔新门街芳草园边的"梨园古典剧院"。这次我们仨是看戏、踩街、赏花灯，放下一切心事和杂念。元宵节是中国人的狂欢节，从香菱失踪到陈三遇五娘，都因为有了这个宝马引诱香车、前胸紧贴后背、金钗银饰一地散落的日子。与踩街的欢呼雀跃相对应，剧院那厢早已鼓乐齐鸣，帷幕微启了。

那颗心呵，任是打进死牢、沉入深塘，也会挣扎出来，看一眼锦衣绣服里的妖娆身段，听一段急管繁弦中的婉转唱腔，哪怕又得转回苦难与死寂。更何况，那些剧中人、戏中鬼，正唱着念着与你对谈呢。

我的故乡台州，与南戏诞生地温州毗邻。我从小就喜欢看戏，"戏文""乱弹"和"做戏人（演员）"，这些词儿和很多戏台场景是烂熟于心的。伤水说，他的外公就是当地很有影响力的"戏贾（gǔ）"，也就是乡村戏剧生活中的"经纪人"。隔着温岭而居的玉环人伤水，其外祖父居然是"戏贾"，真没想到。

儿时，我父亲经常数落我的话是："你为何非得等到大团圆了才回家？"当然是指我看戏时一定要"整本落"（一场完整的表演），要彻底知道结局（"大团圆"）方才归家。父亲有一个经常使用的比喻，给我印象很深。当他说某人"不会自行退出历史舞台"时，会扔出一句："唉！小花脸不杀落棚弗罢休"。棚，又叫"戏棚台"，也就是"戏台"。父亲会拉二胡，不过我没有看见他上过"戏棚台"。还记得外公经营商业的地方，就有一座台柱斑驳、屋檐拱起、颇有气势的"戏棚台"。我小时候经常与最小的舅舅一起，围着时有幻影和回声隐现的"戏棚台"四周，不停地追逐打闹。

这次奔到泉州，要接连两夜看梨园戏，包括《朱买臣》《王十朋》和《朱文太平钱》这三场折子戏。想起来都要笑出声：去千里之外的泉州饱览梨园戏，是何其光鲜体面、愉悦灵魂的事!

　　这件事的始作俑者是我。自那年一位泉州朋友送了我一套十五卷本的《泉州传统戏曲丛书》之后,一直存有到泉州"饕餮"梨园戏、傀儡戏和南音的欲望,我还跟依民和伤水说,为了彻底实现这个愿望,经常能看到这些心仪的戏剧,可以考虑搬家到厦门去。当然这也不十分现实,毕竟年过半百了嘛。私下里我还有一个心愿,希图在我的诗歌里,裹挟着丝丝南音和闽南语汇,犹如往软糯清香的嘉兴粽子里嵌入滋味悠长的豆沙馅。我一直很喜欢"异质"的东西,足可与"本体"拼贴、镶嵌和映衬。

　　我自小看的大约多是乱弹、莲花落和越剧,而泉州的梨园戏则是南戏遗响,虽用闽南语说唱,流行于闽南语区域,却"搬演南宋戏文唱念声腔",已有八百余年历史了。在车上,我们还问起"南音"与"梨园戏"的关系,依民兄一句话就把它说清楚了:"南音好比元散曲,梨园戏就如元杂剧"。

　　戏剧欲被唤起了,就难以平抑。何况是这么美妙、奇特的剧种,中国戏曲的"活化石"。

　　有一年在杭州与胡志毅等人一起观摩台湾一家剧社演出的《艳歌行》,看着这一汲取传统南音乐曲与梨园科步精髓,利用梨园戏的手姿、脚步、身形,配合南音古乐编排而成的古典乐舞,心早就飞越千山跑到福建去了。此后又与依民、伤水到泉州看了一出傀儡戏《小沙弥下山》,表演者是个年轻人,身手矫捷,那木偶神态生动,意趣盎然,把我们逗乐了。

所有这些,都愈加激发了去泉州观剧的迫切心情。元宵节前夕,我终于得以成行,去泉州看梨园戏。

二

我是相信还魂术的
当一粒金在舞台深处久久伫立,
当一粒金浮出神龛,从人世尽头,款款而来。
不动而浑身是戏,动则全貌是虚
幻就是真了,你的魂就是她的魄了
我因而相信鬼魂可附身
相信替身与真身的合一,相信你流的是别人的泪水
"走鬼"时你迈的是我的腿
我看到内心,用的是你的眼睛
我抬起数码相机对准戏台的一粒金,却摄无其影
我明明摁下了快门,却遍寻无迹
真实的鬼魂应该有着它真实的影子
南音,伴随洞箫、琵琶、唢呐和流逝的身段
竟有些弯曲。俚谚和科诨,只能随用现在的闽南口语。

影子有一张无形的脸

有形着失去的人生

在梨园戏里,我们都是故人,都是异乡的故人

记起看戏前踩街,无数假面少年

清醒中从事着梦游

我相信借尸能还魂,影子唤醒背后的肉身

想想我生活的人世,我真乐意替身朱文

秉烛书斋,岚清拂面,一脸仙气。木门兀自响起

轻叩声

以上是观看梨园戏《朱文太平钱》之后,我们中的诗人伤水写下的一首诗,算得上是"目击与追忆"了。

伤水这首观剧诗充满了悖论和韵味,摹写虚幻和实在,灵魂与肉体,鬼魂与真身之间的冲突与和解。诗的题目也很奇特,叫《元宵夜,鲤城,与自亮兄、依民兄观看梨园戏朱文太平钱》,有点像东坡《正月二十日与潘郭二生出郊寻春忽记去年是日同至女王城作诗乃和前韵》之类的诗题,这里有纪录片般的观剧情景,也有古道热肠的友人情谊。在这个匮乏的时代,这些事物是何等宝贵。

诗写出来之后,贴在他的博客上,我看见后马上把它转载到自己的博客《航海者日志》里,并写了一段评语,不料引发了我的另一个同学兼好友陈文育的关注,他在我的博客上放了一个帖子:"诗中读出'鬼气',一妙;'鬼气'直通'传统戏文',二妙;让人联想到生活中的偶然或瞬间,三

妙。"还不解恨,他又补上这么一句:"诗能至此,已绝。"

女诗人子梵梅在伤水这首诗后面写下一句很有意思的话:"我听南音也有你这样的体验,甚至还夹杂有惊骇。"伤水紧接着这句话说道:"何止惊骇,我都失魄了。"还有一个叫漫青的网友评论说:"是这样的感觉:恍恍惚惚,失魂落魄。"看来,观梨园戏,听南音,不止我们仨有这种迷离无措的感觉。大抵生性敏感、情怀细腻之人,沉浸其间,就会产生哀伤、悲悯、讶异和惊骇之感,种种思绪或迭加或幻化,随戏进入奇境,设想在一些瞬间也许竟然夺去人们的尘世魂魄。

戏剧何能夺魄?梨园戏为何令人灵魂出窍?《朱文太平钱》焉能让我们的诗人写下这首亦幻亦真、堪称绝响的杰出诗行?这些天我一直在想着这些问题,甚至为此深深失眠。

《朱文太平钱》是宋元南戏剧目,明代《永乐大典》卷13989,戏文25 著录,题作《朱文鬼赠太平钱》,剧本散失无存。《南九宫十三调曲谱》〔黄钟赚〕散曲"集六十二家戏文名"中说:"昔有朱文,太平钱鬼为缔姻"。据此可知,这出戏是敷衍人与鬼的恋爱故事。

现有的旧写残本,是清代道光年间闽南七子班艺人的演出本《朱文走鬼》,残存《赠绣箧》《试茶》《认真容》《走鬼》《相认》五出。这残本的存世,却有几分传奇色彩,据说,一位老人在门前泡茶乘晾时,忽然瞥见眼前走过收破烂的一堆杂物中似有曲牌之类的字眼,便叫住收破烂的,竟拣出这一绝世孤本。

我国的传统戏剧，多半是以艺人口传心授的方式流传下来，很多戏没有文字的"剧本"，但艺人中稍通文墨的，也会传抄一些，或者只有某一角色的"单片"，或者只抄几折，而不一定有完整的"剧本"。《朱文太平钱》正是这种抄本。

剧写宋代东京书生朱文，投宿西京王行首店中，店主亡女"一粒金"（又作"一摄金"）的鬼魂以乞火为名来到朱文房中，彼此相爱，结为夫妻。女赠以装有五百文太平钱的绣箧，而朱文却始终没有察觉她是鬼魂。其后，王家茶馆新张，请朱文试茶，朱不慎将绣箧遗失，被店主拾得，询问之下，朱文方知王女已死，连夜逃走。鬼魂追及，责其负心，经过解释，两人复归于好。

人和鬼的故事，向来就有。民间常有流传，文人也喜欢杜撰这些故事，最好的当然是蒲松龄之《聊斋志异》了。不管是口口相传，还是文字留存，往往都是令人倾绝，说不尽的昏晓幻觉之美，道不完的人鬼玄狐沟通之技，而惊风倏雨之势，隔墙逾垣之影，更平添阴阳两界的惊怵之魅；书生红颜，魑魅魍魉，反衬着尘世的无情与无常，鬼魅妖狐却充满了人情与人性。

而《朱文太平钱》却完全不同。通常的鬼魅与尘世沟通故事，都是鬼出于生前遭际来迷惑活着的人，或尽情诱惑，或达至交媾，最终原形毕露，倏忽消失。而在朱文太平钱一戏中，非但"一粒金"这女鬼如此可爱，渐次获得朱文的好感，结为夫妻，而且被发觉后，朱文逃走，"一粒金"紧追，女鬼不仅没有表现出任何愧赧之意，还责备朱文忘却情义，负心抛别。看到这里，我们不禁大有惊异，实在于内心取消了人鬼之畛域，反觉得朱文这书生"不够意思"。

在爱情和生死面前，人追鬼是"痴情"和"执迷不悟"，而鬼追人就是"惊骇"和"令人失魄"，而人与鬼真的实现相爱和交媾，则是穿越现实，阴阳重合，不可思议了。这显然是中国式的"魔幻现实主义"，在汉语言主流文化圈里不登大雅的事，却在闽浙这样一个长期以来相对封闭和自洽的文化圈中长驱直入，并显得如此超迈隽永。

在我看来，在《朱文太平钱》这场戏中，生与死、丑与美、人与鬼、时与空，故事与情感，幻觉与实在，人物与对白，还有场景、空间、时序、伦理、悖谬、反讽、惊骇，什么元素都具备了，而且穿插得浑然一体，丝丝入扣。

三

散场之后，走在泉州城里闹过元宵、观过花灯、"踩"过"街"的路上，看着见满地纸屑、糖果和玩具，意犹未尽的我们，开始大谈刚看过的梨园戏《朱文太平钱》。

在《赠绣箧》《认真容》《走鬼》三折戏中，我们对《睹真容》饰"一粒金"的旦角赞赏不已：戏演得活，扮相好，出场时披白纱，念白时而音韵吐玉，时而气若游丝，表示是"鬼"；这之后，就不用白纱了，真真切切，完全是人的形象；显示真容时，绣服玉簪，纯洁曼妙，到"走鬼"时她一转身飞来，很快就赶上了朱文，令朱文感到是"鬼"，但经一番解释，也就信然。在观众眼里，这"女鬼"一粒金，并无任何"鬼气"，只是多变场景中的"如花美眷"。

尤其朱文和王行首夫妻瞥见的"一粒金""真容"，气韵生动，异常传神，在声光电的舞美效果作用下，扮演者面对尘世喧嚣凝然不动，久久伫立，面目姣好而神态自若，自远及近，渐渐移向舞台前方，似乎朝着观众款步而至，煞是好看。依民有一个极为恰切而精到的评语：

"一动不动，浑身是戏。"

为什么能做到"一动不动，浑身是戏"？后来伤水在那首诗中发展而成的诗句"不动而浑身是戏，动则全貌是虚"，究竟向我们提示了什么？我的理解是，"一粒金"这鬼魂的生前"真容"，是由真人形象在舞台上塑造的，扮演者此刻的"一动不动"，其实就是最深切的"唤起"，一切联想和空无力量的唤起，尽管"不动"，却能穿透尘世和幽冥，"戏剧时空"在此自然交织，此其一；"一粒金""真容"的出现，是死者鬼魂的突然降临，对其父母王行首夫妇说来，启示了一种尚未最后未泯的良知与亲情（当然伴随着骇异），而朱文刚刚与"一粒金"分手，却突然目睹她生前的"真容"，自然是惊骇不已，"不动"的"一粒金"猛然搅动了所有人的魂魄与内心，此其二；扮演者自身的气质、装束和仪态，哪怕不动身子，不说一词，都是在"说"，不唱一句，都是在

"唱",都在进入"戏眼",都居于舞台中心,都能引发观众想象力和内在视野的狂热展开,此其三也。

一切艺术的本质,皆在唤起人类的普遍情感,激发内在的悲悯或狂欢,亦即拨动内心最深沉的那根"弦",以"行为、情景和语言"引发"共鸣"。故事也好,念白也罢,唱腔和身段展示也一样,不在于"动"或"不动",复杂还是单纯,比兴还是铺排,关键在于是否对人心有所触动,对人性是否有所体察,对事物的发展是否有所暗示,或是否在反讽、悖谬和警示中对世人有所启示。

君不见,《朱文太平钱》一上来就唱和声"哩罗琏罗哩罗吔",唤起了一种穿生透死的氛围;特别是那些感人的情节,包括朱文因客舍清寂,独坐孤灯,唱曲解闷,"一粒金"以乞火点灯为由,进房与朱文"纠缠",最后谈身世,赠绣箧,内绣一朵白牡丹,并藏有五百文太平钱,作为定情物,都使得人们顿时柔肠百结。

朱文与"一粒金"素昧平生,虽有人鬼之根本差异,却阴差阳错,在青春、爱和欲望的鼓动下,渐次接近、相依并气息相投,以至于打破不可突破的界限,做了情人,成为眷属。在被鬼魂所追的过程中,朱文在"一粒金"的围追堵截和严厉责备下,已经人鬼不分,只能重续前缘了。所有这些不可思议的事件,前所未有的幻境,都得到观众的理解和同情,以至于能推动故事发展至高潮。

四

"子不语怪力乱神",这一点《论语》说得很清楚,但闽浙之地,古时多瘴疠湿气,山海交织,人文另类,人情异殊,特别是"衣冠南渡,八姓入闽"后,更是造就了一种迥异于中原的艺文民俗,呈现出一种文化杂交优势,精神资源多样性亦得以体现,这就不是"子不语"能够解决的了。

我们看的那几场梨园戏折子中,有许多精彩的对白,实在匪夷所思,而以闽南语为基础,极具地域特点和生活气息的唱腔念白,种种妙处,难以尽言。只要你能平心静气进入那些特定情境,无不为之内心雀跃,备受鼓舞,或若有所思,沉吟不已——

[旦白]引姑,你说伊很富,查某孙亦不信。[丑白]鸣,你不信,你阿姑说富人度你听。[唱]田园万顷,早早富姓。[旦白]引姑,伊很富,亦无当初石崇的富,许多江山,亦都坏尽了。[丑白]石崇伊是古时人,我亦都不识伊。卜论孙大官人,伊人名声却是好。[旦白]想伊到拙好?[丑白]嗳,查某孙啊。[唱]伊人名声真钦敬,那是未娶一婚姻。(梨园戏《王十朋》第二出《说亲》)

旦角与媒婆在对白中居然在议论嫁娶和贫富时,提到石崇而且对历史人物进行一番褒贬，尤其是很自然地引出一个结论："伊很富，亦无当初石崇的富，许多江山，亦都坏尽了。"这简直是神来之笔。梨园戏的丰富性和民间艺人知人论世的精辟，跃然纸上。

由于梨园戏和南音中，保持了很多中古时代的理念、思维、行为和细节，无论是《王十朋》《朱买臣》还是《朱文太平钱》，在观看的时候，始终觉得古人那种生存姿态和生活情景的重现和复活，对我们是一种极大的诱惑，尤其在那灯光舞美、唱腔身段、衣饰道具的交互作用下，有一种穿越时空的恍惚感，深得古今交融的审美快感，以及两种异质文化碰撞所激发的惊奇。

有时候嵌合和反衬就是创造，且为更具力量和美感的创造。对于我这样一个企图吸收异质文化长处，并希望能在汉文化内部多种子文化系统之间接受碰撞的人来说，无异是身处氛围、语言和戏剧的大观园，当然是大喜过望了。

还有更多的好处和奥妙在等着呢！那两个晚上，我们伫在观看梨园戏时，对剧中的那些俚谚和科诨也是直觉得兴会空前。那些邻里对骂、轿夫俚语、媒婆行话还有小丑式人物的插科打诨，恕我直言，当下的剧作家们一辈子都写不出一行。梨园戏中那种粗口里的真理，混账话中的哲学，骂街吵架的高论，喂饱了我们的戏剧胃口。

五

戏剧真的死了吗？中国戏剧需要"复兴"吗？

泉州之行，令我明白一点，那就是戏剧依然活在民间、活在舞台。戏剧从来没有死去，只不过它更多地活跃在底层，显露在社会最具活力的那个层面。活跃在乡村的"草台班子"，婚丧嫁娶仪式中的戏剧成分和片段，皆为明证。当然也在都市时而见到它的身影，戏剧就像生活本身一样，刻意寻找也许遍寻无着，不经意间她会向你走来。

而且戏剧的元素已经在现代社会中普遍溶解和焊接了。比如我们经常说的"悬念""职场如剧场""事件"和"包装"，行为艺术和表演性，政治流行语和特定场景的插科打诨，都可以视作戏剧行为。我们有时还说某人"放不下身段"，两人唱红白脸，某君"大打出手"以至于像个"武生"和"丑角"，也是正儿八百的戏剧行话。我们也会评价这个社会，说如今人们都很会表演，而那些演员却很蹩脚。还有什么比"今日唱歌震山吼，明日押送菜市口"这样的"新童谣"更有戏剧性呢？生活，远比戏剧多变、惊悚和曲折。

事实上，梨园戏和南音、傀儡戏没有什么时候消停过，就是"文革"这一小段历史，也禁不住在那些角角落落里依然飘出一声悠扬的南音，在底层人群中，猛然出演一段经过改头换面的梨园戏。我这次到泉州、厦门一带，对此感触颇深，也稍有惊讶。

这不是什么孤立事件。以往我在温州和台州一带寻访历史古迹和文化遗产时，经常看到在出海、节庆、婚嫁、祈愿、出殡和祝寿等场合，那些台阁、高跷、"大奏鼓"和"细吹亭"，或加入的戏曲元素，或直接当做戏曲来演绎。那些戏曲，就演在我们日常生活里，我们生活在戏曲之中。

这次在泉州看戏，还戏剧性地遇上剧作家王仁杰，让人喜出望外。在厦门大学出版社工作的依民兄与仁杰先生有交谊，这次看梨园戏的戏票，就是仁杰先生送给我们的。我和伤水对仁杰先生本无了解，在赴泉州途中依民向我们介绍颇久，多少有点令人惊讶的是，他认为王仁杰是在世的戏曲作家中最优秀的，或者竟可以说是"伟大"的，他还盛赞其古典诗人的情怀和修为，让写诗的我和伤水不禁神往倾慕。在剧院门口，我们见到了仁杰先生，闹哄哄中只是简短地交谈了几句，就进剧场了。

开幕之前，我和伤水出来过个烟瘾，恰好仁杰先生也在休息处，于是我们攀谈起来，很快就"打成一片"了。这位曾经的苏俄文学的爱好者，如今的梨园戏创作大家，如此温和而率真，无拘无束地与我们交流起来，就像昨天刚分手的老友。所谓的民间和"草根社会"，确然是藏龙卧虎之地。可是这只"戏剧之虎"，却如此的貌不惊人，行藏从容。若他站在街头，不熟悉的人还以为是个退休职工或老街坊呢！

仁杰先生送给我们他的剧作集《三畏斋剧稿》，饶宗颐题写的书名，收集了他的12个剧本，包括梨园戏《董生与李氏》《节妇吟》《枫林晚》《陈仲子》《皂隶与女贼》《蔡文姬》《琵琶行》《邯郸记》和《唐琬》等。按惯例，我们少不了请他在所送的书上给我们签个名，但他告诉我们无法做这件事，原来近年他因病无法执笔写字了。

　　这是一个与传统戏曲一样有强大生命力的人。我问他，在这种情形下怎么写作？他说就在手机上写。他最近的几个剧本，就是以这种极其特殊的书写方式诞生的。这真是没有想到的事！这时，剧院里鼓乐大作，我和伤水依然伴着仁杰先生定然坐着，各燃一支烟，共度一段无言时光，几团烟雾包围着我们，"伴随洞箫、琵琶、唢呐和流逝的身段"。

　　仁杰先生在中国戏剧界获得多少奖项并不重要，重要的是他作品的分量，他的生存姿态和美学理想，他的戏剧性人生。正如廖奔先生在他的《古典优雅——谈王仁杰》一文中写的：

　　"仁杰对于传统的谦逊、诚恳与敬畏态度是出了名的，他最切责时代作手对传统尚不知一二，动辄求新求变，他本人的创作则法古于梨园戏而斤斤守护之。古老的梨园戏因为一直躲在八闽大地的一隅，躲在淳厚民风民俗的最后保留地，静观人世巨变、沧桑陆沉，幸而不为历次社会灾变所遏，历七百余载而一脉存活至今，于是就有了仁杰今天的受惠，也就有了他的'兴灭国继绝世'将梨园戏张扬弘大，这是仁杰之幸拟或梨园戏之幸？而他对曲牌体的古典剧种梨园戏继而昆曲的承袭与偏爱，自然得到不同于板腔体的近代剧种创作的曲词功夫与诗意境界，这当然是仁杰之幸。

"他长在生旦情爱对子戏的试探、窥觉、嘲弄、调侃，紧紧抓住观众的情趣和注意力，围绕戏核层层剥笋，从而做出人情与人性的绝大文章。这使他掘到了传统戏曲尤其梨园戏的精髓，能够在坚守剧种品格的前提下，为我们提供一场场精神与娱乐的盛宴。但他的创作较狭于对社会生活面的覆盖，常局限于孤男寡女的意惹情牵，于一以贯之的洁傲孤酸文人的逞志啜嚅之外，缺乏些铁琵铜琶之声。但，这也无妨于他的绝佳成就了。"

王评章先生在《仁杰印象》一文中，也提到对仁杰那些令人难忘的印象——

"仁杰既热烈又散淡，身上有浓浓的书卷气，有些清高，但确是当今少有的面目清爽的人。他的戏意境、文字的古诗文之美几乎不让明传奇，且又更加简洁干净。他善得人物之情之意之趣，尤其是书生文人，其文化心理人格与人性之欲望情感的矛盾，写来极尽宛转曼妙，一点私情私念，藏藏掖掖却又永远捉襟见肘，自我陶醉复自我清算，其戏亦即其趣，自然生动，能越过人情打动人性，让人于自我克制时获得自我解放，于自我解放时又不敢释然，故于浊世又有清爽、亲切、可爱之处，于人心紧张提防之世又有人性的一刻轻松复原。他将自己入戏，他的男性主人公都有他自己性格、生命的某种侧面、倒影；女性主人公则是他对女性情感、欲望天才的想象与理解。"

我愿意抄录一首王仁杰先生的七律,来结束此文:

板荡百年不认宗,九原恸哭诗书空。
焉知鲁壁躲秦火,留得梨园唱汉宫。
节义千丝骨血里,斯文一息江湖中。
风尘沦落我安哉,燃尽残躯画小虫。

2012 年 3 月 17 日二稿
2012 年 11 月 10 日改定

足球、摇滚乐及其崇拜者

一

我时常为一些海洋般神秘起伏、在喧嚣中席卷一切的事物和场景所折服、所感化,并彻底为之身心瓦解。我似乎在这一消解的过程中找到一种令人销魂的陶醉和归属之感。显而易见,出现在我们日常生活中的这些事物或场景,往往带有某种膜拜的性质和史诗般的宏阔,其放轶的、令人晕眩的画面,可以与任何一次历史转折关头声势浩大的群众性集会相媲美,也能够同屡次大规模的暴动、起义或宗族械斗、宗教征战一样,取得一种史诗般的震惊感:或一呼百诺、众志成城,或激荡人心、迅速蔓延。

这些事物发展到后来,往往有仪式、有教义、有偶像,门徒中为之献身燔祭者有之,举事骚乱者有之,不同教派之间东征西讨、互相厮拼,完全符合所有称得上"宗教"的那种现象的特征。人们谈论它们时，时常带着十分虔诚的神情和无限仰慕的眼光，使用"圈子"里的语言和近似"切口"的词汇，或夸夸其谈，或小声密谋。而那些教主们碰在一块，有点象中世纪政教合一的那些年头，各个教区和领地的人们聚在一起议论某些敏感的话题，神色严峻，深不可测。它们到底是什么呢？我以为，最能传达现代宗教气息，最富有狂热精神和感染力的，就是摇滚乐和足球。

摇滚乐和足球似乎象一对孪生的神降临到这个世界上。它们的使命是在一个消失了神性的时代煽动对生活本身的崇拜，不时制造出盛大的渎神节日。显然，这是一对特殊的神，它就住在我们附近，使我们备受折磨又倍感亲切。摇滚乐和足球天生就有一种暴力倾向和煽情品格。在一些著名的音乐节或晚会上，我们听完"摇滚"踏上回家的路，脑际还在响着震耳的声音：铜乐器是那样的暴烈，弦乐器是那样的细腻，诉说着爱情、造反、吸毒，去而往返的狂乱。歌手发出沙哑而富有磁性的声音，举手投足之间带上迷狂神态，伴随着挑逗和决绝，哀鸣和嚎叫，这种声音在夜空中激荡盘旋，让人领受了一种不可抗拒的感召力，瞥见了新"上帝"的容颜。有时，舞台上下一歌百哼，乐迷们涕泗纵横，左右摇摆，不知所云，心甘情愿地作了灵魂和感官的俘虏。发展到后来，这种音乐会以舞台表演取代苍白无力的灵感。要么是性错乱，戴维·鲍伊、纽约玩偶乐队，他们男扮女装或女扮男装，浓抹艳服，玩弄着隐晦的性游戏，要么利用出自奇想的道具：

蛇、火、五彩烟火、闪光的帷幔，爱丽斯·库珀出其不意地登场了。

至于足球，它的比赛场面就更令人感到胸中炽烈、血脉偾张了。一场实况转播的意大利甲级联赛，让全世界数以亿计的观众目不转睛地看下去，你能说得清多少个家庭为一次罚球操心，多少个朋友为一个黄牌警告而大打出手呢？记得有一个晚上，中国队在卡塔尔比拼，大概是意想不到地进了一个球，平时死气沉沉的公寓里突然爆发出一阵冲决一切的欢呼，那声音就像越狱成功了似的振奋和快慰，简直不可思议。为了看一场精彩的足球赛，那些白天忙活了一天的男人会在半夜里起床，有时干脆整夜不睡。那部叫《西雅图不眠夜》的电影，只要改动一个词，就变成《足球不眠夜》，刚好可以用在这群人身上。一次闲聊的时候，大学时的老同学告诉我，他那位读中学的可爱女儿是一个忠诚的球迷，对尤文图斯队情有独钟，一旦碰到尤文图斯队有赛事，总是早早收拾停当，穿上一套带有尤文图斯队徽记的运动服，像开始作祷告仪式似，惶恐不安地打开电视机。

爱球如斯，堪复何言！

二

詹妮斯·乔弗林，这位上个世纪60年代最著名的摇滚女歌手，尽管她的生命短暂，却以低沉而沙哑的嗓音，咆哮般的尖叫和呼号，以及几乎像动物一般的恣情放纵，征服了所有的观众。作为女歌手，她并没有天使的容貌和娇好的身材，却有着无比狂热的信仰和追求，其歌声充满哀怨和戏剧色彩，有时显得声嘶力竭，似乎她整个身体都在歌唱。那首《球和锁链》就让她获得了一切荣耀和赞美之词。她站在舞台上的时候，头发披散，眼神恍惚，嗓音时而撕心裂肺，时而温文尔雅，时而高亢嘹亮，时而低沉徘徊，就像一个女巫和天使的混合体，詹妮斯·乔弗林非常熟练地控制了听众的感觉和心灵。

的确，在那些充满反叛和动摇的年代里，摇滚乐以它的冲击性和暴力手段，回应着一代人的质询及其发泄精力的需要，既成为一类非政治的群众的"政治宣言"，又表达了他们生命中不可遏止的野性冲动。起先这种音乐处于社会的边缘，它在丰富自己的同时，社会基础扩大了，把广泛的、杂七杂八的人都包括进来了，不仅符合商业需求，而且也对应一种要求激进、要求明确表现自己的愿望。就像当年基督教的流播，最终被罗马帝国所接受一样，摇滚乐在扩展自己的信徒队伍的过程中，成就了它本身，成为当代音乐的主流之一，几十年来，它的地位如日中天，有相当多的歌曲被认为是不朽的经典。新的造山运动开始了。歌曲集《随心所欲》广泛传播不久，鲍勃·迪伦就成了对现状不满的一代的歌手了。依照大众音乐的传统，他增添上自己那种辛辣苦涩的诗意，打破了美国社会的一切禁忌，青年们，尤其是大学生，把他看作他们自己始终耿耿于怀的质询的呼声。他成了他们的偶像。

20世纪80年代开始，中国也有了自己的摇滚乐。在我所接触的歌手里面，能够真切地表达内心的解放感，以一种真正的批判性的眼光打量周遭一切的，是非常稀罕的。他们要么还没有诞生，要么被扼杀掉了：葬送于媚俗和捧杀。他们唱来唱去逃不出红卫兵的腔调或街头痞子的习气，既没有民间音乐艺术的成分，也不具备前卫品质。在西方，一般而言民歌，特殊而言鲍勃·迪伦，或者为节日欢乐击节而唱，歌唱人类，鼓掌喝彩，或者鼓吹反抗，成为深层次现实的瞬间性表现。从技术性的层面看，我们那些摇滚歌手往往患了"声嘶力竭虚脱症"，他们用手势制造共鸣，以怪调震慑台下狂热而幼稚的青年，引人发笑。当然，真正的歌手可能隐藏在灰色的人群之中，没有为世人所认识。记得去年在"纯真年代"酒吧开张典礼上，绍斌兄介绍我认识了杨一，这位在生活中沉默寡言的歌手，在众人面前自弹自唱，具有迅速熔铸和表述生活的能力，略微沙哑的嗓音，忧郁迷惘的眼神，他总是在不经意的瞬间把我们的生存状态掀翻在地，让我们回头看一看生活中更为辛酸而真实一面，足以显示这位歌手存在的独立价值。

尽管如此，流行音乐特别是摇滚乐，已经在其演变过程中，伴随着描述日常生活、发现想象世界，交织着音乐、哲学、政治的因素，还表现为一种宗教信仰，就是说，人与人之间的心灵联系，导致一种行动，争取人成为自由人、创造者而在某种集体中灿烂开放。这里既有甲壳虫乐队在《露西带着钻石在天空飞翔》中的橘子树、果酱色的天空和有着一双如同万花筒般的眼睛的小姑娘；也有西蒙和加丰凯尔在其歌曲中关于如何面对孤独和隔离的启示。他们在演唱时发出的教堂唱诗班领唱般的嗓音，在音乐中流露出来的沉思默想，给这个年代里人们焦躁的心态带来一种无比的安慰。

大凡著名歌手抵达城市之日，就是万人空巷之时。诸神的黄昏是如此的璀璨夺目，以至于南方明净的星空也黯然失色。去年，整整影响了中国一代人的香港歌手罗大佑来这里演唱，我所置身的诺大的体育场几乎座无虚席，他出场时看台上无数观众手持发亮的小棒，向这位儒雅而激情四射的前医生发出震天动地的欢呼。这与我多年前在一个遥远而模糊的午后，同几个朋友一起打开唱机聆听他歌声的情景大相异趣，但总算找到了一个完整的罗大佑，我这一代人心中挥之不去的罗。而眼下当红的歌手就不同了。最近一次王菲等人来了，我带着儿子去看表演，就在预告王菲乘车登台的一刹那，整个体育中心场内的几万人，几乎人人都想涌上前去一睹芳容。在一片混乱之中，我十三岁的儿子转眼间不见了。我的邻座让我不必紧张，说你的儿子肯定是去找他的偶像去了。直到儿子兴奋地带着汗珠回来，我才明白：一代人自有一代人追求偶像的方式，大可安心睡觉了。

其实偶像自身也何尝不是如此呢？在舞台装饰和灯光布

景以及所营造的气氛的烘托下，歌手握紧麦克风这个唯一的道具，整个身心溶化在音响的魔力之中。音乐卷裹着他，渗透着他，把他整个儿浸泡起来，直到他有时就像吸了毒一般的境界。节奏作为基础，低音支配一切，两者有时合而为一，给肉体以致命的重击。听不再仅仅用耳朵，还要用肚子，乃至整个躯干，每一声震颤都像对灵魂之门的一次撞击。

音乐使人获得片刻的陶醉，借以逃脱平凡的生活，但曲终人散之后，仍然像平素那样各奔前程。这就是流行音乐的两重性：一方面，它自身孕育着颠覆，艺术和社会价值观的颠覆，揭示出革命是一种伟大的欠缺；另一方面，它梦想着天堂，贸然投入想象可能的未来世界，相信单单凭借觉醒就可以达到这个梦中境界，并且耽于这种满足感，对现存制度毫无持久的影响。当然，这也对摇滚乐经久不衰的生存环境带来直接的好处，一代又一代人将在这种音乐背景中成长和奔忙。

三

足球，这种遵循自由落体运动定律和惯性作用法则的可视之物，无论它被球员用头去顶破天空还是重新落回草地，始终没有逃脱我们讨论日常事物时的那种口吻和打量它时的寻常目光。问题是它已经逸出体育的游戏规则，在社会这个更为开阔的层面和形而上的诱人高度上稳当地占有一席之地了。

　　这个貌不惊人的球状体,被人一脚踢进大雅之堂,在这个资源有限的世界上,被不惜成本地鼓吹着、传播着、议论着,最后让孩子们入睡时怀抱着。事实上,它的边际成本和投入产出之间的变量关系,足可以画出一个漂亮的椭圆形曲线,只要你不是那么无端地嫉妒这个伟大的足球运动。它确乎振兴了一个庞大的产业,并造就了一个人数非常可观的食利者阶层。

　　足球运动不仅在全世界建立了一个球体帝国,而且已经树起一面信仰的大纛,在五大洲上空迎风招展。当年亚历山大、恺撒和拿破仑未竟的事业居然由足球来完成了,成吉思汗横跨欧亚大陆的雄心比起世界足球锦标赛的凯旋仪式来也是微不足道的。足球真是一个令人困惑的谜团,如果汉姆莱特再世的话,他也会扯着衣襟,面对上苍大声地发问:"它是谁?为什么会这样?这是一个问题。"

　　非常有趣的是,多年前,一位西班牙作家对这种球体仪式有着生动的描述和极为辛辣的嘲讽。说的是某个星期天的下午,来自另一星系的人类学家正在地球上空盘旋,观察正在顶礼膜拜的地球人,就在马德里,他毫不费力地发现了一座巨大的露天教堂,那里聚集着成千上万的朝圣者,他们身着白色与紫色相间的长披肩,陷入一种自我感知式的心醉神迷的境界,他们一边整齐的摇晃着身体,一边吟唱着重复的经文。接着,牧师们到场了——分为两队,每队身着显然具有象征意义的色彩，白色代表天国，红色代表血祭和毒火。这显然是一种二神宗教。

善与恶之间的斗争是在位于教堂中央的绿草茵茵的神坛上展开的。代表这场战争的神物是一个粗糙的行星状的象征物体，它上面绘有不少线条、圆弧和曲线。这个神物在"地球"和"天堂"之间猛烈地来回摇晃着，这显然同样是对世界上的物质与道德的发展过程所进行的模拟。它似乎不时地被一张网所吞没，这张网象征着某个毁灭宇宙万物之力的神灵所设的深渊。但神物又被仁慈地吐出，象征着整个世界被吐出来，获得了赦免。于是具有象征意义的善与恶的斗争重新开始。

看到这里，我们猛然醒悟过来，原来这位作家用一种尖刻而幽默的笔法去描述，并不遗余力地加以嘲讽的对象，竟然就是伟大的足球运动。当然，他的本意是挖苦世俗主义和人类学本身，不过他还是揭示了一条更深层次的真理：世俗的生活是对宗教的模仿。

在今天的人群中，几乎每一个稍有影响的团体或阶层都抱定一个崇拜对象和礼仪程式不肯放过，如女权主义之于"女神意识"，科学家之于基因和双螺旋体，军人之于航母和导弹，商人之于销售网络和利润率，不一而足。而足球，则满足了所有人的崇拜心理，不分种族，无论老少，消除了贵贱的畛域，抹平了财富、职业、性别的界线。当阿根廷与英国两支足球队的队员们在绿茵场上紧紧拥抱在一起时，人们是来不及去回忆马岛之战留下的不快的，而法兰西共和国总统看到一个前殖民地国家把球踢赢时，也会顾不上什么体面，会霍然起立大鼓其掌的。这个本来并不起眼，如今满地旋转的足球，倒是为这个千疮百孔的世界增添了为数不多的欢快。

从观赏和审美的角度看，与摇滚乐相比，足球更有情节和悬念，在演绎和炫技上更接近古典音乐。这些年来，足球运动在高度竞技性中普遍加上了那么一些炫耀的成分，于是，我们不仅看到了令人叹为观止的不懈跑动，让任何对手胆寒的疯狂抢逼，更多地看到了准确到位的顶球姿势，令人眼花缭乱的带球路线，传球过程中的漂亮弧线，刁钻古怪的进球角度。足球这一种狂热的运动讲究起风格来了。

尽管马拉多纳或罗纳尔多在球场上多少有点像古罗马竞技场上的角斗士，被人们欢呼喝彩却浑身血痕，但这些悲剧人物却是当代的命运宠儿。这些足球之神，头顶上的光环给无数人的视觉带来巨大的冲击，造神运动总是发生在没有神的年代里。有些新登场的满脸稚气的球星，说不定今天还刚刚从南美洲的那些到处积水或灰尘飞扬的街角冲杀出来，或在他们的同龄人面前以他们的灵巧稚嫩的身体，表演不让球落地的颠球、接球、传球、控球的美妙动作，明天就坐上奔驰、坎迪拉克之类的高级轿车，出入美女如云的场合，被媒体大吹大擂。这些"神"的头顶不发晕才是奇迹呢！

足球运动算得上是喋血运动。还没有听说过"歌剧院歹徒"或"书店滋事者"，而足球场上每年都会出现这一类的寻衅者。嘘声、辱骂、打人，甚至酿成更大的惨祸。至于黑哨事件和俱乐部交易黑幕，更是家常便饭了。足球是一位浑身带着冲突和血腥味的上帝，我们却为它制造的力和美而感动得不断流泪。

2000 年 6 月 17 日，于杭州

第四辑 大理石的闪耀

第五辑

吾土吾族

人世间

瞽　者

　　城门里没有阳光，墙壁布满了苔藓和葛藤，一条老街正好穿越城门，川流不息的人群似乎进入了一个巨大而深陷的眼眶，好一会儿才走出阴影。一群盲人就坐在城门墙角的石凳子上，手执檀板、胡琴，或守着一个插满竹签的木箱，地上摊放着各种用稀奇古怪的字体书写的告示。过往行人中有驻足求签的，有准备坐下来算命测字的。盲者发出职业性的嘶哑的声音，嘴角微微翕动，样子极为古怪。那对混浊的眼珠泛出鱼鳞的光泽，标志他遭逢过一场灾难性的命运。由这群盲人来注释行人的身世与归宿，真是再恰当不过了。在扰攘的人群里，我很少看见目光炯炯的人替同类算命的。

　　这堵城墙上，谁也不清楚到底镌刻着多少苦难与阳光。

有时会看到行人微笑着从口袋里掏钱，给盲人以适当的酬报；也有转忧为喜者迈着轻快的脚步，消逝在茫茫人海之中。其实，在这里生辰八字和降生地并不太重要，关键是你向盲人探询和倾诉身世时所发出的声音，到底包含着多少焦灼、忧虑的成分。你所关怀的是房舍、诉讼抑或病痛，甚至是子孙辈的前途。你并不是在寻求归宿，而是和箕踞于城门口那个帝王似的瞽者进行一场事关重大的对话，你们不停地周旋着。这群以算命、测字为生的盲人，凭着生命的体验、相书上传授的省察术和天生的聪颖，竟然能分毫不爽地为你展示一幅纷扰如蚁群的众生相，描画出你生活的图景，触及你的隐痛并敷上一些安慰的话语，使你不禁为之动容，震慑于神明在冥冥之中的威力，最后完全被征服了。

　　这就是瞽者的力量。他们能预卜命运，凡俗之人目力所及无非几里路，却往往不知明夕为何夕，他年栖何处。瞽者是安详的，没有什么东西能使他们目移神迷了，除了对命运的诘问。一个现象世界丧失，新的境界得以显现。即使是那些目不识丁的盲人，也往往表现出与其他残疾者不同的气质。我们只要留心观察，就会发现他们常常处于谛听和费神揣摩的状态，脸部流露出一种困惑的神情。眼球本来是五官中最为生动变化的器官，盲人的眼凝然不动的样子，常常使孩子们感到惊骇。瞽者常给人以神秘之感。我最爱怜那些盲童了，抚摸着他们的双肩时，常想，造物主为何这样残酷地剥夺这些孩子的万象之窗，却赋予其秀慧之气质呢？我的故乡称盲者为"花眼人",我起先很不理解这种称呼,直到最近一次,想起白居易《钱塘湖春行》里的两句诗:"乱花渐欲迷人眼,浅草才能没马蹄",才知道先辈对盲者的了解该有多深!

我们有时见到一些流落他乡的盲人,常与家人结伴,走门串户唱些凄婉的小调,换取钱和食物。盲者对音乐特别敏感,所以古人以瞽者为乐官。《书·胤征》"瞽奏鼓"是也。音乐几近天籁,民间盲艺人阿炳即是一例。诗与乐相通之处甚多,伟大的史诗《伊里亚特》和《奥德赛》据说就是到处行吟的古希腊盲者荷马的杰作。盲人有一种天生的漂泊意识,又具备内敛的本性,那些有修养的盲者,洞察历史,审视人世,比常人更深沉成熟。阿根廷伟大诗人、作家博尔赫斯晚年失明,却放射出陨石般的美的光彩。他在诗中写道:"如今伴我留下的/唯有朦胧的光、紧缠的影/和一元初始的金。哦、西方,哦,虎/哦,更美更贵重的金啊/这双手渴求着你的金发。"(《虎的金》)是的,这是一双失眠的、孤独的、渴望爱抚的伟大的手!

然而蛰居城门的瞽者更为孤独。他们曾经是命运的弃儿,现在又俨然高踞于人的命运之上,眼眶里有一道隐约的光,这是一切幻象的源泉。瞽者与求签问卜者隔着这片宁静而暗淡的沼泽,仅仅看到这道隐约的光……深陷而布满阴影的城门也是孤独的。黄昏时分,喧嚣声消退了,瞽者拾掇好,摸索着,踽踽离去。唯有高耸的城墙,在月光下发出冷冷的、不可捉摸的光，反射出这座城市是如何的盲目、冲动和蠢笨。

1994 年 9 月

匠　人

历来，我们对匠人怀有深深的敬意。在这个世界上活着，谁能离得开五行八作？连我们自己也经常手捏尖嘴钳、榔头，耳边还夹着一支粗芯铅笔，捣鼓半天。正是工匠们把我们的家收拾得干净、明亮、惬意。偶尔，我们还陪匠人喝上一口，云里雾里，吹一会儿牛。

匠人身穿短衫，散发出来的是好闻的木屑味极重的气息。我们的确欣赏匠人下楼梯时的背影。

晚上在客厅里高谈阔论时，谁还仰慕匠人呢？高脚杯里闪着济慈、魏尔仑、兰波，满屋子飘荡着熏人的事物，声音是轻柔的、藏有机锋的。这时我们开始攻击匠人了，说匠人身上匠气十足，某某是个平庸无奇的人，脸上一副木匠的表情。我们对匠人的态度是出尔反尔的。

而我曾经居住过的那条街别有一种生气，我的邻居都是匠人。

我出生在那只足以容纳婴孩的笨拙的大脚盆里。据说，这只脚盆几个兄弟都睡过。而且，在坊间形形色色的脚桶（就是那种称之为"脚盆"的)中，正好是高高的，可以碰到床沿的那一只。这种桶，谈不上有多少精致之处，匠人们无非是用些松木，刨、削凿，再用榫头接上，以铁箍围之，劈劈啪啪，满街都能听到这种敲打声。我一生都能闻到一种松木的微香，做事顶真，充满匠气，恐怕同降生在这只木桶里有关。

沿着这条街走去，到处是做木桶的、敲白铁的、制秤杆的、弹棉花的、造家具的、侍弄佛龛的、琢磨首饰的……奇巧淫技，天工开物，使我目眩神迷。大家各忙各的，苦中有乐。有些匠人一生都在做同一件事，却从没有厌倦之态，带着徒弟，拥有一群子女，比某位躲在书房里察看碎片，大发宏论，捎带标榜妻室的戏演得好，并且得了个什么奖，做着九十年代的"青年导师"的所谓"名家"更为踌躇满志呢。无论如何你在匠人身上看到更多的是细微、敏捷和完美。匠人耗费一生，精益求精，了无时日。那些著名的匠人，几近大师。在青田、东阳或黄岩，能碰上石雕、木雕、翻簧等行当的老匠人，你准会惊叹他们的一手绝技。那走马援笔的神态，使你感到这些人的手简直是天授的。他们对细枝末节的不倦热情，使人倾倒。真不知道匠人们对纹理、颗粒和脉络的把握，是天启还是永久观察所致。前不久，我收到一位微雕专家托人送来的作品，取放大镜一看，上面是我的一首诗《冬雨》，其刀锋、气势和布局之精到、和谐，完全超出了我的想像，不禁大喜过望。匠人们高超、自信，下手时每每精确无误，好的匠人有一种卓越感，几臻完善。

匠人与大师相比，最大的不同，是他们给这个世界奠定基石，直至平整、妥帖、坚实，而大师在这之上建造高耸的纪念碑，并刻上自己的姓氏。有人给这种现象起了一个动听的名字，叫"分工"。

匠人履历简单，却不等于没有身世感。比如，娶了一个毫无匠气的老板的女儿，或在某个大清早起来时瞥见地板上有血迹，想起半夜的那声尖叫。他们吃饭、穿衣、下棋、做生活（劳作），认定就该这样活着，没有别的活法，每一件该做的事都是铁铸的、天设的。匠人不轻易烧香拜佛，尽管娘们在灶前屋后摆个神龛之类的，匠人并不去长久注视它们。

匠人都有一段学徒时期的辛酸悲怆的经历。所谓学徒，开始的那些日子，不过是奴婢的生活。在我们这条街上，冬天起得最早的是小学徒和挑水的。店铺一开，闪出一张睡眼蒙眬的年轻的脸，接着是生火，做饭，打开店门。弄妥帖一应物事，再送师傅的孩子上学。向老匠人和店主学艺，要做到眼明手快，还要揣摩，就像初习字者，临帖时得琢磨出一撇一捺的奥妙之处，不寻常之笔。

学徒吃师傅的"饭"可不是一件轻松的事，要随时留心师傅师母甚至公子的碗中还剩多少，不时扔下自己的饭碗，手脚麻利地给他们添上。学徒吃饭不可能细嚼，不能发出声响，不要给全家人弄得慌慌张张的。师傅吃完了，你还在吃，那是要遭白眼的。民间常把做一件棘手的事说成"这碗饭不好吃",在理。入夏,学徒们一身臭汗,傍晚赶快到街上买蚊香,搬躺椅,擦净凉席,以备师傅享用。天快晏时,就要擦美孚灯(煤油灯)。擦灯讲究得很,要呵一口气,让玻璃灯罩"出雾",再用元书纸或干净的纱布拭之,里里外外,如此反复者三,直到凑着天日余光,觉得纤毫不留、干净之极为止。这些活儿,我都干过,故能念念不忘。三年下来,满师了。如果师傅想挽留你,还得再延长一段时间。不过那时已不再是徒弟了:做师兄、领班或"小老师头",再给师傅、店主卖命,继续熬一段时间,总有一天会"出头"。

有一次,我经过一家著名的店铺,见匠人率领全家老小在吃饭,很起劲,其声响仿佛都能传出好远。一看,碟里只剩下不多的酱瓜、炝蟹和笋干。七十年代并不奢侈。看到几张嘴巴一起咀嚼着匠人的手艺、汗滴和没有青春的日子,不禁悲从中来,旋又转为快慰——匠人毕竟没有太多的饥馑之虞,其处境在那年头还算是好的。

我至今还没有见过说话滔滔不绝的匠人,匠人们爱听"三国",下棋,煮酒。我常常怀疑现在还有没有真正的匠人——身怀绝活,沉默,对女人温存有加。

1995 年 8 月

医　家

郎中，老百姓有时尊称为"医家"，正如有的朋友见我藏书颇丰，戏称我为"书家"一样。

在我的印象中，称得上"医家"的，有两位。一位是陈梦赉，久居乡间，美髯，酡颜，手不释卷，是个典型的乡绅。他声名远播的一个重要原因，既是太医，又对中医史很有造诣，涉猎医、史、诗，功力极深。梦赉先生在方圆几十里妇孺皆知，有口皆碑。我在八十年代去看他老人家时，见他行动有些不便，但下笔时精神不减。我手头有一张他开的方，珍藏着。他那时记得我，仿佛还笑了，样子很慈祥。

我年幼羸弱，父母经常带我去请梦赉先生看病，吃了好多的药。梦赉开的方，药头并不重，每每恰到好处。为图个吉利，母亲请先生给我另取一名，依照谐音，改动一字，也就是使用至今的名字了。

梦赉先生的孙子，有继承祖传衣钵的，学有所成，叫时风，同我年龄相仿，据说还成了小有名气的收藏家。

梦赉先生藏书惊人，交游颇广。兵荒马乱的年头，"绿壳"（强盗）来他家劫掠，据说他把家中的所有钥匙往桌子上一扔，除了书籍不能碰，任其搜刮。处变不惊，视书如性命，一至于此。"破四旧"开始后，他的书难逃一劫，别人家的"四旧"用车拉，他的书则用船运到县城。实在舍不得的秘珍善本，他就悄悄藏到亲戚友人家里，采取地道战术。那时我小，只是记得有一个黄昏，父母把梦赉先生的一包裹的书塞进一个隐秘的墙角里，并嘱咐我不能偷看。好奇的我，一天趁父母不在，还是取出几本书，翻了几页，天书一般，一行也看不懂，只得放回那袋里去。这样的医家，如今恐怕罕见了。在日本，称之为"国宝"。

另有一位姓盛的医家，是邻居。他的儿子是我的同学，有交谊，所以经常去他家玩。"文革"期间，个人诊所几乎绝迹，工农兵除了去上海、杭州大医院看病，就是去大队找赤脚医生。盛先生比较特别，他自己中风偏瘫，生活不能自理，上头也就破例同意他办私人诊所。盛先生手不能握笔，只能口授医方，由公子执笔记录。高明的医术使得他的店堂热闹非凡，特别是集市日，农民先看病再赶市，也有先赶市再看病的——只要病不急。盛先生说的话，只有他家里的人才清楚——发音不清是他病后落下的根，报药名时，似乎满街都能听见，这一带的百姓都熟悉这声音，以至盛先生去世后，邻居们因为听不到这声音，反觉不自在了。

我那时整天粘在他家，店堂内外乱窜，闻得药味久了，好像自己也成了小伙计似的。我依稀还能辨认茯苓、党参、甘草、三七、白术、金银花、杞子，记得"望问闻切"之类，还有脉象、气色等等，都是在盛先生的店堂里无意间得到的。盛先生吃饭前后，还跟我开点玩笑，我也无所顾忌，逗他乐。有些话我听不清，我的同学——盛先生的公子就替我翻译。我记得后院还有一块空地，加工炮制贮藏中草药的好场所，到处是好闻的中药味儿，厢房里还放着几把椅子，成了我们聊天的一大乐园。盛先生，真是一个老幼咸宜"与群众打成一片"的医家。

医家要谋生，在人世间占有一席之地，做事讲究，非同一般，少不了断文识字，熟读《金匮方略》《医宗金鉴》，翻翻《黄帝内经》，得把汤头歌诀背得滚瓜烂熟，同时要积累临床经验，举一反三，要学会"观言察色"——要敏感，迅捷作出反应。医家不能凭小聪明行事，对经络、气血、征候须有一个总体把握，这就是我们称之为"基本功"的东西。对病人，大多数医家和颜悦色。对患者家人向他喋喋不休倾诉的细节，有些表面上看起来风马牛不相及的事要耐心听，又不能被这些琐事淹没，以至无所适从。医家从这一点上讲，真有点将相风度。医家讲究节制，不愠不怒，不卑不亢，谈何容易。如果将医家纳入理工农医的范畴，或归入五行八作之列，那么，我敢肯定，医家有点特别：他们是有内心世界和精神生活的一群。

民间对著名的医家钦佩不已，如华佗，如李时珍。我们这个民族，数千年绵延不绝，依我看，中医起了绝大的作用。你瞧，任何乡村僻壤，不出方圆几十里，就会有几个中医，起码有一二个中草药铺子。凡有人群的地方必有医家，医术稍好些的，都备受尊崇。医家养家糊口靠医术，而且常常子嗣承传，发扬祖业。如今中医药业又不同了，虽说有点衰微的样子，但它不断推而广之也是不容置疑的，推拿、针灸，同印度的瑜伽术一样时髦。

医家温文似水，洗净人群的种种疮瘢。医家居住的寓所，有天竺葵，有明净的窗户，那把发出黯淡的光芒的镇纸，抵挡灾异，使万千生灵自若如常。医家，是我们时常去按他家门铃的人。我们不仅去向他倾诉病痛，还想与他彻夜长谈。

1995年10月

贩　夫

有一些人"不事稼穑"却整日奔波忙碌，满面尘灰，不时露出劳顿之后的笑容，那双手粗糙、有劲，机警的眼睛能洞察世事，收藏四季，时而泛出哀悯、期待和狂喜的光泽。随时随地可以见到他们的身影，听见他们的自言自语，这就是贩夫。

古人将贩夫与走卒并提，有失省察。走卒更为机械麻木，倚仗那双踏平崎岖的脚，连结人间，传达消息。贩夫不然。

我们以前经常这样说，某某是战争贩子。这句话传递了一个"信息"：似乎贩子能大到发动战争，搅得满世界沸沸扬扬、洪水滔天。贩子是有能量的。他的能量就是"交通"，随时走动、勾连，起着纽带作用。人类某些纽带是极其危险的，不可过头。贩子赚钱的同时，还时常向路人散布一些观点和新闻，我见过形形色色的贩子，各有千秋：京畿的商人见多识广，在做生意时跟你拉呱，纵论古今，甚至强加给你一些使人瞠目结舌的意见，而僻壤的贩子则跟你没完没了地论短长，絮絮聒聒，把街头巷尾的事物加以编辑，有板有眼，有时还会把担子搁下，跟老街坊说一段"智取生辰纲"。

贩夫细腻。他们挑着担子，推着车，摆着摊，对眼前的行人、游客和主妇们，仔细打量，仿佛能一眼看出你的心事，你想要什么，他心里有谱。贩夫掐指算计：张三李四缺什么，王二麻子家新近有变故，还有什么时令风行何种货物。换作这几年，电视上说海湾打起来了，就赶紧进一些"飞毛腿"导弹之类的玩具运进有孩子的院落。闰八月，天热得要命，凉席、风扇是顶要紧的，他们摆得满街都是。据说，当年王永庆还是米店小伙计，他除了腿勤之外，还有一个特长，就是用心。谁家的米缸还剩多少米，老婆婆手头的钱只能买几斤，他全摸得一清二楚，准时背上一袋米送过去，使街坊们赞不绝口。

贩夫善变。比如，你跟一个卖布的讨价还价，他心里是有底的，而你却傻乎乎的只要便宜，他变戏法似的拿出一块极糟的，或难看的过时布片，说：你要便宜吗？这一块最便宜，使你哭笑不得。他又接着说，你要漂亮的那一块，也可以还个价，不过你得让我保个本，不要让我一家三口喝西北风了。瞧，穿在你身上有多漂亮、神气，你更年轻、更帅了，拿去吧，零头也不收你了，再会！卖苹果的更有经验，把最好的苹果，个头大、品种好，像红富士什么的，放在摊中最显眼的位置，你来挑，他说别乱动，我车里还有更好的，刚运到，没有摆出来。你掀开盖子一看，以为这一堆是更鲜亮的，实际上却有细微的差别，正在犹豫之际，贩子不容你开口，以惊雷不及掩耳的速度，把那些他认为好的苹果放在秤盘里去了，说：便宜一些，便宜一些，看你是个老实人，决不会让你吃亏，给钱，三十五元六角，六角就不要你了。

贩夫们既不放纵，亦不悲观。正像朗费罗说的，活着，使今天的路比昨天走得更长。我的邻居中，有一个典范的贩夫，贩毕必喝，向来点到即止，看上去脸膛红润，嗓门洪亮。喝酒有用，以利再战。贩夫对生活的要求不苛刻，实际上也不鄙琐，与杂货店老板有很大的区别。英国人念念不忘女首相的父亲是开杂货店的，恐怕有点道理。贩夫有时还在家里领导时代新潮流，街上流行红裙子，他也会给女儿买一件，冷不防还抱回一个微波炉，放在一大堆陈旧的家具中，鹤立鸡群的样子。贩夫是现实主义者中较为热烈的一种人，是浪漫派中的冷峻者。

贩夫不寻常。贩夫常常是大商人的先驱，那些坚忍不拔、具有伟大意志力的贩夫，十年、二十年后成为巨贾或者是叱咤一方的风云人物，每每忆念年轻时的贩卖生涯、街头见识、世态人情，都流露出一种无限的惆怅和感慨，说一句：那种日子无拘无束，多自在！当他们拿起手提电话时，觉得远没有握秤杆时灵活、自如、洒脱。贩夫神了。

1995 年 9 月

艺 人

凡有人群的地方，都分左中右。艺人亦然。最常见的是那一群：领班的手执竹枝，身材高大，眼神狡黠；随后走出的是琴师鼓手，哼着小调，步履踉跄；几个抬行李的小伙计，或许是跑龙套的，满面灰尘，流着汗，吭哧地向你走来，肋骨分明是仓廪的柱石，负荷过重。最后是谁？"停止跳动的心脏中／走出一个来历不明的女孩／用肮脏的手／去河边捧起自己顽石般升起的脸。"（拙作《咏流浪艺人》）

张艺谋制作的《摇啊摇，摇到外婆桥》，使我开了眼界，一睹旧上海艺人的姿容和作派。但我坐在影院时就感到有点将信将疑：当年沪上的夜总会不见得如此闹猛，那些艺人的气质中似乎羼杂了当今的普洛文化的成分，过于狂放，旋风似的让人喘不过气来。当然导演的意图是明显的，渲染主角在献艺和生活中的强烈反差，勾勒出一种苍凉，一个宿命的途径。

多年了，我在乡村见到过不少流浪艺人。一个献艺的卖梨膏糖者，口技极好，还兼着说书，他站在小矮凳上扮鬼脸的样子给孩子们以莫大的欢乐，半夜后，幽幽的月光照耀着那条被遗弃的板凳，一地热情的糖纸。有一种民间剧团，说不定是临时拼凑的，在乡村搭台演戏时看上去人人都很卖力，但当他们夜归走近木桥时，会突然停止说笑，默默地越过那条哗哗作响的河流，引来邻人执着而异样的目光。相对稳定的是那些"说书人"。有时走进一个茶馆，闻得说书人檀板响起之时，挥泪斩马谡的刀斧也落下了，引起全场的一片唏嘘。

那时我就想：艺人回家时也那么逗人，吃饭时也有声有色么？艺人的孩子会贪得无厌地向父母恳求再演一遍好让他们过过瘾么？

有一次我在一个大杂院里见到自幼熟悉的评书艺人，正在起劲地刷牙，还生火做饭，与邻居聊天，全然是一个普通人的样子，毫无"技巧"可言，那些炫技的"噱头"都从他身上消失殆尽，很是失望。但终于明白了一些事理：谋生之道与日常生活，可以全然不相干，干脆还能并行不悖。正如《病夫治国》一书描述的那些领袖们，病笃呻吟不绝，但只要助手附耳告知，外边有新闻记者等着，他们居然能霍然而起，在镁光灯前有神有采的，脸色现出光泽。

艺人是演艺与"过日子"的边缘人，把黑夜与白天颠倒着过，畸畸零零的，一年到头没完没了地做、念、唱，他们有完整的思绪和精神吗？我想不能一概而论。谁说无奈与颠簸感就不是一种确切不移的感受呢？起码，他们要比那些浑浑噩噩的纨绔者，清朗明白得多，头脑健全得多。我曾经在杭州与一位剧团的团长谈论过演员的生活，他说，谁能体味他们的境况就体会到全部的人生了。如果说每一群人都像一种曲子的话，艺人是所有曲子中最繁复又浑然一体的那支曲子。

我们再换一个视角去看艺人，可以说这样的话：一个质朴的老农回头看自己的一生，用十几个句子就能交代清楚，而几乎所有的艺人，都拥有一部说不尽的历史，夹缠、起伏、交错，有时命运感涌上他们的眼睛，几颗大大的浑浊的泪珠就在他们的眼眶里转动，慢慢落下。艺人幼时跟学徒的经历相似，又不相同。一般的学徒，吃尽千般苦，可能是同一种苦，而艺人学艺不是光用一个"吃苦"所能囊括的。不信，请你翻一翻《春琴抄》，日本人谷崎润一郎写的，说到佐助向春琴学三味弦的那些段落，真是动人心魄，那种在魔界与天堂之间游移的情景，历历在目。我见过几位艺人，说起学艺生涯，常常情不自禁地伸出胳膊或露出后背，让你看看疤痕，几乎每一块疤痕就是一段教人闻之动容的往事。而成熟的艺人，表演到动情之处，也会流露出一种沧桑之感，眼神是澄澈的，又是复杂多变的，那双指向天空的手，青筋暴露，透出无限的迷惘。

演员，甚至是那些杰出的演员，常常自谦为"卖艺的"。这句话人们不可过于当真。在演员的心目中，他们自己与"卖艺的"之间是有一条鸿沟的，特别是那些生存能力强，演技达到炉火纯青程度的演员，心里决不以为自己是"卖艺的"。

纵使那些伟大的演员，毕竟是整天滚打念唱，与舞台结下不解之缘，其高贵的气质背后，难免有一些艺人习惯留着。中国当代的演员，如过眼烟云，忘记的多，铭刻在心者稀。我最佩服的是英若诚，他是舞台和银幕上的独领风骚者，非常杰出。他在《马可·波罗》中饰忽必烈，容颜苍老，内心却显得非凡、丰茂。最后那双手在马背上畏惧而渴望地抚摩着的样子，几次蹬马滑落下来的细节，叫人终生不忘，那是大演员才能做出的。他还演过阿瑟·密勒的《推销员之死》，博得剧作家本人的激赏。有一次坐在电视机前，我却看到他出现在一个热闹的场面，与全家一起，听任某位主持人的摆布，演出小品，实在不敢恭维。我马上关掉电视，心想，还是不要再看下去的好，免得坏了平素对他的好印象。

夏天，偶尔在杭州经过西山路，湖畔有盖叫天的墓。不禁回头频频，注视良久。盖叫天这样的人物，近百年难得一个。艺人臻于此境，可谓倜傥。京华冠盖，都可休矣。

1995 年 10 月

鸿洲秘史

一

我的老家,是浙江东南沿海的一个百年老镇。

说"百年",是远不止的。它建于明末清初,少说也有三百年历史了。这个名叫"洪家"的地方,跟"洪秀全"或"洪门"没有丝毫关系,是个滨海平原地区(有几处丘陵点缀其间),旧时隶属黄岩县,靠近商贾云集的路桥,与素有"小上海"之称的海门(今台州市椒江区)毗邻,兼得渔猎耕作之利。换句话说,既有渔民捕捞的鲜活鱼虾、海岸船舷的奔放意象,又具江南农耕地区的民间信仰、物候节气与过节程序。

我家就坐落在老街的丁字路口,拥有一个店铺。

倘若正好碰上年末集市,只能用"人仰马翻"来形容我家那种忙乱了。附近的居民包括来自远处村落的农民,都在这一天赶来交易和购置年货，吆喝声、讨价还价声和算子落盘声，加上与孩子失散时年轻父母的哭喊声，真正称得上是一阕"人间交响曲"。大家最重视春节前最后一个集市，过了这一天就市声凋零了，各家自成体系地过起年来。这一天，我家店铺从天刚亮开启，直到深夜时才能闭关，疲惫不堪的父母亲还要指挥着我们几个兄弟一起动手，整理和打扫街边屋内，一直忙到半夜。如果恰恰这一天是腊月廿四，就算赶上了"掸蓬壅"（大扫除）的习俗，还得祭灶送神。

灶神在浙江东南沿海一带是很重要的，意味着平安、富足、康健，一年里无火烛之灾。虽然我的少年时代是灰暗、窘困、动荡、运动一个接着一个的岁月，但春节时的祈福还是必不可少的，因为人们不希望有更大的灾祸降临，或者抱着改变命运的永恒希图。接着就是为过年做准备的"打冻"（天冷正好可以冷冻鱼和肉）和"包粽（子）"。从腊月廿四开始，每天都有安排，一切围绕着"过年"这两个字。

宰鸡杀猪的日子，好像是在腊月廿六那天。这一天，我们这些孩子们就围观杀猪的现场，一只只肥猪被抬上桌子，要好几位青壮年才能摁住，杀猪刀寒光闪闪，手起刀落，猪血流满一地，看得我们很不自在，就赶紧"转场"去看另一场景——打年糕和捣麻糍，热气腾腾的样子很能吸引眼目，加上一个现成的好处，可以趁大人不注意的时候，偷吃一小团还热乎乎的年糕，或抓一片麻糍，裹上一层土红糖边舔边咬。整个场面能透露出一种劳作的伟大，也交织着心智、汗水和节俭，这足以教我知晓这片土地从不欺诳，也不虚妄，只对勤勉、忠诚和血性作出无尽的奉献。

接着，就要进入"谢年""守岁"和"开年"这些最重要的程序了。这一切全都充满了神圣、庄严和虔信之感，小孩们只有在一旁看热闹的资格，女孩子还得干零活，握有特权的男性大人特别是长者煞有介事地指挥这一切，母亲和七大姑八大姨忙得走马灯似的。春节到来前，要从农历十二月廿日至廿九或卅日中选一个吉利的日子去祭祖，也叫"谢年"，大都是去祠堂里，有的就在街角或围墙门口，摆个猪头或者公鸡来祭祀。猪头嘴里要咬着尾巴，公鸡要留着尾毛还要翘起来的（大概是为了显示公鸡的神气和活力，象征着兴旺），另外还要在旁边放把小刀子、筷子，酒盅里盛上黄酒或"五加皮"酒，以方便神明来享用。

我们习惯把大年初一叫"过年"，年三十晚上全家要守候着，要过了午夜才睡，这个晚上叫"守岁"。大人们一般要叫小孩先睡，但孩子们这个时候是绝对不肯睡的，平时要上学要听父母招呼，这回要显示自己的精气神儿了。那时没有什么娱乐，更无"狂欢"一说，夜里满街灰黑，灯火只是透过门缝透露出一些"年"的信息，淡黄色的路灯朦胧如宋词，如果能够有个稍微丰盛一点的年夜饭（如有鸡汤、鹰爪虾、带鱼和芋艿等菜肴算是高标准），也是很开心的事。正儿八经说来，初一"过年"，初二才是新的一年之开端，除旧布新，须得隆重"开年"。

"开年"是为迎接新财神，历来如此。全街满村的人，都争先恐后地开年，性急人家，上半夜就张罗起来，过零点的时候就开始"开年"了。所谓"开年"，也就是弄一些年糕捏成的"元宝"和"猪牛羊"，放在门前祭拜、烧香、放鞭炮，整个镇上都是爆竹声，一直响到天明方歇。

在我的记忆中，20世纪六七十年代大家都不太有钱，但遵循着"小赌怡情"的古训，其实是人类天性中"赌"的那一面抬头，在房前屋后和街角，总有人在那边来一把"红元""六命"和"两张"（都是赌博种类），围观的人更多。一位同学的母亲在区机关工作，大小也是个领导。有一次我和高中同学难得地在大年初一聚在一起打麻将，只是闹着玩儿，并不赌钱。同学母亲是找儿子有事，找到我们这儿发现这一情况，马上用一种极其威严的口气对着他的儿子和我们几人说："赌博是要进学习班（类似看守所）的。你们胆子也忒大了，还不给我回家！"

同学母亲这一声喊叫，大年初一就把我们唬得魂飞魄散，赶紧收拾"赌具"落荒而逃。

二

洪家地处东海台州湾口，早年是一片海涂，中有沙岗，常有鸿鸟聚栖，被称为"鸿洲"或"鸿家"。

在漫长的地质时期，这一带因地壳运动和海平面升降，海陆沧桑，几经变迁，陆域系海涂淤积而成。据考证，公元前4～5世纪最后一次海侵形成一条古沙堤，贯穿洪家、灵济一线，全长二三十公里。沙堤内侧（以西）即现今西山、东山地域。直至11世纪初，古沙堤以东海涂逐步淤涨，终形成淤积平原。那些堆积物，由上游下泄泥砂与海潮输沙共同聚积而成，在潮汐的不断簸造下，形成一道长长的沙堤。

我的出生地"鸿洲"，最后成陆约距今2000多年，而沙堤以东仍为汪洋大海。鸿者，鸿鸟也。读中学时看到课文中有"燕雀安知鸿鹄之志哉"（司马迁《史记·陈涉世家》），不禁抚掌大喜。及长，读《文选》时又见"原生受命于贞节兮，鸿永路有嘉名"，平添了对鸿鸟的一丝敬意。不知道我的前世是一条白鲨，还是一只鸿鸟，更大的可能是渔夫。也不知从什么时候起，"鸿洲"变成了"洪家"。

可以肯定的是：这是一个与大海息息相关的地方。

这"鸿洲"之地，唐代已有人口居住。宋代，洪家属黄岩县飞凫乡，看这个乡名就知道是一块飞翔的土地，何况临海。元改乡里为都、图，明弘治年间（1488～1505年）开始筑丁进塘，北起赤山，沿古沙堤，经路桥横街山，至温岭新河。正德初（1506～1511年）筑洪府塘，北起海门乃崦，南至金清。后筑四府塘，随着堤塘的兴筑，人口聚集，开始围养耕种，渐成集镇。明嘉靖年间，倭寇侵犯，民不得安宁逃乱避难，人口锐减。清初统治者颁布"迁海令"，沿海居民内迁30里，田园庐舍一概放弃，人口大减，百业凋敝。至康熙中叶实行"续生人丁，永不加赋"，雍正四年后，实行"摊丁入亩"，人口得以恢复。光绪后于海门立商埠、通海航，经济一时繁荣，人口也迅速增长。

故乡之地经千百年的精耕细作，土层深厚，土壤肥沃，适宜多熟制和多种类作物种植，以种植水稻和蔬菜为主。海的形象与平原的形象，就像两面镜子，一左一右地照耀着我的童年。当然，我们那儿也有山丘，包括平原上错落间布的残丘陆屿，大多为鞍形或圆丘状，往往在山顶有小块夷平面。坡地为林木灌丛所覆盖，适宜亚热带林木生长，山麓缓坡带多垦辟成旱地、果园，种植多种经济作物。我从小看惯众多植物与果园、极少的阔叶林，以及灌丛等，满目是人工栽植的木麻黄、桉树、池衫、水衫、女贞、大叶榉、绒毛白蜡、桧柏等防护林。处于东海前岸，又无山体阻隔，我的家乡极易遭受台风等自然灾害的侵袭。

说到台风，本地有一座与此有关的庙宇叫鲍浦庙，位于鲍浦河沿岸，也称诸葛庙，相传宋代是为纪念鲍氏三兄弟的灵堂。

早在东晋时期，下洋浦河上游的路桥已是商贾如林的市集中心，有鲍氏三兄弟，江西人，贩运瓷器，商船常过下洋浦河至路桥下洋殿销售。见沿河人们穷困疾苦，常解囊相助，年复一年，和人们建立了深厚友谊。有一次台风暴雨，三兄弟在下洋浦不幸遇难，沿河人们见恩人遇难，就精心将他们就地安葬，并设立灵堂。自设灵堂之后，几年来风雨有所改善，人们传说鲍氏上天做了将军，敬香的人多了，灵堂成了殿堂，大哥灵堂在鲍浦殿，二弟在两爿磤殿，三弟在石柱殿。鲍浦庙建在闸头方前鲍氏兄弟遇难的沙潭边上，人们渐渐称它为"鲍浦沙潭庙"。

史载，南宋时朱熹（公元1102年，时年52岁）第三次查访黄岩，给皇帝的奏章中写道："黄岩熟，台州无食饉之苦。"建议在黄岩的回浦、金浦、长浦、鲍浦、蛟浦和仙浦六处造闸，控制水涝灾害，调节好水位，确保丰收。文中提到的"鲍浦"，即鲍氏兄弟遇难处。据说，朱熹还在我的故乡洪家住了一个晚上，写下一两首诗，但我至今没有查到。虽然我买过一套10卷本《朱熹集》翻看了几个晚上，没有留下他到过洪家的印象。这位大儒在荒凉海边的洪家住宿时，是一种什么样的心情，我是无法体会的。

1957年鲍浦闸在兴修水利时拆除，当时拆出许多基石和古方木，这些材料已被移用，无法考证，仅在基底下的沙层中又发现多块旧船板，人们认为是古代沉船板，现在还保存着。

三

1958年夏末，我出生在洪家老街。

洪家老街始建于明末清初，原为洪家唯一的街道，纵跨洪家场浦，分为南街、中街、后街。听我父母指点老街人物掌故，得知旧时南街设有陶德昌南货店、陆顺兴南货店、益昌祥药店、新宝和药店等。中街有鸭子弄头禽蛋交易行、衣物交易行、潘万云米厂、潘泰昌药店、潘泰生药店、新新绸缎布庄、管华昌布庄等。后街有四水街，设有稻杆行、猪仔交易市场、陶德顺南货店、林大兴南货店、耶稣教堂等。

我就住在老街的"中街"，斜对面就是鸭子弄头禽蛋交易行。我父母在1960年代变卖毛衣首饰，花了300元钱购置了两间房屋，我们都习惯称之为"街面屋"，正是靠了这两间房子，我们才"活着"，这房屋成为我们家赖以生存的根基——开了一间杂货店，由我的母亲执掌，全家一起帮着经营，勉强过日子。虽然这个店铺20世纪六七十年代屡次受到冲击，因我们家没有领"商贩证"，属于"擅自经营店铺"，也列入"资本主义尾巴"，被多次贴过封条，由于我母亲明里暗中抗争，多年来顽强地站立着，伴随了我整个少年时代。

小镇上有一位不出名的神奇人物，是个女性。

那个邻居老太太，我们小时候都称其为"某某娘"的（正如我母亲被称为"自亮娘"），整天守着一个小杂货店，乍一看与常人无异，无非是个做小生意的婆婆，实际上是个传奇式的人物。1949年之前她是一个"响马"式的人物，不知是跑单帮还是入伙山间商帮，据说这个颇有几分姿色的女人身怀绝技，过山越岭，谁也赶不上她。当年在三门、宁海到宁波的山道上，挑担送货，做马帮向导，护送大户人家远行，什么都干，算是个响当当的人物。小时候我每次经过她开的小店铺，总是忍不住多看她几眼：到底是个什么样的三头六臂之人？她总是带着一副老花眼镜，穿戴整洁，手脚麻利，偶尔与人说笑几句，不经意间把生意做成了。我越是打量她，她越透露出神闲气定的样子。整条街上，谁也不敢欺负她，在家族中她也享有极高地位，说一不二。也不知道她的男人是什么人，何时离开人世（说不定远走他乡，去了台湾），让她孤零零地活着。她的孙辈与我虽不是朋友却也很熟，那时也不太敢打听她的身世，至今想起来甚为懊悔。这神奇老太就住在离我家几十米远的地方，而我，一辈子与她保持不即不离的距离，其形象聚焦又模糊，遥远而清晰，至今乃支配着我的某些文学想象力。

最近一次我去宁海县出差，陪同我的宁海图书馆副馆长和职员，带我去看经常出现在潘天寿画作中的"雷婆头峰"，路上有人给我指了一条道，说是这是一条荒废的古道。这，正是我一直要寻找，父亲经常提及的台（台州）甬（宁波）山道，正好是前文所说那个女强人经常翻越的马帮商道！我走上去一看，这条古道路基还很牢固，石块之间至今保持严丝合缝状态，道路边沿整齐坚实，多少年风雨都没有改变它的基本样貌，只是由于遭多年废弃，道路两旁长满了茅草野花，平添一丝荒芜、悲凉之感。在那儿站了十几分钟，我竟然有点恍惚起来：这里仿佛还留下她年轻时印记，这个女人迅疾而过的机敏身影，不知道她随身佩带的，是马刀还是匕首，甚或一支土制的驳壳枪？

我的故乡尚武，身边就有一个高人，但我一直不是很了解，直到最近才搞明白。

住在洪家后街的那位高人叫奚鑫法，生于1906年，原籍浙江省天台县灵溪村人。10岁起跟随嫡亲前辈奚诚甫老师学习南拳；17岁起跟随奚诚甫老师赴杭州，边务工边学习南拳及其他少林拳术等。1928年，他由其奚诚甫老师介绍随太极名家、杨式太极拳掌门人杨澄甫先生习练太极拳。同年七月，正式拜师形意拳名家中央国术馆武当掌门人高振东先生，专练形意拳及其器械。1933年高先生因邀赴上海等地任教而离杭，极力推荐奚先生任省国术馆"形意门"教习，同时还兼课各大学授教，曾任国术馆副馆长。他多次为宋美龄及宋子文召集学生集体表演形意拳，得以好评和鼓励。1940年抗战期间国术馆解散后奚先生返回故里。1941年受邀黄岩县府授教，最终定居吾乡洪家。

这奚先生的儿子，叫奚增义，正好是我中学同班同学，为人谨严，不声不响，却透出一股不可欺负的神情。如今他传承父业，成为浙江省武术协会形意拳专业委员会主任，而小时候我只知道他习得家传武艺，至于是什么门派，根本就不清楚。我们都是20世纪七十年代中期高中生，那时谁敢说出自己家族的那些武林往事？与宋美龄、宋子文偶有交集之事，更是讳莫如深，就如没有发生过的事儿似的。加上增义同学本就是沉静之人，更不会把自己的家底抖落给大伙儿。

他身手矫捷，走路也是一阵风似的，整天脸庞红扑扑的，我父亲老是将我与他作对比，似乎我是20世纪二三十年代的羸弱书生，一个咳出血丝留在手帕上染成一朵红梅的诗人，而他一定是个武林高手。

最后真的如此，与诗歌打了四十多年交道，只不过我从来没有咳出血丝，而我这位中学同学奚增义，是名至实归的武林高手。这就是所谓"宿命"，只有不知不觉达成的，才叫"宿命"。

我记得他们"后街人"很多是"打拳的"（方言，意为习武者），如果清晨经过那儿，好多人挥拳勾手，舞枪弄棒，但大多在自己的院子里，或街角上，一个转弯不当心你就会碰上高手，吓人一跳，然后习武高人却停下来朝你笑笑，一脸歉意，好像做了一件错事似的。要知道那个年代不仅不堪舞文，习武也是一件逆悖之事。虽然如此，我在1975年当代课教师时，还是跟一位四十来岁"拳老本"（方言，意为拳师）习了一年左右的武术，按照时下的流行语，当时半是强身半是"刷存在感"。

这条老街上，有的是奇奇怪怪的人。

我至今清楚地记得，已经是20世纪60年代了，街上居然有几个前清遗老身后还拖着一根长辫子，还穿着马褂，弯腰收拾东西时直喘气，满脸通红地像个大对虾。还有，我清楚地记得1973年的一个午后，我正在看课外书（大人们总爱说我喜欢看"闲书"），一位穿着灰长袍的老人，不声不响地走上前来，要我认出他写在一个本子上的几十个异体字，笔画多得要死，字形奇形怪状，我看了半天一个也认不出，不禁面孔涨得通红，而这位长辈大笑着扬长而去，"这孩子怎么能算是读书种子呢"！后来他的后代告诉我，这是老人家从《康熙字典》里抄出来的，故意来考考我。这飘然远逝的灰长衫，此后时常覆盖在我眼前。

街上还有一些从上海滩公私合营之后，迫于形势变化而隐居老家的小资本家，几个"白相人"，还有被打成右派的中专生、胡子拉碴的画匠、癫狂的落伍文人，组成了一个小小的街坊畸零人阵容。这些从半个世纪之前走出来的人物，与其他一伙"文明人"——穿着中山装，戴着赛璐珞边框的眼镜，上衣口袋插两支以上钢笔，或拖着"文明棍"（拐杖），一同走在街上，组成了一道奇异的风景。

那些中医世家、教书先生、小贩商人和工匠一族，他们都熟悉得连彼此身上的汗味和气息都一清二楚，咳嗽一声都知道街上走的是哪位大爷二伯，听一声喘息就知道是哪个黑五类在挑水背炭经过大街，至于那些供销社主任、粮管所所长之类的，简直不可一世地经过大街，与人一一招呼，连石板路都被震颤得停不下来。总之，街上所有的人与事，异象与常态，新闻与旧事，连一条叫"哈鲁"的狗（我不知道谁取了这么洋气的名字）生了什么病，我们都能弄得明明白白、一清二楚。

四

即使在 20 世纪六七十年代，这一带也并不闭塞。水网地带，贸易通道，不仅连接黄岩与温岭，也是往返台州－温州的要冲。流动性、季节性和交换行为，带来的是信息和刺激。"五口通商"之后，传教士也经常光顾甚至"安营扎寨"这一带，他们带来了基督教义的同时，也造就了很多商业机会，以台绣、麻纺织品和玩具为重要工艺品的外贸产品，几乎将家家户户都牵涉进去。

这世界上任何一件事都有来历，都有一团历史线索。只是你没有能力或来不及揭开，也很难理出头绪。

早在 1929 年，德国人带入四台针织横机到海门天主教堂，16 岁的洪家前洪村村民陈则海，在海门天主教堂拜德国人为师，当针织学徒。在他的眼中，这台机器是比西洋镜更能激发想象力的事物，而且能用来创造财富。少年的梦既能高飞远走又坚实不诳，1935 年陈则海来到上海，与东山玲琅桥的盛雨亭、灵济的周尧虎等乡党一起，合办针织小业主作坊，生产以棉纺为原料的针织品。1954 年公私合营为上海华新昌毛针织联营公司，以台州人为技术骨干。在整个台州府，洪家虽不是狂热的商业地盘，却具备工商业的资源与理念，耕读持家精神稍逊而市场意识颇为发达。

最令人吃惊的是，几十年之后的 1974 年，陈则海等人退休回家，却实在无法忘记自己的"本山"（方言，看家本领），兴办了东山白鹤针织厂、头陀针织厂、海门针织厂。不知道他们凭着什么样的一种勇气与热情办这些企业，那就是典型的"地下工厂"，这胆子也忒大了。然后进入计划经济开始松动的1978年，洪家灵济化纤厂、洪家针织厂开始兴办，与上海羊毛衫厂联营，生产中高档羊毛衫、腈纶衫，为洪家针织行业的起步奠定了基础。实际上，也就这批人成了办厂的支柱。20世纪九十年代，灵济印染毛纺有限公司成立，年染色量8000吨。之后创办了台州染整总厂，年染色规模两万吨。十年前，我回到老家一看，大吃一惊：洪家拥有针织行业相关企业1000多家，年产值近50亿元，解决了10多万人的就业问题。

所有这些，都源于1929年德国人带入四台针织横机到海门天主教堂，影响了一个少年，一批不甘寂寞的人，于是带来一连串的结果。故事就这样开始，简直没完没了。

洪家是个典型的五行八作之乡。要是你是个不想读书的孩子，那时从南街到中街直至后街，你背着书包就不用上学了，一路看过来都是工商业景象，凡是数得上的沿海手工业都在这条长街上陈列，像个交响乐团在演奏生存之歌。店铺毗连，饭馆飘香。你回过头直接回家，一天就过去了。这样的逃学多有意思啊！

人们惊叹于这一带人的活力、精明与创造性，所谓"钢材市场"实际上是废钢材市场，就是从国有钢铁企业和制造业回收的钢铁废料、边角料，以各种交换方式将之集中到一个市场里，展开一番别开生面的民间交易。在20世纪七八十年代，这里的乡镇企业和私营企业、作坊居然获得了不可能从国家"大计划"里拨给的钢材、电气设备和有色金属，加上众多工业品、日用品市场的助力，很多产业和行业就这样轰轰烈烈起来了。

很快地，洪家连同路桥、海门成了台州经济的"增长极"。

考察英国"工业革命"时期的状况，也有类似景象。比如曼彻斯特的兴起，就因为这个城市的活力、传统工业基础和重大发明及其转化。美国一些重要的工业城市，就是在五大湖地区廉价的水运，大西洋沿岸便利的海运及稠密的铁路公路网基础上，特别是在贸易发达、企业集中、人们冒险精神较强的地方建立起来，如芝加哥、洛杉矶、休斯顿、旧金山、纽约。

这一地区的商业精神，是"工商一体"，技术、质量和价格优势相融合。而20世纪七八十年代，上海"星期天工程师"，也给这一带经济增加了"技术含量"。一批批穿着灰色或蓝色工装，坐上夜行车往返于沪浙，于暮色曦光中出现或消失在街角村口，富有经验，表情严肃的工程师、设计师和高级技师，正是当地工业兴起的重要推手。说到底，这是商业文化与农耕文明结合的小平原，一个个亦农亦商、头脑精明、务实能干的农村家族，一种完成了"资本原始积累"，工商业相对完整发育，市场、企业与技术相匹配的经济环境。

如果还有什么的话，这里还诞生了与追求信誉、名望和财富相匹配的社会氛围。

五

1942年，盟军在离洪家不远的朱家店王甘侯家设立"中美气象站"，对外是气象站，对内是情报站，主要为盟军提供军事情报和气象情报。王甘侯对选址与后勤工作给予了大力支持。我从小就知道王甘侯，他是当地的一个地主乡绅，据我父亲说，我祖父不想依附这个乡绅，拒绝了做他师爷的请求。后"情报站"选址在朱家店管普元宅院。据"国军"33师二团一连士兵管康正老人回忆，他为避免被抓壮丁进入该情报站当后勤，直到1949年才回家。该情报站当时名称"中美气象站"，后改称国防部二厅海门气象站。1945年迁至海门济公坛，1946年再迁至商会路3号。

1950年5月这个气象站由解放军华东航空气象处（同年9月改为华东空军司令部气象处）接管，全站共5人。由于观测环境缺乏代表性，观测场处小院内，天象、云物、能见度等记录，只能从二楼工作室的窗口加以观测。之后，迁往枫山北侧的江边圩，观测环境有较大改善。1986年改建为浙江省第一个国家基准气候站，称"洪家国家基准气候站"，之后变更为洪家国家基本气象站，承担国家基准气候观测、日射观测、高空探测等基本业务，为浙江省气象观测项目最齐全的测站。

　　我们小时候经常去气象站附近学农劳动，只知道这是一个国家气象站，看到进进出出的工作人员，心里好生羡慕。气象站里整日里飘着气球，插上小旗杆，一个白色的仪器不停地转动，好像是个天堂里的附属物。最令人羡慕的是，这个气象站四周围上整齐的白色木栅栏，里面绿草如茵，与蓝天相接，那些我们叫不上名的仪器和风向标不停地转动，进进出出的人都是吃皇粮的，腰杆挺直，衣服整洁，很是神气。那时我们这些中学生根本不知道这个气象站的历史，觉得只是一个公家单位而已。

　　1942年，当盟军与中国政府在洪家附近的朱家店设立带有情报机构性质的"中美气象站"时，我的父亲才八岁，而祖父在这一年死于痢疾，他还来不及知道盟军在我的故乡做了一件意义深远的事。除了当地气候，这个气象站还观察"世界风云"，就在这沿海乡镇的一个院子里。

　　那么，这一年世界上究竟发生了什么？

　　1942年4月，杜立特空袭东京以及随后的珊瑚海海战使山本感到必须迅速摧毁美太平洋的主力，因此制定了中途岛计划。日军放弃瓜岛后，山本五十六为鼓舞士气，决定视察离瓜岛较近的肖特兰基地。美军截获了该情报，并且派战斗机在途中击落了山本的座机，山本身亡。一个多月后，日本才公布这一消息，追认山本为元帅并举行了隆重的国葬。之前，山本也感到大事不妙，曾对人说：战争结束后，他不是被送上断头台，就是被送往圣赫勒岛。实际上，他的归宿比其预料的还要富于戏剧性。6月，日美舰队齐聚中途岛。美国占有情报先机，并且由于日本指挥官南云战术决策的失误，日本参加战斗的四艘大型航空母舰全部沉没。

这一年7月苏联斯大林格勒保卫战开始，这是二战的转折点。

在我的故乡洪家，一个曾被称之为"鸿洲"的地方，浙江东南沿海一隅，也就在这一年居然派员建立了一个情报站，它有一个诱人的名字："中美气象站"。让人意想不到的是，七八十年后这个气象站演变成中国"国家基准气象站"，正儿八经地观测气象，丈量海浪，报告台风，预言着风云变幻。而我永远不会忘记的是，"洪家气象站"草地上的白色木栅栏，红砖铺地的路径（砖头被泥瓦匠砌成各种几何图形），正在转动或欲翔的气象仪器。

不远处，一朵野菊花盛开，被阳光照耀着发出天堂的光芒，它在一阵狂风中颤动不已。

2015年2月11日草于杭州
2022年5月11日改定

家族轶事

注：本文是作者为《徐山王氏宗谱》撰写的续修序言。

一

近阅《徐山王氏宗谱》，深觉我徐山王氏一族人文荟萃，渊源有自；世代以来族人勠力并作，福祉日增。故此，既钦佩先辈诸公筚路蓝缕创始之功，亦珍视同辈后生守成继业之不懈努力。掩卷之余，一种基于血缘、地缘和人缘的深沉族谊，油然而生。联想到国祚、族运与个人遭际，乃彼此激荡，互为发生，不惟令我同袍深陷艰难苦恨之境地，亦能铸就吾国吾民涅槃重生之图景，每使我氏族众裔度尽劫波，否极泰来。

吾族可远溯至山东琅琊。宋南渡时，族祖讳静之者，随高宗赵构之浙。自山阴扈从至台，始居宁海。咸淳间伯念公自宁海十二保桥迁黄岩之上逢里，三传至彦通公、彦达公，其族裔分别迁居坦田、火烧坦、后洋、西王、义民、珠店、施罟庄、后角洋、兆桥、古宅、墙头、东间、枧头、南洋、后店、后厂、山头王等处。徐山者，山岳延袤，迫于海欲尽而峙；八水流注，纵横环曲，钟灵毓秀，为吾族栖居之佳境。先祖诸公从长计议，创业维艰。华庭发秀，终成礼让之林，相继衣冠不绝。清光绪三年，会畴公为《重修徐山王氏宗谱》作序时，惊奇于"东西二王何其盛也"。本宗谱"族居"一章，当年之撰述者亦不免慨叹："子孙繁衍，类处一方，其规模闳远，度越寻常，综而纪之，可以徵世德作求之美"。

从《徐山王氏宗谱》所载沿革、族居、迁徙、述略、纪传、诗词文赋、碑刻、尺牍等观之，我族不仅子孙繁衍，世代兴盛，且人物辈出，华章迭现。诚如锺秀公《族谱后跋》所言："我徐山王氏肇兴于宋之末叶，至明清两朝，人文鼎盛，贡举之士不知凡几；复有博巍科成达官，文章经济，名动公卿，海内文豪与之唱和，笔往翰复。"

据余所作粗略统计，自明万历至清光绪年间，吾徐山王氏所出进士举人者，即有十数位，主干耸峙；贡监庠生杂职者，竟达两三百人，枝叶茂盛。列入名臣、循吏、孝友、儒林、文苑、隐逸、耆旧、名媛者，为数众多。以所授官职者视之，有太常寺少卿、刑部主事、山东及四川按察使佥事、广东总兵、山西断事、镇江府知事、凤阳府知事、太平府知事、宿州巡检、温州守备、千总、游击，以及知县、学正、教谕、训导，不一而足。至于交往情形，稍后详述。检阅王氏徐山宗谱，我等可得一重要识见：诗赋文章，乃吾宗之本；经邦济世，为我族之干；耕读传家，实为徐山王氏之本色也。

二

不止于此者，我族诸先公过人之处，更在于视界阔大，与时俱进，登高履远，知行合一。在此仅举数例，以佐证余之上述判断诚非虚言。

其例一，徐山王氏二十世泽霖公（达泉），为光绪辛卯年（1891年）举人，"天姿卓绝，颖悟过人，尝以大用自期……奋志经史，深于汉学，兼擅六朝，为进士公六潭所深许"。这当然已经令人敬佩了，但更为我等后人称道者，泽霖公之为辞赋文章，乃一等之才。泽霖公收入本宗谱诗词文赋甚夥，多立意高远，文采焕然，气韵生动，题旨深远。其中《中西刑律异考》一文尤为难得，凡一千五百余言，将吾国与欧美刑律之差异，从立法与执法，直至具体刑律，条分缕析，脉络清晰。举凡显著者有三，曰讯谳，曰囚狱，曰课罪，泽霖公皆有精到分析与简洁描述，以中西方文化差异为底子，或两两相较，或多方比拟，再予综括，结论自见。譬如，关于中西审讯之别，泽霖公曰："中国听讼坐于堂上，诉者各跪堂下，听闻官独断其曲直，有不服者刑之。西人讼者不惟不跪，可立而言，不惟立而言，且有坐而言者，又有律师为之辩质，律师名为代言事务人，皆经考取给以文凭，非若中国，有严禁讼师之律也。又讼有堂费，有票费，其费有一定限制。案定则曲者缴费，判以为例，与正项同追。中国无之，而胥差之扰，溪壑难盈。"见解犀利，切中肯綮，而褒贬隐含其中。该文结语，更是恰切精到："要之，中西刑律多异而鲜同，顾中律所无何不可为西律之有，况律者以此律彼者也。西可以是律之中者，中亦可以此律之西。西人之律，居于何国当遵何国之律。今纵不能遵，而异同之辨，更当翻译各国律书，参酌轻重，使同一律则罪均法等，即以其人之道还治其人之身，庶足以关其口而夺其气，无虞其掣肘。将读律可以致君，以之自强不难矣。"吾族泽霖公此文，于吾国百余年之后尚日读日新，遂令余等浮想联翩，不禁忧从中来，正所谓"法治尚未成功，同志仍需努力"是也。

　　以此推想，泽霖公那一辈文人士大夫，确具风气初开之后的强健精神，且接受新事物之迅捷、之彻底、之举一反三，源自对传统文化之深刻反思，对西方制度法律之基本认知。而"以天下为己任"之情怀，促使泽霖公等人对西方文化政治律法，作出深入体认、透彻反观与纵情前瞻。惜乎天不假年，泽霖公履奉化长兴教谕职位之后不逾二年而卒，享年六十有一。正如纪传所述："使不促其期，必将展平生之才，猷经济为世大用，俾苍生得沾霖雨"。纵观泽霖公身世、思想与文章，若论谋略胆识、胸怀卓见、才情风度，恐不及康有为、梁启超等辈，出身地位当不如李鸿章、张之洞、左宗棠之流。但正是吾族泽霖公这样一些为数众多的士绅名流、文人士大夫，与康、梁、李、张、左等赫赫官宦、著名人士一起，殚精竭虑、夙兴夜寐，共同推进和演绎了一部中国近代史。

其例之二。我族先辈诸公，亦不乏直接参与晚清对外开放历史进程之人，咏霓公即为一典范。徐山王氏廿一世咏霓公，光绪六年赐进士出身，为刑部主事，签分河南司行走。令人惊奇者，咏霓公却于光绪十年（1884年）为出使大臣随员（参赞），随许景澄公使前往德国、法国、荷兰和奥匈帝国，从事外交事务。与"藩国"打交道，时人尚不无轻之。历欧三载，咏霓公协助许景澄公使编写出吾国首部世界海军通鉴——《外国师船图表》，并协助公使为北洋水师采购德国铁甲舰。期间，咏霓公以私人信函的方式直指济远舰各种不当设计，震动朝野。光绪十一年，咏霓公和许景澄公使，与专程赴德国"协驾铁舰"的刘步蟾等到达德国基尔港，举行定远、镇远、济远三舰勘验接收仪式。光绪十二年初冬，许景澄公使和咏霓公订购的经远、来远号战舰及鱼雷艇五艘也抵达国内，为后来之北洋舰队奠定基础。三年任满，咏霓公特意"舍近求远"，从英国乘船横渡大西洋到美国，再从美国横渡太平洋，取道日本回国，留下珍贵的《道西斋日记》。从一个外交官的视角，咏霓公对于国际形势之判断，亦令人深思。如他直接指出"铁血宰相"俾斯麦在欧洲的权术，以及对南洋和中国的野心；分析英国维护阿富汗利益，其目的是为了牵制俄国，找借口在埃及长期驻军，则是为了控制苏伊士运河。晚清官员能有此等见识者，寥若晨星。

此后，咏霓公被奏保从优议叙加一级记录两次，光绪十五年由直隶总督李鸿章奏保直隶州知州，尽先选用。光绪二十一年后，咏霓公除了出任安徽凤阳知府之外，还任过一系列与洋务运动有关的职务，如办枞阳屯溪运漕厘卡、襄办安徽全省洋务局海防捐轮局、大学堂总教习。后咏霓公于其所撰《重修徐山王氏宗谱序》中，对己之经历不禁感概系之："余自通籍后，上京华、游邹鲁，涉江汉、揽东粤，随使大西洋诸国，循日出之乡还，一麾出守，沈浮江淮间，与吾族父老子弟寡亲言笑，垂二三十年于兹矣！"足见其经历广泛，视界闳阔，屡将经世致用思想与走向世界抱负二为一。上述文中，咏霓公甚至还谈及猿猴进化、氏族国家、群己之界、种族竞争、国体民权、政教号令、男女平权、婚姻自由等等，何等超前宏阔！世人对咏霓公评价之高，令余等难以企及："学问渊雅通达，事务历练，中外事体用兼备"，公乃晚清洋务界、外交界之难得人才。结合《函雅堂集》等集子，即便以今日眼光观之，咏霓公举办内外事务，格致处世之道，亦颇符王守仁（阳明）公"知行合一""致良知"的至高标准。

此外，检阅本宗谱之诗词文赋外编，便知近世吾族诸公与外界交往之风如何炽烈，家族人文气息何等浓郁。几乎不能相信，吾徐山王氏地处台州山海一隅，其时关山阻隔，口岸甫开，旧势力盘根错节，何能如此放开襟怀，兼收并蓄，广泛汲取外部世界思想资源，探寻人事与山川双重险峻曲折之境。于艰难时世之中，葆有吾族内部活力与精神标高，并于田垄劳作与案牍用心之余，体味诗意人生之高翔远骛。

《徐山王氏宗谱》所收族中诸公与国中菁英之唱和、酬酢、题咏、书画、尺牍、墓志、表策、碑文，乃吾族先人之心血结晶，弥足珍贵。阅览徐山王氏宗谱，余得以发现，历代特别是明清至民国初期，外界与我族诸公交往之人何其壮观，有名士、官宦、文人、缙绅、耆宿、少壮，其中著名者如：陈耆卿、谢铎、王宗沐、李鸿章、曾纪泽、王闿运、毛南屏、王承弼、许景澄、袁昶、黄绍箕、黄体芳、李慈铭、龚镇湘、何维棣、沈曾植、赵琛、岳障东、金立敬等。是时，海内贤士名流与我徐山王氏诸公之间尺牍往返，撰文赋诗，纪述宦游，咏怀胜迹，交游晤谈，商讨时局，共襄盛事，一时蔚为风气。

三

凡人类者，于宗亲、同道与土地皆有一认同之过程，亲合之机缘。劳作、交往、对话，直至婚丧嫁娶，都伴随着有意味之仪式，族人之祝祷慰藉。而族中活跃善交者，长于事功之人，其进发与返乡，持守与前瞻，实为一体之两端也。

故文学有寻根派，而西哲海德格尔尝言："诗人之天职是还乡"，又云："大地是涌现者与守护者"。

我对宗族、土地和风物之认知，肇始于少年时代回乡的那段经历，一直延续至今。进言之，端赖于我所接触的徐山王氏族裔之生存环境、时代氛围、生产方式和生活条件，也十分仰仗我的直系亲属和亲宗叔伯所给予的教诲、相助与宽容。虽然出生于黄岩洪家街，但我的真正故里，却是后洋王村，时称"兆桥人民公社永久大队"，青少年时代几番回乡，数次长住，令我对周围事物和世界本原，得以启蒙与认知，养成了此后四五十年来未曾太多改变的个性特征、精神状况与生存姿态。当然，由于较早接触大自然、乡村人物和家族谱系，在生活和劳作过程中，一些传统文化理念与理想主义得以滋养，牢固扎根。我的日常词典、大地知识和处世之道，也初步形成于那个时期。

"文革"初期和中期，约莫1967～1970年，我从出生地洪家街（当时被称为洪家区洪家人民公社），几次因避祸（这个时期派性斗争炽烈，动辄以荷枪实弹挑起武斗）来到了后洋王村。我的内外宗亲，包括我的祖母、叔叔和两位姑妈，一直生活在这个山清水秀的村落。徐山王氏后洋房小宗祠所在之处，我的家族居所，成排苦楝树下，才是我真正的根。儿时之感觉如此真实，以至多年未敢忘却。此乃我之庇护所，我的人间乐园。我的父亲道霞公幼年失怙，早就到洪家做学徒，后来定居于彼处，但族人宗亲大多在后洋王村，这就是无法排遣的,所谓"血浓于水"的命运感。

叔伯阿公们大多时间是沉默的,他们肩负着生活的重担,但他们聚集在村头小店或大树下,就很开心,话题也多,从秦皇汉武一直说到杨家将,还有杨乃武与小白菜。在这里生老病死是个常态,什么都有一定之规。联想到《徐山王氏宗谱》中的会戒、议节、家规、善训,至今明白了少年时代一些不解之事:为何"文革"中县城和洪家街上武斗正酣,而吾乡后洋王村日常生活不太受影响,保持了一种奇特的安静。这里地处僻静,远离政治中心,更为重要的是,人际关系和宗族的内部维系,尚能接受数百年以来起作用的族规乡约支配。从合作化、人民公社和大跃进,一直到"文革",所有的现实政治到了这里多成强弩之末,影响甚微。

我的祖父立福公早亡,那时父亲只有八岁,叔叔更为年幼,还有我的三个姑姑,都由祖母带着他们到处求人。一把大火烧掉所有家产,遭"天火"的家族不受待见,有时住破庙,有时寄人篱下,家道中落,寡妇孤儿,全凭节俭和艰苦劳作过日子,想来祖母这一辈子过得确属不易。直到我 1975 年做农民,在后洋王村当了回乡青年,干起夏收夏种的繁重农活,她老人家还要为我操心,让我于心难安。但宗亲之间的情义拯救了我的精神危机,叔叔姑姑和同辈姐弟们施以援手,父母的爱心,令我渡过难关。如果说我性格中至今还能保持进取、率直和谦卑的一面,几乎全是徐山王氏家族所赐,而超越、活力和探寻等气质养成,或得益于金宪公、泽霖公、咏霓公等祖辈诸公有形无形之影响。

近年每逢春节，到后洋王村看望婶婶和姑父姑母，与他们唠家常，话短长，抚今忆昔。今年春节这次，我要求重访徐山王氏后洋房的小宗祠，我们小时候惯称"祠堂"的地方。走进祠堂，一眼就看到了供奉的菩萨和先考遗像，不由得产生敬畏之感。而大门边上，乃吾族之太保殿戏台，看到戏台两边的柱子上，曾祖父泽霖公撰写的篆体楹联，笔触遒劲，至今犹如初刻："旧恨千秋，当日伶官伤手足；新词一阕，今朝优孟整衣冠"。

戏台并不大，却是一副饱经风霜的模样。惟其在乡间，戏台原有构架与那副楹联故能保全至今。也因为这太保殿戏台并不起眼，所以没有被征用和拆迁。重要的是，这戏台是全村的精神寄托和时下说的"文化公共空间"。这个旧戏台事实上是个见证者，对时光的流逝和世道的转换，铭刻于"心"。我甚至认为，这旧戏台甚至是个"参与者"，将世间的声音、形象与故事，时时嵌入整个后洋王村前后三方人们的魂魄之中。而那些观看者呢，又将满腹心事和满心欢喜，融入那些京胡、响板和高遏行云的唱腔之中。

四

"夫家有谱、州有志、国有史，其义一也"，清代著名史学家章学诚把家谱与国史、方志相提并论。

宗谱的力量，在于传承与启蒙，更在于氏族精神对于宗亲血脉的穿透力和影响力。虽然今天所谓的现代生活方式业已取代或潜入吾土吾乡的物质精神生活，但宗族和宗谱的潜在影响依然存在。即使在变化最大的城中村和城乡结合部，依然顽强地保存了传统文化元素和民间信仰的无形力量。我在2015年夏季带领研究生在台州温州七个县市区所作的田野调查中，举凡种种案例，结合耳闻目睹，都证实了上述观点。宗谱和氏族、祠堂，还有乡村戏台一起，作为现代化和城市化背景下的潜在推力和准公共空间，是如今乡村生活画卷的有机建构和无形力量，也是民间精神资源的重要基石。

宗谱的功能是多样的，也是丝丝入扣的。它是整个氏族的关联图，犹如树根和水源，即使在今天，一定区域内的社会联系和精神纽带，与宗谱所载的氏族网络、支脉和源头，也有着暗合或对应关系。宗谱既有其现实功能，又有着因血脉、宗亲和联姻带来的认同感。族裔之间，当然并非完全一团和气，对任何权益都会拱手相让，但宗谱告诉我们许多历史沿革和事物由来，可以帮助我们认识彼此联系和前因后果。

翻阅徐山王氏宗谱，还意识到，祖宗立下的种种规约和条款，并非心血来潮，虽然在今天不见得全部灵验，但其合理成份和基本精神，仍可为我等所吸收，所运用。别立新规自然是好，但已有族规不应完全扬弃。凡规则、契约形成，均有一长时段之磨合与冲突之过程，其间难免有规训、成文和检验过程之痛楚，凡人类均有此番历程，何况吾宗只是华夏一族，无法摆脱。

由此悟及，世间万物皆有走向、路径与愿景，人生充满了合作、纷争与苦斗，其间种种逻辑、细节与根由，唯有当事者心知肚明，而各种合作、妥协与不甘，乃至整饬与调节，在所难免，当事者与旁观者皆能体察。而宗谱是个重要载体，如对此种种不予以荟集彰明，大有遗失湮灭之可能。

我徐山王氏宗谱之修订更替，是个极为优异的传统。时至今日，徐山王氏所居之地的社会生活发生了剧烈变更，交往方式亦有多种新元素加入。整体而言，乡村已被工业化、城市化和全球化所席卷，社会结构和治理方式大变，建设与摧毁同时进行，似乎山河也将被重新安排，但宗亲与血脉，与党支部村委会一起，依然从整体上维持着生活之轴的转动，现代社会关系与血亲维系之间，依然交互起作用。要看到，一种前所未有的变革，裹挟着洪流一般的力量，塑造着新的生活形态。吾族新生代中，有学问家科学家、文化界人士、企业家、政府官员和各种专业人士，令人精神振奋。而对文化传承的迫切感，也是不曾有过的。这次重修徐山王氏宗谱，就是一个明证。

人之所以为人，族所以为族，国之所立，全在于诸多精神要件与物质力量的交互作用，生存之本、文化元素与自然界的混成与构建。文明延续与人的代际传承，生生不息，滔滔汨汨，一如江河。我徐山王氏的活力、想象与才智，来自祖先后辈在迁徙与嬗递中的远大抱负，也来自吾族诸公在历史过程中，所推动的文化力之扩展与思想精神的更新。时代变迁，新人辈出，乃不争之事实，吾族一以贯之的人文精神，家风族统中的勤奋、良善和质朴，特别是那种充盈的想象力与敏感度，知行合一的风习，应有所保持并不断赓续，甚至演进为引领文明世界进化与重生的感召力。藉此，吾徐山王氏得以活力永葆，福泽绵长。

2017年8月20日

高考纪事

一

全国恢复高考之前那段日子,我正处于"走投无路"的状态。

看来,黄岩县"街洪九年制学校"代课老师是无法再继续做下去了。当我正准备下个学期高中化学课程的时候,学校通知我说,你就不用来了。原因很复杂,事关"文革"后期的人事纠葛,我得罪过的人当上了区领导,专门交代学校让我歇业。种田也回不去了。我所曾回乡的那个生产大队,贫下中农社员早就"注销"我这个人了:"他是来镀金的"。凭着1975年夏收夏种的劳动强度、蚂蟥叮咬和起早贪黑,换来的是2个底分每天几毛钱的酬劳,以至于我要靠几个姑姑接济才能活下去,这一切令我记忆犹新。1975年底我还干过码头临时工,是冒名顶替的,在海门港七号码头仓库挑选和搬运出口到加拿大和苏联的橘子,三个月下来腰都直不起来,累得像一条疲乏的饿狗。连这样的机会,都不会再有了。因为我那位在县里工作的亲戚,觉得给我这样一个假冒他儿子做临时工的机会,固然是救助了我,但如果被人家发现,他将颜面不保。

人生所有的门几乎都对我关闭了。什么叫绝望？那时我觉得天总是灰暗的,尽管1976年国民经济快要崩溃的天空是湛蓝的。而瓦脊上的草叶在风中被吹得东倒西歪,偶尔还有瓦片被刮下来碎成数瓣,这些草叶和瓦片正是我的写实。在家里开个店铺也是妄想,尽管经商是我母亲这一方的家族特征,那时得到一个"小贩证"几乎是一步登天。我甚至想到到集市上去贩卖农产品,在牲畜或旧衣交易市场去谋个开票记账这类活计。还有,就是逢年过节去卖对联。我曾计算过每副对联能赚多少,整个春节能卖出多少副。我总算习过字。年幼时父亲管教严厉,每天必得用富阳元书纸临帖,颜真卿、柳公权、赵孟頫一大堆,二王也临过。除了偷窃和抢劫,我什么都想尝试。只要能把日子过下去,我愿意做一切可以做的,包括卖私酒、米粉干和甘蔗,被抓进去办"学习班"也值得做。有一天,我的父亲异想天开地去找区领导,想为我谋个职业:投递员。那个平时对我们还算不错的领导冷冷地说,"你说什么？想吃天鹅肉啦？"那份羞辱,终生难忘。我心想,这个世道怎么这么欺负人？为了我,父亲也是整日唉声叹气,眼光里半是不满,半是泄气。他的祖父,我的曾祖,是前清举人，文章绝佳，还在奉化等地当过官，看来到他和我这两代是穷途末路了。

　　我所能找到的，还有学手艺这一条路。自然，我很不想干这营生，觉得做个手艺人单调乏味，寂寂无闻，终日劳作，所获无几。可是不做手艺人，又能做什么呢？当然，我始终有一个拒斥心理，就是当学徒心里很不舒服，要服侍师傅一家、烧饭、开店门、抱小孩、拾掇工具、送货直至晚上整理工场，一年之内根本不会教给什么手艺诀窍，挨骂是少不了的。学成之后，你必须时时孝敬师傅，还不能与他竞争。1975年上半年我高中即将毕业，母亲就让我尝试跟二舅舅学手艺：做棕绷。可是，在我吃了很多苦头又无事可做的情形下，母亲还是主张去学手艺谋生。学手艺毕竟稳妥啊，什么世道都用得上。

　　后来又换了另一门手艺：车木。

二

　　手艺人就手艺人。正当我死心塌地做一辈子手艺人的时候，传来恢复高考的消息。一开始，我不认为这是真的。我并不将这个消息放在心上，我觉得认命做人是首要的道理。"四人帮"倒灶让我高兴了一阵子，而失去代课教师机会却让我置身冰窟。"文革"后期读高中时我也狂热过，这一点我从来没有原谅过自己。那时，我并不觉得恢复高考是针对所有人的。

过几天,参加高考的气氛越来越浓烈。人人跃跃欲试,我还是按兵不动,可是半夜里还有点点心动:万一是真的呢?再说,考试我不怕。我的学习成绩一直是所在学校最优异的,从黄岩县洪家中心小学到洪家中学。文科,绝对第一;理科相对也有优势,多为高分。总分总是全年级第一。再说,也当了一年多的代课教师,教过语文、物理、化学。多少年之后,有人告诉我,看到你的备课本之完整、清晰和提纲挈领,当时我们就很羡慕。比如,我的化学分子式,从没有在黑板上出过书写错误(多年后,我的两个学生成为化学专家,其中一个在斯坦福大学,叫王楚华),物理课也让学生听得津津有味。

就阅读而言,我有把握说一句,是整个百年老镇上最多的,大量的古典、苏俄、五四新文学,部分欧美文学,直至志怪武侠、汤头歌诀、麻衣神相,无所不涉及。尽管如此,我还是满腹狐疑。那天在街上一个邻居对我说,你怎么还不报名?我谈了自己真实的想法,但他对我说的几句话,从根本上打动了我:"去报名吧,你不去报名我们这条街上还有谁更有资格读大学?去吧,反正报考也不花钱,你没有什么损失。"

"反正不花钱",居然构成了我参加高考的重要动因。自然,这位邻居也调动了我小小的虚荣心:最有资格参加高考的人。结果我的初试就打了一个胜仗:黄岩县第一名。当然，这是我另一个亲戚从领导那里搞到的情报，有点密电码的味道。初战告捷，士气大振。其实我几乎没有复习，从报考到考试时间太短，加上我半信半疑，还学着手艺，不好意思为了什么考大学这一不切实际的事而告假。那时考试的人太多（全国高校十年没有真正招生），政府教育部门搞了一个初试，这样可以淘汰掉一批，其实这并不公平。考试那一天，整个海门中学操场上黑压压一片，就像过去的集市，或现在的春运。拖儿带女者有之，临上场奶孩子者有之，精神不宁者有之，念念有词者有之，志在必得者有之。我记得有一个同学，高大俊朗，干部家庭出身，看过一些书，属于那时的文艺青年，在考试铃响起来之前，一直在胡吹，把那些农村来的考生弄得一愣一愣的。结果呢，他自己初选就被淘汰了。

　　正式考试开始前，我还是做了一个星期左右的准备。当然也是晚上为主，白天还得干手艺活。母亲的眼睛里饱含了期待和爱，而父亲佯作无事，弟弟们懵然不知，还是照常干活或者上学。生活真正发生改变之前，并不会非得发出什么预告不可。我只是感到某种热力在胸口酝酿，寻求出口。我觉得自己心态端正。结果是，我的高考成绩很不错。虽然具体分数我不十分清楚，但有人提醒我，你可以填好的志愿。

　　于是乎，我在两个志愿面前犹豫了好半天：北京大学图书馆管理专业和杭州大学汉语言文学专业，这是台州地区文科考生所能选择的较好志愿。当时浙江大学只有工科，没有文科，杭州大学的文科是浙江最好的。最终，我还是放弃填写北京大学图书馆管理专业，填了杭州大学中文系和历史系，被杭州大学中文系录取。之所以放弃北大，是因为我不太喜欢图书馆管理这个专业。由于无知，把它想象得太简单。加上那个年代文学梦作怪，就填了中文系。

能读杭州大学我已经非常高兴了，而且时间还证明了一点，亏得我读了杭州大学，才得以认识一大批诸如姜亮夫、王驾吾、蒋礼鸿、徐朔方、沈文倬、郭在贻和吴熊和等名师大家，一大批极为出色的同学，这就完全改变了我的生活。读中文系的自由感，是最可贵的。小说戏剧诗歌就是课程，聊天也是练习，文学笔记和语言分析就可以对付考试。我之所以成为诗人，直接原因是余烬老师当着全年级同学的面，把我的诗歌作业大大夸奖了一番。现在回过头来看，那首诗写得很幼稚，但毕竟有了诗歌的气息，意象也得以熟练地运用，还知道了何为意境。同学们很快崭露头角，好多人在国家层面的学术期刊和文学刊物上发表论文、出版小说了。卢敦基、王依民、李杭育、张涌泉、徐岱、潘一禾等尤为出色，而陈有西们也正抓紧时间读一切可读之书，做着命运转捩之梦。

三

接着就是准备上学。看到所有人为我高兴，父母几乎喜极而泣，一位亲戚得到我高考"中榜"的消息高兴得跳起来，回家路上把小凳子也踢翻了，这些使我反而深感不安，好像几个家族的分量一下子压到了我身上。本是好事，该庆祝，但想到我今后会成为什么人，岔路又开始了。当时也就不去多想了，还有比过去更坏的日子吗？起码，我告别了无望和极度匮乏与那些梦魇般的挫败感，生活灰暗的感觉不再如影随形。我的文学和语言之梦，也许会得以延展。

在我们这条百年老街上，比邻而居的，那些贩子、手艺人、职员、基层干部，进入老年的女响马，拖着鞭子的遗老，冬烘先生，算命测字的，都来道贺并祝福我的前程，一时我竟然陷入极大的惶恐。我何德何能接受他们的道贺与祝福？是我的那点勤奋、诚实和不低头赢得了这些，还是所谓的世道变迁、岁月不居和命运转折得到了这些人的激赏？看到河对岸大桥边的大墙上贴的大红榜，清晰可见的全区首届高考录取名单上自己的名字，一种世事难料和大转折的感觉，一种长期酷热之后被某种凉意冰镇了一下的感觉，油然而生。还有，"物极必反"的格言，终于得到证实。

多年后，我才明白，这个"反"就是回归，是一种人性的复归。毕竟，忍受得太久了。恢复高考的实质，是回到常识、逻辑和真相。但对于像我这样一个年轻人来说，却是一切的源头和存在的证明。对于我们来说，这是一个开启新的生命枢纽的时刻。所以我非常理解武汉大学的那位教授，1977年在教育座谈会上他对邓小平说：恢复高考，不可拖到明年，一刻也不能等了！

一条道路开启，也许意味着所有道路将被打开，因为道

路是相连的。将近四十年的个人经验和历史命运,证实了这一点。正如多年后,在《海上生明月》这首诗中,我所写下的诗句:

> 此刻,我们抬头朝天空张望
> 却感到意外和震惊——
> 月亮像一位接受牺牲的女神
> 做出了俯身的姿势
> 这时海上铺满了血色的光芒
> 波浪在持续的照耀中呈现透明
> 海洋打开了所有的道路

2017 年 7 月,杭州

思想起

有一首陕北民歌是这样开头的:"思想起……"以下的词儿我就记不得了。使我驻足倾听的,正是这句话,一种无可名状的感觉紧紧攫住了我。

那么平常的话:"思想起",平常得像我们在街头巷尾碰见熟悉的人,说一声"你好吗"一样。它到底吐露了什么呢?

傍晚有风,窗子没有关严实,窗帘被掀起一角,隐约可闻风中一丝冰凉咸涩的味儿。风,起自那片沉默多年的海岬。这时,我不禁会"思想起"。

"思想起",乍一听,说得很含糊。也许是时间的关系,"思想起"指向早年,正如舒曼的那首钢琴曲《童年情景》所表达的。前不久,我听了霍洛维茨演奏《童年情景》的唱片,觉得这是一种历历在目,又遥不可及、无法触碰的境况。这种早年的感觉,会使人想起自己的身世。比方,在堆积杂物的贮藏室里,还留着你父母以前常用的大衣橱,里面刻着你的乳名、出生年月，字迹有点模糊不清了，可能是父亲的手迹。你想了想，又查查书，来到人间时，刚好遇上逃荒的日子，瘟疫大流行，你差一点被弃之草莽。王粲有诗云："出门无所是，白骨蔽平原。"站在这只衣橱前，你就"思想起"，不禁"喟然伤心肝"了。

思想起旋风般消散了的一切，我们还能说些什么？只有边走边唱，穿过大雨滂沱的一生，在阴暗处和衣躺下。

也许你会思想起晦暗景象中的某些人物。人是可以想起的，一如蝴蝶被纳博科夫式的网兜围住。人就站在你眼前，让你"思想起"，说"挥之不去"，仿佛过于轻松。有一类友人，你可以多少天不去想，但一个早上醒来，你却突然忆念起他。其实不过是夏日来临，光线过早透过窗户和门缝，把你弄醒了。楼下传来邻居孩子们惊喜的声音，使你灵魂出窍似的想着，出神入化地回忆。看来，光线与"思想起"的确存在着一种对应默契的关系。

最能使我"思想起"的，是天色快要暗下来的时候。如今我们不把进入黄昏叫"掌灯"，其实点灯是忆念的一个重要环节。把灯绳捻高、拨亮，就开始了"想"。假如这时又有一阵穿堂风来临，那种突如其来的拂面之感，尤其是远处传来的窸窣声，难以为怀。仅仅因为草丛中的一条赤练蛇，也使那位冷峻的伟人想起什么。总不能一辈子不想起一点什么吧？由此及彼的人和事，照相底片上的头像，都使我们"思想起"。

在灶前弄火，既能"思想起"，又能隐蔽我们想的模样。不过我说的灶，是老式的柴灶。添柴时你可以瞥见锅底那一层漆黑发亮的烟灰，而火越来越旺，衬映着身后的板壁和锅台上的炊具，铜勺、菜刀什么的。那些年，我烧饭时，揭开锅盖的同时会把另一只手伸进那眼汤罐里去试探，尽管不特别热，却把全家人的洗脸水解决了。那份惬意就会使我"思想起"祖先，想起未衰落时的家境，酒令和骨牌。

大热天拉着一辆与我的身体不相称的大板车，也能"思想起"。柏油马路是滚烫的，沥青将要熔化时的气息刺鼻，路是软绵绵的，两脚好像踩在黑色的面团上。这时我想起的是粮食、蓝边粗花碗，看到了雷雨后的河岸雾中的鸬鹚。

当一个人沉浸在"思想起"的情境之中时，无论如何你不能惊扰他。他在想，他看上去像一棵原野上的树。

此刻，亨利·米勒这个名字使我想起纽约上空的纪念碑，那是性、金钱和力量，还有起伏的悲哀；而博尔赫斯使人联想到带螺旋式楼梯的图书馆和一面神秘的镜子，栅栏后面那双豹的眼睛，那朵埋葬在尘土中的卓绝的玫瑰。巴列霍与那块活命的面包，奈丽·L·萨克斯与塞满泥土的死亡的靴子，都是他们时常"思想起"的。而爱伦堡带给我们什么样的忆念呢——只是午夜的潜逃，巴黎街头那杯冒着热气的咖啡，并非爱情。

1996 年 6 月